기억거래자의 첫사랑

기억거래자의
첫사랑

국슬기 장편소설

고즈넉
이엔티

기억거래자의 첫사랑

1쇄 발행 2022년 11월 4일

지은이 국슬기
펴낸이 배선아
편 집 유민우
디자인 엄인경
펴낸곳 고즈넉이엔티

출판등록 2017년 3월 13일 제2022-000078호
주소 서울시 중구 남대문로9길 24, 패스트파이브 시청1호점 904호, 1007호
대표전화 02-6269-8166 **팩스** 02-6166-9199
이메일 gozknockent@gozknock.com
홈페이지 www.gozknock.com
블로그 blog.naver.com/gozknock
페이스북 www.facebook.com/gozknock
인스타그램 www.instagram.com/gozknock

ⓒ 국슬기, 2022
ISBN 979-11-6316-280-3   03810

내지이미지 Designed by Getty Images Bank

잘못된 책은 구입하신 서점에서 교환해 드립니다.
이 책은 저작권법에 따라 보호받는 저작물이므로 무단 전재와 복제를 금합니다.
이 책의 전부 또는 일부 내용을 재사용하려면 사전에 저작권자와 본사의
서면 동의를 받아야 합니다.

차례

북적이는 카페 안, 짙은 농도의 선글라스를 낀 젊은 남자가 들어왔다. 나이는 이십 대 중반 정도. 남자는 한 커플이 마주 앉은 테이블 바로 뒷자리로 향했다. 여자와 등을 맞대고 앉은 그는 선글라스를 벗은 뒤, 매끈한 대리석 벽면에 비친 여자의 애인을 봤다.

'잘 보이네.'

그의 눈을 본 남자의 입꼬리가 미묘하게 올라갔다.

수신자가 등 뒤에 있다는 것을 알 리 없는 여자는 앞에 앉은 애인의 눈치를 보며 문자를 전송했다. 문자는 곧바로 등 뒤의 남자에게 전송됐다.

오셨어요?

남자는 테이블 위에 올려둔 휴대폰을 가만히 보다가, 왼손으로 커피를 마시며 오른손으로만 간단히 답을 보냈다.

○○

답을 확인한 여자는 긴장한 얼굴로 애인에게 물었다.

"어제 왜 휴대폰 꺼놨어?"

애인의 얼굴엔 짜증이 가득했다.

대리석을 통해 애인의 눈을 본 등 뒤의 남자가 입꼬리를 내리지 않은 채로 생각했다.

'상황 종료네.'

남자는 더 볼 필요도 없다는 듯 다시 선글라스를 고쳐 썼다.

"어제도 말했잖아. 야근했다고. 새벽까지 야근하고 잠깐 옷만 갈아입고 또 출근했어. 너무 피곤해. 그걸 꼭 만나서 물어야 해?"

여자의 애인이 귀찮다는 듯 대꾸했다.

"우리 지금 2주 만에 만나는 거야."

여자는 어이가 없다는 듯 답했다. 그녀의 애인은 눈을 감더니 눈꺼풀 언저리를 꾹꾹 문질렀다.

"나 진짜 피곤해."

뻔뻔한 대답에 여자의 눈이 이글거리고 있었다.

그들을 지켜보던 남자는 답답하다는 듯 한숨을 내쉬었다.

'여자들은 알면서도 꼭 확인하고 싶어 하지.'

남자는 상황을 끝낼 타이밍이라고 판단했는지, 재빠르게 문자를 써서 전송했다.

여자의 휴대폰이 울렸다. 끓어오르는 분노를 잠시 가라앉히고, 여자는 문자부터 확인했다.

어젯밤 같은 회사 동료 한유진과 모텔에 감.

뜨거운 밤을 보낸 뒤 시차를 두고 출근.

남자는 '피곤할 만했음'이라고 덧붙이려다 그만두었다. 그리고 자리에서 일어났다. 오늘의 취미 활동이 끝났다.

남자가 유유히 걸어 나가는 사이에도 여자는 떨리는 손으로 그 문자를 읽고 또 읽었다.

'설마, 그럴 리가 없어.'

이상한 느낌에 고개를 들었을 때, 여자는 문을 열고 카페를 빠져나가는 남자의 뒷모습을 아주 잠깐 보았다.

'저 사람인가?'

여자가 잠시 문 쪽을 보는 사이, 여자의 애인이 한숨을 쉬며 말을 꺼냈다.

"나 바빠. 들어가봐야 하니까 진정하고 네 할 일 좀 해. 넌 취미도 없냐? 내 일과만 궁금해? 그러지 말고 운동도 좀 하고 네 생활을 가져봐."

그는 더 할 말 없다는 듯 자리에서 일어났다. 대충 옷매무새를 만지고 한 발을 떼려는 순간, 여자가 그를 멈춰 세웠다.

"한유진이랑 무슨 사이야."

애인의 얼굴이 일그러졌다.

"너 나 미행했냐?"

여자는 굳어버리고 말았다.

'정말 다 사실이라고?'

그녀는 조금 전 문을 나선 남자의 뒷모습이 떠올랐다. 여자가 문자를 받은 건 며칠 전이었다. 그 문자가 왜, 어떻게 시작된 것인지는 알 수 없었다.

남자 친구가 뭐 하는지 알려줄까요?

여자는 당연히 장난 문자인 줄만 알았다. 하지만 장난으로만 받아들이기엔 상황이 좀 절박했다. 남자 친구가 일주일째 연락도 대충 하고, 만나자 해도 바쁘다는 말만 반복하던 때였다. 여자는 세 시간쯤 망설이다가 밑져야 본전이라는 생각으로 답장을 보냈다.

그걸 어떻게 알 수 있는데요?

장난이라면 죽여버릴 심산으로 보냈는데, 얼마 지나지 않아 다시 답장이 왔다.

궁금하면 알려주고. 단, 조건이 있어.

불쑥 반말 투로 나와도 여자는 순순히 답을 보냈다.

조건이 뭐죠?

바로 답장이 왔다.

아무것도 궁금해하지 않을 것.

여자는 뭐 그런 조건이 있나 싶었지만, 막말로 내 주머니에서 새는 것이 없다는데, 속는 셈 치고 답만 보내면 그뿐일 것 같았다.

좋아.

여자도 반말로 답을 했지만, 상대도 별 상관 없다는 투였다.

조만간 어떻게든 애인을 불러낸 다음, 어디에서 몇 시에 만날 건지 내게 알려줄 것.

여기까지가 남자와 주고받은 메시지의 전부였다. 카페에 도착하기 전까지 말이다.

'어쩐지 남자일 것 같았어.'

그의 조건은 아무것도 궁금해하지 않는 것이었으므로, 여자는 그 이상을 궁금해할 수 없었다. 그런데 아무리 생각해도 이상했다. 여자는 자신의 애인에 대해 그에게 무엇도 말해준 적이 없었다.

'미행이라도 한 걸까…….. 그럼, 스토커?'

하지만 그런 기미는 더더구나 느껴지지 않았다. 여자는 모든 상황이 끝난 후에야 그가 내건 조건이 아주 까다롭고 어려웠다는 것을 깨달았다.

같은 시간, 정체를 알 수 없는 그 남자는 카페 모퉁이를 돌아 걷고 있었다.

'번호 또 바꿔야겠네.'

남자는 휴대폰으로 여자와 주고받은 문자를 보았다.

'외모는 내 스타일인데, 자존감 부족.'

이내 주고받은 모든 문자를 지웠다. 만약을 대비해 수신 차단도 잊지 않았다. 그리고 '본부'라고 저장한 번호로 문자 한 통을 보냈다.

번호 바꿔줘.

얼마 안 가 그의 휴대폰으로 번호가 바뀌었다는 안내 문자가 도착했다.

이것은 아주 가끔, 그가 심심할 때 하는 취미 생활이었다. 대면할 필요가 없으니 정체를 들킬 우려도 없고, 대가를 받고 하는 일도 아니니 문제도 없고. 그들은 그의 정체를 상상조차 할 수 없을 것이었다. 대부분은 그를 스토커나 심부름 업체의 직원 정도로 짐작했다. 그리고 곧 잊었다. 아주 가끔 떠오를 때면 참 신기한 일이었어, 하고 생각하는 게 다였다.

그도 사람인지라 가끔은 우스꽝스러운 일을 저지르고 싶을 때가 있었다. 자신이 가진 특별한 능력을 자유롭게 써보는 일. 규칙과 상관없이, 누구에게도 굳이 손해일 것 없는 결과를 만들어내는 일. 그에겐 그런 순간이 필요했다.

진짜 거래가 시작되면 누군가는 인생을 잃고, 그로 인해 또 누군가는 아파했으니까.

남자는 문득 하늘을 올려다봤다. 그의 눈동자가 햇빛을 받아 유독 투명한 빛을 냈다.

생각은 되도록 단순하게, 순간은 순간으로만 남길 것. 그것이 그가 살아가는 방식이었다. 그녀를 만나기 전까지는, 언제까지고 그렇게 살아갈 생각이었다.

주머니에서 짤막한 진동이 두 번 울렸다. 누군가 들었다면 휴대폰 진동이라 생각했겠으나 그의 휴대폰은 아직 손에 들려 있었다. 그는 왼쪽 주머니에서 아무 무늬도 없는 손바닥만 한 얇은 검은색 기계를 꺼냈다. 화면을 눌러 확인한 뒤, 바로 택시를 잡았다. 진짜 거래가 시작되는 순간이었다.

택시에 앉은 그는 휴대폰의 전원을 끈 뒤 잠시 눈을 감았다. 그에게 주어진 잠깐의 휴식 시간이었다.

그는 오늘도 불특정 다수의 사람 사이에서 누군가와 시선을 교환할 것이다. 시선을 교환한 이는 스스로 원한 어떤 기억을 잃을 것이고, 그는 그 대가로 상당한 금액의 돈을 받을 것이다. 그는 그런 순간 사람들의 동공이 어떤 모양인지 잘 알고 있었다.

그의 이름은 이지한. 눈을 뜬 모든 시간 타인의 기억을 읽는, 언제나 기억이 뒤엉킨 채로 살아가는 대한민국에 존재하는 철부지 기억거래자다.

첫 번째 인터뷰

인터뷰는 저녁 8시, 인터뷰이의 집에서 진행되었다.

Q. 처음 뵙겠습니다. 인터뷰에 응해주셔서 감사합니다.

A. 저도 놀랐어요. 제 제보에 관심을 가져주셔서 감사해요.

Q. 이곳이 댁이라고 하셨는데, 집이 꽤 큽니다. 가족들과 함께
   사시는 집인가요?

A. 아니요. 저 혼자 살아요. 친구에게 관리를 부탁받은 집이라.

Q. 어떤 친구인지는 모르겠지만, 꽤 친하셨나 봅니다.

A. (한동안 대답이 없더니) 이 집, 어떠세요? 마음에 드시나요?

Q. 물론요. 정말 근사한 집이네요.

A. 그럼, 시작할까요?

Q. 네, 좋습니다. 인터뷰를 시작하면서 하고 싶은 말이 있나요?

A. 음, 글쎄요.

Q. 사실, 저는 아직도 믿기지 않습니다. 세상에 기억거래자가
   존재한다는 사실이요.

A. 하지만 궁금해하셨죠. 혹시 이유가 있나요?

Q. 단순한 호기심 정도였습니다.

A. 쉽게 믿을 수 있는 소재는 분명 아니지 않나요?

Q. 네. (미소 지으며) 그런데 제가 또 기자 아니겠습니까?

A. 웃는 모습이 보기 좋네요.

Q. 아, 그런가요? 감사합니다. 그럼 질문을 드리겠습니다. 기억거래자를 직접 만나보신 건가요?

A. 네.

Q. 우선 '기억거래'가 정확히 무엇인지 궁금합니다.

A. 주로 잊고 싶은 기억을 지워주는 것으로 알고 있어요. 기억거래자는 타인의 기억을 읽거든요.

Q. 그런데 왜 지금까지 기억거래자에 대한 제보가 없었을까요?

A. 거래가 끝나는 순간 기억거래자와 만났던 기억도 함께 지우니까요.

Q. 아, 그렇군요. 그래서 지금까지 비밀스러운 거래가 가능했던 거군요?

A. 그렇지 않을까요.

Q. 기억거래자를 처음 만나신 게 언제인지 궁금합니다.

A. 스물다섯 살 때요.

Q. 혹시 선생님이 거래하기 위해서 만나신 건가요?

A. 아니요. 저는 기억거래라는 것이 있는지도 모르고 있었어요.

Q. 그럼 그 사람이 기억거래자라는 건 어떻게 아셨습니까? 어떻게 만나게 된 건지 궁금합니다.

A. 시작은 그 사람이 저를 찾아오면서였죠.

Q. 기억거래자가 찾아왔다고요?

A. 네.

Q. 정말 흥미로운 이야기네요. 이런 이야기를 이렇게 하셔도 괜찮은 걸까요?

A. 괜찮을 거예요. 이건 어디까지나 내가 만났던 그 사람에 관한 이야기니까.

Q. 그분에게 동의를 구하신 건가요?

A. 아니요. 구하고 싶어도 구할 수 없었어요.

Q. 그게 무슨 말씀이신지…….

A. 음……. 만약 그 사람이 세상 어딘가에서 이 인터뷰를 보게 된다면, 내가 기억하고 있다는 사실이 위로가 되었으면 좋겠어요. 물론 그 사람은 이 인터뷰가 자신의 이야기인지도 알 수 없겠지만요.

1

후줄근한 여자의 기억은
믿을 수 없다는 착각

지한은 '그 여자'를 보고 있었다. 빗지 않은 머리를 질끈 묶은, 후줄근한 차림새에 분홍색 삼선 슬리퍼 밖으로 3밀리미터는 넘게 자랐을 발톱을 내민 '그 여자'가 황량한 아파트 단지를 걷고 있었다.

경기권의 낙후된 아파트에 지한이 '그 여자'라 부르는 영선이 살고 있었다. 지한은 거의 매일 그녀를 보기 위해 아파트 단지로 왔다. 재작년 재건축 허가에 또다시 실패하면서 대부분의 주민이 떠난 곳. 팔려고 해도 팔리지 않는 데다가, 팔자니 재건축에 대한 희망을 버리기 힘든 낡은 아파트였다.

재건축이 되지 않으면 안전도 보장하기 힘들어 보이는 아파트를 올려다보며 지한은 이상하다고 생각했다.

'내가 이런 고물 아파트에 와봤을 리가 없잖아.'

분명 영선 때문에 왔는데, 보면 볼수록 익숙하다는 기분을 지울 수가 없었다. 한동안 의문에 사로잡혀 있던 그는 다시 그녀에게 시선을 돌렸다.

누군가 자신을 지켜보고 있다는 건 생각도 못 한 채, 그녀는 아파트 상가 약국으로 들어가 수면유도제를 샀다.

"취업이 많이 힘들지? 요즘은 다 그런다더라."

그녀가 수면유도제를 구입할 때마다, 중년의 여자는 항상 비슷한 참견을 늘어놓았다. 약사는 이 아파트에서 20년을 산 터줏대감이라 이제 얼마 남지 않은 동네 사람들의 안부를 훤히도 꿰고 있었다. 10년 넘게 얼굴을 보며 산 주민의 안부는 모르고 싶어도 모를 수가 없었다.

'매일 사고 있어.'

처음엔 늦은 저녁이었는데 점차 시간이 당겨지고 있었다. 석 달 전만 해도 일주일에 한 번이었던 것이 사흘에 한 번으로, 또다시 이틀에 한 번으로 줄더니, 이제는 하루에 한 번이 되었다. 그가 매일 영선을 보러 오기 시작한 것도 그녀의 손에 들린 수면유도제 때문이었다. 지한은 확인해야 했다. 저 여자의 기억 속, 하얀색 서랍장 안에 스무 갑째 쌓여 있는 수면유도제에 담긴 본심을.

석 달 전, 영선과 우연히 마주친 날, 지한은 그녀의 기억 속에서 어린 시절의 자신을 보았다. 그날도 영선의 차림은 후줄근했다. 그런 여자에게 시선이 가는 것도 황당했는데, 그녀의 기억은 더더욱 이상했다. 분명 처음 보는 여자인데 어린 시절의 자신을 기억하고 있었다.

그런 이들은 몇 알고 있었다. 나를 기억한다는 눈빛, 그 눈빛만큼 분명한 기억스크린을 가진 사람들. 그러나 영선은 자신을 보고도 모른 척 지나갔다. 당황한 지한은 무턱대고 그녀의 팔을 붙들었다. 다시 마주한 시선 너머로 그녀의 기억스크린을 읽었을 때, 지한은 그녀의 기억 속 꼬마가 자신이라는 것을 확실히 알 수 있었다.

'분명 나야.'

영선은 초점 없는 멍한 눈으로 보기만 했다. 팔을 뿌리치거나 '당신 뭐야?' 하고 소리치려는 의지조차 보이지 않았다.

지한이 팔을 놓자, 영선은 한 번도 돌아보지 않은 채 가던 길을 갔다. 그는 황당한 마음에 사람들 사이로 사라지는 영선의 뒷모습을 멍하니 보고 있었다. 차라리 뭐라고 한 마디만 해주었다면, '너 나 알아?' 하고 물어봤을 텐데. 낯선 남자의 무례한 행동에도 반응하지 못하고 가버리는 여자에게 그가 할 수 있는 말은 없었다.

그날부터 지한의 추적이 시작됐다. 이미 기억스크린을 통해 사는 곳은 알아둔 뒤였다. 여자의 기억을 따라 낡은 아파트를 찾아냈고, 여자가 모습을 보일 때까지 기다린 시간이 일주일이었다. 영선은 주로 집에 있었고, 어쩌다 가끔 외출을 했다. 외출의 목적은 대부분 그 수면유도제를 사는 것이었다.

누가 지켜보고 있다면 참 할 일 없는 놈이라고 한심하게 여겼을 만큼, 거의 매일 그 아파트 단지를 맴돌았다.

서영선. 그와 동갑인 스물다섯 살 여자였다. 영선은 1년째 백수로, 매일 저런 꼴로 지내고 있었다. 그가 관찰하기 전부터 그녀는 수면유도제를 차곡차곡 모으고 있었다. 취업이 안 되고 있었고 정 안 되면 최후의 방법으로 세상과 작별 인사를 할 생각인 것 같았는데, 그것이 최종적인 계획인지 1순위 계획인지가 조금 헷갈렸다.

오늘도 영선은 집으로 돌아가 구입에 성공한 수면유도제 한 갑을 서랍 속에 넣었다.

'스물한 개.'

한 통에 열 알씩 들어 있으니 벌써 210개의 수면유도제를 모은 셈이었다. 그녀가 이렇게 수면유도제를 모으는 데 목적 같은 건 없었다. 그러니 아마도 최종적인 계획인 듯했지만, 사실 영선은 210개의 수면유도제를 다 삼킬 생각을 한 적은 없었다. 온몸이 수면유도제로 가득 차버린다는 상상을 하면 여간 끔찍한 게 아니었다.

그러나 한 가지 궁금한 건 있었다. 그 약국의 약사 아줌마가 자신에게 얼마만큼의 수면유도제를 더 줄 것인가. 그러니까 그녀의 수면제 수집은 궁금증을 해결하기 위한 일종의 목적 없는 실험이었다. 그 실험에는 언젠간 그 일로 저 아줌마를 약 올릴 수 있지 않을까 하는 기대도 조금은 담겨 있었다.

처음으로 수면유도제를 사러 갔을 때, 영선의 가슴은 긴장감으로 정신없이 요동쳤다. 몇 번의 실랑이 끝에 얻어내거나, 끝내는 얻어내지 못할 거라고 생각한 탓이었다. 뉴스에서 취업에 실패하고 입시에 좌절한 젊은이들의 자살 소식이 끊이지 않던 때였다. 하지만 약사 아줌마는 오래 봐왔다는 이유만으로 망설임 없이 수면유도제를 팔았다. 약국을 나온 영선은 제 손에 쥐어진 수면유도제를 보며 어이가 없다는 표정을 지었다.

'왜 나를 다 안다고 생각하지?'

영선은 그 누구도 자신을 모른다고 생각했다. 스스로도 알지 못하는 자신을 누가 얼마나 잘 알 수 있단 말인가. 영선은 약사 아줌마를 비웃고 싶었다.

'당신은 나를 몰라. 당신의 무지가 날 죽게 할 거야.'

그러면서 영선은 정말 저 아줌마가 못 견디게 싫을 때, 잔뜩 모은 수면유도제를 삼켜볼 생각이었다. 수면유도제가 많으면 많을수록 그녀를 더 곤란하게 만들 수 있을 것이었다.

그 시간, 지한은 영선의 상상 기억을 읽고 있었다. 상상 기억 역시 기억스크린에 저장됐다. 같은 상상을 얼마나 많이 또 자주 한 건지, 최근의 기억스크린에도 같은 상상 기억이 저장돼 있었다. 그는 몸서리를 치며 고개를 저었다.

'변태 같아, 하여튼.'

꼬락서니도 그 모양인데 생각하는 것도 못지않게 거북한 여자였다. 지한은 영선을 만난 뒤로 자신의 발톱을 매일매일 깎기 시작했을 만큼, 그녀의 꼴에 상당한 충격을 받았다.

지한이 돈을 뿌리며 만나고 다니던 여자 중 발톱에 매니큐어를 칠하지 않은 여자는 없었다. 밋밋한 발톱을 밖에 내놓고 다니는 여자는 더더욱 없었다. 영선은 파마도 한번 한 적이 없는지 잔머리가 사방에서 용수철처럼 튀어나와 있었다. 아무리 후진 아파트라도 서울에 인접해 있으니 도시에 사는 젊은 여자라고 할 수 있는데, 왜 저렇게 자신을 방치하며 사는 건지. 지한은 참담한 기분이었다.

'왜 하필 저 여자야……'

생김새는 그렇다 치더라도, 무기력한 태도는 정말 봐주기가 힘들었다. 특히 멍하니 초점을 잃은 동공은 지한으로선 견디기 힘든 모습이었다. 그런 동공을, 지한은 너무나 잘 알고 있었다.

'기억을 잃은 사람의 눈빛.'

사람들이 기억을 잃는 이유는 많았다. 그에겐 기억거래가 더 익숙했지만, 보통은 사고나 스트레스, 충격에 의해 기억을 잃었다. 그러나 영선의 기억스크린 속에 그런 기억은 없었다. 사고의 순간마저 잊어버린 걸까. 그렇게 생각하고 넘기엔 이상하리만큼 신경이 쓰이는 눈빛이었다. 기억거래자를 만난 이들은 기억거래자와의 만남 그 자체를 잊게 돼 있었다.

'만약 저 여자도 그런 거라면?'

분명한 건 그녀가 어린 시절의 자신을 아는 여자라는 것이었다. 혹시 날 아느냐고 묻는 순간 모든 게 복잡하게 꼬일 것만 같은 기분……. 그는 두려웠다. 그 여자를 정면으로 마주하는 순간 모든 것을 알아버릴까 봐.

'차라리 만나지 않았더라면, 그냥 지나쳤더라면.'

그러나 그들은 이미 만났고, 그는 그녀를 지나치지 못했다.

그런 꼴을 석 달째 보고 있는 것도 그 자신의 선택이었다. 그쯤 되자 그는 이제 그 이유를 영선이 아닌 자신에게서 찾아야 한다는 걸 깨달았다. 석 달째 주변을 서성이는데도 영선은 그에게 눈길조차 주지 않았다. 지나가려는 그녀를 붙든 것도, 그녀를 지켜보고 있는 것도 그 자신이었다. 그가 이 모든 사실을 인정하기까지 석 달의 시간이 걸린 것이었다.

간혹 기억을 읽는 능력을 가지고 태어나는 아이들이 있다고 했다. 대부분은 10세를 기준으로 그 능력을 잃거나 더 키우기를 결정하게 되는데, 그전까지 그들은 누군가의 마음을 잘 읽는 아이, 눈치가 빠른 아이로 비치는 경우가 많았다. 그들은 전 세계에 소수로 존재했고 방법을 모르는 상태에서 실수로 누군가의 기억을 지우기도 했다.

지한은 열다섯 무렵 본격적으로 기억거래를 시작했고, 원하지 않는 기억을 소멸시켜주는 대가로 받는 수당은 상상을 뛰어넘었다. 도대체 그 많은 돈이 다 어디서 나서 싸 들고 오는 건지 당황스러울 만큼, 세상엔 많은 돈을 주고도 기억을 없애고 싶어 하는 인간들이 넘쳐났다. 덕분에 지한은 세상에 존재하는 별의별 기억들을 섭렵하며 살아야 했다. 전 애인과의 추억 같은 소소한 것부터 살인의 기억 같은 끔찍한 것까지, 그들이 지우고 싶어 하는 기억은 천차만별이었다.

그러나 그는 지금껏 기억을 거래하며 '내 존재가 노출되면 어떡하지?' 같은 고민을 해본 적은 없었다. 기억거래자는 오로지 수당을 받고 일을 처리해주는 사람이었다. 의뢰인들은 거래를 한 뒤 기억을 소멸당함과 동시에 기억거래자를 만났다는 사실까지 잊게 된다. 행여 어디선가 마주친다고 해도 그가 기억거래자라는 것조차 기억할 수 없었다. 그러니 기억거래자에게 책임이 전가될 위험도 없었다.

지한이 아는 바에 의하면 현재 한국에 존재하는 기억거래자는 자신과 스승, 둘뿐이었다. 전 세계에 몇 명의 기억거래자가 존재하는지는 알 수 없다. 지한 역시 거래를 돕는 중앙정보시스템에 등록돼 있을 뿐이고, 거래가 들어왔을 때 응할지 말지를 결정하면 그뿐이었다.

그렇게 지한은 고작 스물다섯 살에 휴양지의 섬 하나는 거뜬히 살 수 있는 자산을 보유하게 됐다. 지금도 그 자산은 나날이 늘어가는 중이었다. 아마 영선이 나타나지 않았다면 그는 계속해서 돈을 쌓는 재미에 빠져 그 무엇도 돌아보지 않았을 것이다.

그런 행보를 우두커니 멈춰 서게 한 건 영선이었다. 지한은 아직 그게 무엇을 의미하는지 알지 못했다. 그녀를 만난 후, 자신이 그 어떤 기억거래도 하지 않았다는 것도 한동안은 모른 채 지냈다. 그저 자꾸만 신경을 거스르는 그 여자애가 못마땅하고 불쾌했다.

'왜 너 같은 애가 날 기억하는 거지?'

지한은 열다섯 살 무렵 기억거래자가 되면서 이전의 기억을 모두 잃었다. 기억을 잃은 후에도 가족과 함께 살았지만, 기억을 잃은 소년에게 그들은 낯선 사람들일 뿐이었다. 특히 어머니는 아들의 갑작스러운 기억상실에 고통을 받았다가, 회복을 위해 노력하는 과정을 거쳐 체념에 이르렀다. 열다섯 이전의 기억스크린은 완전히 상실된 상태였다. 그리고 그것은 그를 기억거래자로 만든 스승의 손에 있었다.

영선은 엄마와 단둘이 살았다. 영선의 아빠는 그녀가 아홉 살 때 교통사고로 세상을 떠났다. 그러나 영선은 아빠의 장례식에서도 물끄러미 영정 사진을 볼 뿐, 단 한 방울의 눈물도 흘리지 않았다. 지영은 딸이 큰 충격을 받은 것이라 생각했다. 자신을 그토록 사랑했던 아빠의 죽음이 믿기지 않는 거라고, 이제 저 애에게 남은 상처까지 보듬으며 살아야 한다고 정신을 차리려 애썼다.

그러나 정신을 차렸을 때 그녀는 알게 됐다. 자신의 딸에게 큰 문제가 생겼다는 것을.

"영선아, 오늘 아빠 생일이야."

지영은 찬수의 기일 대신 생일을 챙겼다. 매번 케이크를 샀고 촛불을 끄며 하늘에서 아빠가 외롭지 않기를 기도했다. 우리와 함께해주어서 고마웠다고, 그곳에서도 우리를 지켜달라고. 그리고 지영은 당신이 평안하길 바란다는 기도를 보탰다. 그런데 어느 날 대뜸, 영선이 이상한 질문을 했다.

"아빠가 어떻게 생겼더라?"

처음엔 아빠의 얼굴을 잊은 줄만 알았다. 아이니까, 그럴 수 있다고 생각했다. 지영은 다시 사진을 꺼내어 영선에게 보여줬다.

"여기 아빠 얼굴. 영선이가 그새 아빠 얼굴을 잊었나 보다."

영선은 사진을 물끄러미 보다가 이내 딴청을 피웠다. 그제야 지영은 변해버린 딸의 눈빛이 무엇을 의미하는지 알 수 있었다. 영선은 아빠에 대한 어떤 것도 기억하지 못하고 있었다.

'충격으로 인한 기억상실일까? 일시적인 거겠지?'

기대와는 달리, 병원에서도 같은 진단을 내렸다.

"이유를 정말 모르겠는데, 아빠에 대한 기억이 하나도 없어요. 최근에 무슨 충격적인 일이라도 있었나요?"

의사는 시간이 지나면 기억이 돌아올 수도 있지만 장담할 순 없다고 했다.

영선은 입에 사탕을 문 채 해맑은 표정을 지을 뿐이었다.

그런 딸의 손을 잡고 병원을 나오다가 문득, 지영은 어쩌면 그보다 더 전이었을지도 모른다고 생각했다. 돌아보면 남편이 세상을 떠나기 얼마 전부터 딸은 이상했다. 아빠가 늦게 퇴근하는 날이면 어김없이 애타게 찾던 영선이 평소답지 않게 아빠를 찾지 않았다. 그즈음 야근이 잦던 남편에게 딸의 반응을 이상해하며 말한 적이 있었다.

"영선이가 삐친 것 같아. 아빠도 안 찾고. 아무리 바빠도 좀 일찍 와서 영선이랑 같이 놀고 그래."

그런데 그즈음엔 남편도 어딘가 이상했다. 남편은 그런 딸의 상태를 이상하게 여기긴커녕 대수롭지 않다는 듯 외면했다. 얼마 안 가 그가 세상을 떠나던 날에도, 그는 이른 아침 잠든 딸의 이마에 태연하게 입을 맞추고 집을 나설 뿐이었다.

이상한 흐름이었다. 아빠를 찾지 않는 딸, 그런 딸을 이상하게 여기거나 달래려 들지 않던 남편……. 그 무렵 남편은 유독 바빴다. 가끔 누군가가 집 앞으로 찾아오는 일도 있었다. 그를 잃은 슬픔이 너무 커서 잊고 있던 기억이었다.

그러나 그녀는 딸의 신변에 문제가 생기지 않은 것만으로도 다행이라고 여겼고, 몰아치던 의문들을 차츰 잊어갔다.

그러는 사이에도 영선은 자랐다. 수능 점수에 맞는 대학에 들어가 졸업장을 땄다. 휴학 한 번 하지 않고 대학을 나왔지만 그렇다고 절실히 취업할 생각도 없어서, 1년째 집 안에 콕 박혀 있었다.

영선은 하고 싶은 것이 없었다. 왜 하고 싶은 것이 없을까 궁금했던 적도 있지만, 이제는 궁금하지도 않았다. 그냥 나는 하고 싶은 게 없는 앤가 보다, 하고 생각하다 보니 점점 더 하고 싶은 게 없어졌다.

취업을 하려면 영어 공부도 해야 하고 스펙도 쌓아야 한다는데, 무엇부터 시작해야 할지 몰랐다. 더 큰 문제는 그것을 하고 싶지도 않다는 것이었다. 영어를 한국어만큼 잘해야 하는 현실도 이상했고 영어를 쓰는 직종도 아닌데 무턱대고 영어 점수를 따야 하는 것도 납득이 가지 않았다. 사실 영선은 하고 싶은 일이 없는 사람이 아니라 하고 싶은 일이 적은 사람이었는데, 정확히는 하고 싶은 일이 분명한 사람이었다. 하고 싶은 일이 많지 않은 사람들의 특징은 이해할 수 없는 일에는 시작할 마음도 생기지 않는다는 것이다.

그 분명한 대상을 찾지 못한 탓에 가끔 영선은 머릿속이 텅 빈 기분을 느꼈다. 텅 빈 곳 어딘가에 답이 있을 것만 같은 막연한 느낌……. 사실 영선은 누구보다 그것을 찾고 싶었다. 그러나 어쩌면 찾지 못할 수도 있다는 불안감이, 그녀가 수면유도제를 손에 쥐게 하는 가장 큰 원인이었다.

그러다 깨달은 것 하나. 나는 대체 뭘 잃은 거지? 영선은 그것에 대해 생각하는 중이었다. 수면유도제로 서랍을 채우는 일은 취미 생활 같은 것에 불과했다. 확실하지 않은 것을 확실하다고 생각하는 이에 대한 조소 그리고 그것을 행동으로 보여주고 싶은 의지. 영선에겐 그런 것이 있었다. 누군가의 눈에는 한없이 무기력해 보일지 몰라도, 사실 그녀의 가슴은 절대 무기력하지 않았다. 무엇이라도 하기 위해, 그 순간 자신의 감정을 가장 강렬하게 자극하는 것을 해내고 있을 뿐이었다.

두 번째 인터뷰

Q. 사전 인터뷰를 통해 말씀하셨던 '기억스크린'이라는 게 무엇인지 궁금합니다.

A. 저도 어디까지나 들은 이야기라는 건 확실히 해둬야 할 거 같아요.

Q. 그러니까 정말 본인이 기억거래자는 아니라는 거죠?

A. 그럼요. 그랬다면 제가 벌써 기자님의 기억을 다 읽었겠죠?

Q. 기억은 어떻게 읽는 걸까요?

A. 눈을 통해서 읽는다고 들었어요.

Q. 기억거래를 해보신 적은 없다고 했는데, 이게 사실이라는 걸 어떻게 증명할 수 있을까요?

A. (잠시 웃다가) 아, 죄송해요. 갑자기 그 사람이 생각나서요. 믿지 못하겠다면 안 믿으셔도 되지만, 믿으셔도 괜찮아요. 제가 여러 번 확인한 거라.

Q. 그럼 기억스크린도 보신 적이 있나요?

A. 제가 보고 싶다고 볼 수 있는 건 아니었어요.

Q. 어떻게 생겼는지도 모르시겠네요.

A. 정말 스크린처럼 보인다고 했어요. 기억마다 스크린이 다른

데, 그 사람이 지금 생각하는 스크린이 중앙에 온다고 하더라고요.

Q. 아, 그러면 마치 여러 개의 스크린이 공중에서 왔다 갔다 한다고 이해해도 될까요?

A. 글쎄요. 저도 직접 본 건 아니라. 그렇지만 투명한 형태로 보인다고 했고, 그런 식으로 기억을 읽는다고 했으니까, 아마 그렇지 않을까요?

Q. 기억에도 여러 가지 종류가 있잖아요. 경험한 기억도 있지만, 상상한 것도 기억할 수 있으니까요.

A. 상상한 기억도 읽힌다고 했어요.

Q. (놀라며) 정말입니까?

A. 네. 그래서 그 사람 앞에선 상상조차 맘껏 하기 어려웠죠.

Q. 정말 그랬겠네요. 선생님의 말씀을 듣다 보니 점점 믿어지려고 합니다.

A. 인터뷰는 믿는 마음으로 하시는 게 낫지 않을까요? 그래야 더 많은 걸 알아낼 수 있을 테니까요.

Q. 조언 감사합니다. 이렇게 솔직하게 답해주실지는 몰랐습니다.

A. 솔직하지 않을 이유가 없거든요.

Q. 아, 그게 혹시, 그분이 이 인터뷰를 봐도 모를 테니 편하게 말씀하시는 건가요?

A. 오히려 그 반대일지도요.

다음 질문을 찾기 위해, 기자가 말을 멈췄다. 그사이 인터뷰이
는 물을 한 모금 마셨다.

Q. 선생님과 인터뷰를 하고 있으니 막 믿기던 것도 갑자기 헷
갈리고, 조금 전까지 떠올렸던 질문이 무의미해지기도 하
네요. 사전에 조사할 수 있는 것도 없다 보니 자꾸 버벅거리
게 돼요. 죄송합니다.
A. 괜찮아요. 얼마든지 시간을 드릴게요. 저는 오늘만을 무척
기다려왔거든요.

2

준비하는 밤

결국, 지한은 스승을 찾아 나섰다. 마지막으로 본 것이 10년 전이었다. 그 후 한 번도 그를 보지 못했다.

'망할 놈의 영감탱이가 어디 있으려나. 살아있긴 할까.'

그날 이후 그는 기억거래자로서 활동하지 않는 것 같았다. 그를 기억하는 사람을 찾기 위해, 지한은 버스터미널과 공항, 기차역까지 빠짐없이 돌아다녔다. 누군가 한 명은 그를 기억할 수도 있다고 생각했다. 터미널처럼 사람이 많이 다니는 곳에서 꽤 오래 일한 직원의 기억 속에 있을 수도 있고, 그곳을 자주 이용하는 사람 중 누군가의 기억 속에 있을지도 몰랐다. 하지만 전국을 거의 다 돌았는데도 스승을 기억하는 사람은 찾을 수 없었다.

'정말 죽은 거 아니야?'

차라리 그대로 찾지 못했다면, 모른 척 영선에게 돈으로 보상을 하고 말았을 텐데. 그렇게 그의 선택도 간결해졌을 것이다. 그런데 거짓말처럼, 포기할 무렵 한 버스터미널에서 스승을 기억하는 행인의 기억을 읽을 수 있었다.

'저렇게 젊은 남자가?'

지한보다는 나이가 들어 보였지만 서른은 넘지 않았을 얼굴이었다. 남자의 기억을 읽은 지한은 기가 찼다.

'그 영감탱이가 설마 그런 곳에 있다고?'

남자의 기억 속 스승은 당장이라도 무너질 것 같은 낡은 집에 살고 있었다. 젊은 남자는 연탄 봉사를 하러 간 곳에서 스승을 봤는데, 10년 전과는 비교가 되지 않을 정도로 추레한 모습이었다.

남자가 상상으로 스승의 모습을 떠올렸을 가능성은 너무나 희박했다. 그래서 별수 없이 그의 기억과 일치하는 곳을 찾긴 했는데, 아무리 생각해도 믿을 수 없는 풍경이었다.

지한은 가파른 아스팔트 길을 올랐다. 조금 전엔 계단이었는데, 이번엔 평지인 양 곧게 뻗은 비탈길이었다.

"아, 진짜! 왜 이런데 살고 지랄이야!"

인적이라곤 찾아볼 수 없는 으슥한 달동네 한구석에 스승의 집이 있었다. 어디까지나 낯선 남자의 기억에 의존한 것뿐이지만, 스승의 집은 사선으로 흠집이 있는 파란 대문 집이었다.

겨우 비탈길을 다 올랐을 때, 이번엔 좁고 긴 평지가 이어졌다. 양쪽으로 이리 보고 저리 봐도 비슷하게 생긴 집들이 줄줄이 보였다. 지한은 입이 떡 벌어졌다.

"이게 다 집이야?"

어떻게 집들이 담장 하나만 사이에 두고 다닥다닥 붙어 있는 걸까. 그나마 다행인 건 파란 문만 있는 건 아니라는 것 정도. 초록색 대문도 있고, 칠이 다 벗겨져 딱히 어떤 색이라고 말하기 어려운 문도 있었다. 어찌 되었건 파란색 대문과는 비교가 되는 문들이었다.

그 골목을 다 빠져나갈 즈음, 남자의 기억과 일치하는 집이 나타났다.

'설마.'

지한은 더 불안해졌다. 남자의 기억이 정말 맞을 수도 있다는, 그 어처구니없는 기억이 현실일 수도 있다는 뜻이었다.

사선으로 흠집이 난 파란색 대문을 노려보다가 주먹으로 거칠게 문을 두드렸다. 쾅쾅, 큰 소리가 나도록 치자 스르르 대문이 밀렸다. 문 안쪽을 보니 잠금쇠 자체가 떨어져 나가 있었다.

'문도 안 잠가?'

문은 낡아서 고장이 난 것 같았다. 그것도 이미 오래전에.

대문 안으로 들어가자 작은 마당 가운데 평상이 보였다. 허름하기 짝이 없었지만 일단은 앉아야 했다. 다리가 후들거려 더는 서 있을 수 없었다. 마당은 지한의 보폭으로 가로, 세로 모두 크게 다섯 보도 안 되는 크기였다.

"저기요!"

요란하게 문을 열고 들어왔음에도 인기척이 없자, 그는 소리를 내 주인을 불렀다. 그러나 돌아오는 대답은 없었다. 아무리 둘러봐도 이상했다.

'여기가 진짜 그 영감탱이의 집이라고?'

기억거래자가 거래 한 건당 벌어들이는 돈은 꽤 많았다. 악착같이 가난하려고 애쓰지 않는 이상, 이렇게 살래야 살 수가 없었다.

지한은 이윽고 의문을 거뒀다. 그 이상은 궁금해하지 않기로 했다. 오늘 여기까지 온 목적은 하나. 잃은 것을 찾기 위해서였다. 기억거래자가 되려면 과거의 기억을 잃어야 한다는 것이 스승이 일러준 첫 번째 규칙이었다. 지한은 오늘 그 규칙을 파괴하는 첫 번째 기억거래자가 될 생각이었다. 대체 과거에 어떻게 살았기에, 그 말도 안 되는 여자애가 자신을 아는 것인지 궁금했다. 기억거래자가 된 이래 지한이 이토록 불안한 건 처음이었다.

머지않아 대문 쪽에서 느릿한 발소리와 함께 기다리던 목소리가 들려왔다.

"어쩐 일이냐."

10년 전보다 탁해졌지만, 귀에 익은 소리였다. 지한은 인기 척을 느끼면서도 그쪽으로 고개를 돌리진 않았다. 그것이 기억 거래자들 사이의 암묵적인 약속이었다.

마당으로 들어온 노인은 등에 멘 가방을 평상에 내려놓았다. 그는 10년 만에 다시 만난 지한의 스승이었다. 초라하기 짝이 없는 행색에, 어울리지 않게 가방에서 꺼내는 것들은 흙이 묻은 감자와 마늘, 고추 따위였다. 그 역시 지한에게 시선을 보내지 않았다.

"무슨 일이냐고."

그가 재차 물으며 작물들을 마저 꺼내놓았다. 작물들은 낡은 평상과 잘 어울렸다. 지한은 자리에서 일어나며 입을 열었다.

"궁금한 게 있어서요."

스승은 느긋하게 마당 구석에서 소쿠리를 들고 오더니 그것들을 옮겨 담았다.

"말해."

10년 전보다 깡마른 몸에 손등과 목, 어디 하나 늙지 않은 데가 없었다.

'10년 전엔 저 정도는 아니었는데…….'

팔과 다리를 움직일 때마다 신경이 쓰였다. 마치 앙상한 나뭇가지가 움직이는 것처럼 위태로운 형상이었다.

"누가 날 기억하고 있어요."

지한은 그것들을 대신 옮겨주고 싶은 심정을 누르며 말했다. 순간 스승의 손이 멈추었지만, 지한은 보지 못했다.

"당연한 일이잖아."

그는 무심하게 답하며 아무 일도 없었다는 듯 다시 하던 일을 계속했다.

"제 어린 시절을 기억하는 사람은 처음 봤어요. 가족 외에."

지한은 답답하다는 듯 말했다. 그러나 스승은 캐 온 것들을 소쿠리에 담는 데 집중할 뿐 대답이 없었다. 그는 소쿠리를 들고 수돗가로 향했다.

"이젠 가족의 기억이 믿겨요."

지한이 체념한 투로 말을 이었다. 그가 듣든 듣지 않든, 이 말을 할 수 있는 사람은 어쨌든 스승뿐이었다.

이전까지 지한은 가족의 기억을 읽고도 믿지 못했다. 그들의 기억에서 자신의 어린 시절을 봤지만 그것이 정말 자신이라고 믿지 못했다. 사진을 보면서도, 이야기를 들으면서도 전혀 확신하지 못했는데……. 영선의 기억스크린에서 어린 시절의 자신을 보는 순간 정신이 번쩍 들며 심경의 변화가 일어났다. 자신에게도 어린 시절이 존재했다는 것이 믿기기 시작한 것이다.

"다들 이래요? 다들 나 같냐고요."

스승이 작물을 다 씻고서 빈 소쿠리를 다시 가져와 내려두고 평상에 주저앉았다. 앙상한 다리가 아팠던 건지, 발목을 주

38

무르며 그제야 대답했다.

"궁금해진 거냐?"

그는 담담하게 물었고, 지한은 쇠약해 보이는 그를 보며 자꾸만 느슨해지려는 마음을 고쳐먹었다.

'이전에도 내 기억을 가져간 사람이야.'

스승이었지만, 지한의 기억을 약탈한 사람이기도 했다.

지한은 10년 전 스승과 처음 만난 순간을 기억하지 못했다. 정신을 차렸을 때, 그가 열다섯 살의 지한을 보고 있었다. 그는 기억거래에 대해 알려주더니 다시는 찾지 말라는 말만 남긴 채 빠르게 자리를 떴다. 짧은 만남이 전부였지만 지한에겐 첫 기억이었다. 지한은 그날 스승이 한 말을 토씨 하나 빠뜨리지 않고 기억하고 있었다.

'거래를 요청해 온 상대의 눈을 봐. 기억스크린이 읽힐 거야. 그 사람이 지금 생각하는 건 정면에, 최근에 있었던 일이나 정면 기억과 유사한 기억은 그 주변에 겹겹이 겹쳐 있을 거다. 눈으로 그걸 움직일 수 있어. 네가 원하는 대로. 그리고 그 사람이 거래하기를 원하는 기억스크린을 발견하면, 검지와 엄지를 부딪쳐 딱! 하고 소리를 내야 해. 물론 기억스크린을 꺼내려면 눈 맞춤을 10초 이상해야 한다는 걸 기억해라. 그러고 나서 소리를 내면 스크린이 튀어나올 거야. 처리는 네 마음대로다. 그건 기억거래자들의 눈에만 보이는 거니까 그냥 버려

도 아무도 몰라.'

그렇게 설명한 뒤, 스승은 지금의 스마트폰과 비슷한 모양의 검은색 기계를 내밀며 덧붙였다.

'거래에 관한 정보가 도착할 거야. 원하는 거래만 하면 돼. 네 계좌는 이미 만들어져 있어. 입금되면 마음대로 가져다 쓰면 되고.'

고작 열다섯 살 소년이 이해하기엔 너무나 많고 괴상한 내용을 스승은 사무적인 투로 전달했다.

결과적으로 지한은 모든 내용을 이해하게 됐다. 처음엔 기억을 지우는 일을 왜 해야 하는지 알 수 없었다. 하지만 돈이 생겼고, 누군가는 원했기 때문에, 필요한 일이라고 생각하게 되었다. 열다섯 살 이전의 기억이 없는 탓에 지한은 그때 습득한 방식대로 살았다. 단순하게 살아가는 것이 습관이 됐고, 거래는 거래일 뿐이라고 생각하는 것이 어렵지 않았다.

그때였다. 스승이 껄껄 웃기 시작했다. 거친 웃음소리가 과거의 기억을 끊고 현실을 불러왔다. 지한이 당황해 그를 보자, 그도 고개를 들어 지한과 눈을 마주했다. 그의 얼굴엔 조소가 어려 있었다.

'왜 저렇게 보는 거지?'

먼저 눈을 맞춘 이상, 피할 순 없었다.

"뭐, 뭐 하자는 거야."

지한이 극심한 두통을 느끼며 말했다. 스승도 순간 휘청였지만, 물러설 기미는 없어 보였다.

"기억을 읽어서라도 알아내려 왔겠지. 대답을 들으려는 게 아니라."

갑자기 시작된 스승의 도발이 이상했다.

"대체 왜 이러는 건데!"

지한은 깨질 듯한 두통으로 인해 이를 꽉 물었다. 스승은 어느새 지쳐 있었다.

"다 알게 되면 지금처럼 살 수 없어."

가쁜 숨을 쉬며 스승이 말했다. 지한도 한계에 다다랐지만, 결국 먼저 시선을 피한 건 스승이었다.

스승은 양손으로 평상 바닥을 받치며 겨우 몸을 지탱했다. 지한은 몇 번이고 눈을 감았다 뜨며 정신을 차리려 애썼고, 스승은 이미 눈을 감고 있었다.

눈을 뗐음에도 눈이 빠질 것 같은 고통이 계속됐다. 머리가 아프다는 말로는 모자랄 만큼, 마치 칼로 뇌를 쑤시는 것 같은 고통이었다. 지한은 바닥에 주저앉아 신음했다.

"으윽……."

스승은 신음 한 번 내지 않고 고통을 감내하고 있었다. 그는 이미 이런 고통을 경험한 적 있었다. 고통이 곧 지나간다는 것을 알았으므로 몸부림을 치지 않고 견디며 기다렸다.

마당 바닥에 주저앉은 지한은 벽에 등을 기댔다. 고통의 여파로 여전히 식은땀이 났지만, 눈빛은 머지않아 다시 또렷해졌다.

"왜 쓸데없이 힘을 빼요? 불리해지는 건 당신이잖아."

지한은 스승이 이해되지 않았다. 기억을 찾으러 왔다는 걸 알았다면 이런 식으로 힘을 빼는 건 그에게 불리했다. 더더구나 지한은 건장한 이십 대 남자였고, 스승은 뼈밖에 남지 않은 칠십 대 노인이었다.

스승이 천천히 입을 열었다.

"이제 와 기억을 찾으려는 이유가 뭐야. 단지 널 기억하는 사람을 만나서? 네 가족도 이미 널 기억하고 있었잖아."

영선을 만나기 전까지, 지한은 과거가 궁금하지 않았다. 너무 많은 기억을 읽은 탓에 자신의 기억까지 보탤 필요가 없었다. 그러나 그녀의 기억 속에서 자신의 어린 시절을 본 순간, 어떤 호기심이 피어났다. 엄마의 기억을 통해 어린 시절을 보던 때와는 완전히 다른 기분이었다.

그녀를 발견한 이후 그의 머릿속을 떠나지 않은 질문은 하나였다.

'저 여자는 누굴까.'

지한은 그 질문을 곱씹으며 다시 스승의 눈을 봤다. 스승은 슬그머니 눈을 내리깔았다. 그러면서도 기분 나쁘게 한쪽 입꼬리를 한껏 올리고 있었다. 입가에 주름들이 겹겹이 접혀 있었다. 지한은 가까이 다가가 그의 멱살을 움켜잡으며 추궁했다.

"당신은 기억하고 있겠지. 열다섯 살 이전의 나."

"기억거래자가 과거의 기억을 잃는 건, 기억을 빼앗는 자가 치러야 할 마땅한 대가야. 속죄 행위 같은 거지. 그런데도 찾아야겠다 이건가?"

스승은 여전히 눈을 보지 않은 채 말했다. 그런데 그의 말은 어딘가 이상했다.

'원하는 사람의 기억을 지워준 것뿐인데, 웬 속죄 행위?'

조금 전 스승의 기억스크린에서 석연치 않은 것을 얼핏 본 뒤였다. 지한은 무엇 하나 납득할 수 없었다.

"이유가 허접하네."

지한은 한 손으로 그의 턱을 들어 올렸다.

"어쨌든 기억을 잃은 채 살아가는 것이 순리야."

그는 눈을 질근 감은 채 말했다.

스승이 무어라 말하든, 이미 목적이 생긴 지한의 결심은 변하지 않았다. 지한의 목적은 서영선과 연관된 기억을 되찾는 것이었다.

"그 순리를 내가 거스른다면?"

지한은 굳게 감긴 스승의 눈을 빤히 보며 말했다.

스승이 내내 감고 있던 눈을 떴다. 그리고 매섭게 빛나는 제자의 눈동자를 봤다.

'그날도 넌 이런 눈빛을 하고 있었지.'

열다섯 살 때도, 지한은 어디로 튈지 모를 위험한 눈빛을 갖고 있었다. 스승은 종종 그날을 후회했다. 소년은 기억거래자가 되기에 너무 어렸다. 조금 더 지켜봐야 한다는 걸 알았지만 그는 서둘렀다. 앞서 내정된 제자 후보에게 문제가 생겼고, 그는 기억거래자의 일을 그만두고 싶었다. 그러기 위해선 대부분의 기억거래자가 그러했듯, 빨리 제자를 키워야만 했다. 이것이 지한이 열다섯 살에 기억거래자가 된 이유였다.

기억거래자로서 지한은 표독했다. 기억거래자라면 누구라도 꺼리는 살인의 기억을 지워주고도 밤잠 한 번 설치지 않은 듯 오히려 밤새 술을 마시고 놀던, 그의 행보를 스승은 너무나 잘 알고 있었다.

제자의 기억거래 기록은 스승에게 제공된다. 제자가 잘못된 길을 간다면 기억을 앗아서라도 활동을 멈추게 하는 것이 스승의 몫이었다. 그는 지한의 거래 기록을 보며 스무 살이 될 때까지 기다려야 했다고, 기억거래자의 삶에 대해 충분히 이야기를 나눠야 했다며 후회했다. 그러나 실질적으로 제자를 통제할 구실은 없었다. 지한이 기억거래를 이용해 악행을 저지르고 있는 것은 아니었으니까. 마찬가지로 지금 자신을 찾아온 제자를 제지할 이유도 없었다.

스승이 눈을 뜨자 지한은 잔혹하게 느껴질 만큼 투명한 눈동자로 스승의 기억스크린을 읽기 시작했다. 자신의 기억을 읽히기 전에 무엇 하나라도 더 읽기 위해서, 먼저 기억스크린 탐색을 시작한 것이었다. 그러나 스승은 조금 전처럼 동시에 기억을 읽는 대신, 그저 기억을 내어주었다. 아까와 같은 두통이 느껴지지 않자 지한은 그 사실을 깨달았다.

'그냥 읽히고 있어……'

동시에 서로의 기억을 읽으려 하면, 혼선이 일어나 기억을 제대로 읽을 수 없었다. 그로 인해 극심한 두통을 느끼게 되고, 이내 양쪽 모두 기억 읽기를 포기하는 게 수순이었다. 그런데 지금은 그런 혼선이 없었다. 지한의 예상대로 스승은 그의 기억을 전혀 읽지 않고 있었다.

지한은 열다섯 살에 자신을 만났던 때의 기억스크린을 읽기 시작했다. 스승이 부러 그 기억을 떠올리고 있는 것인지 관련 기억스크린을 찾는 일은 어렵지 않았다.

그런데 기억스크린을 읽던 지한이 갑작스레 좌절했다.

'어쩌다가, 왜!'

보고도 믿을 수 없는 기억 때문이었다.

지한의 숨소리가 거칠어지기 시작했다. 그가 시선을 떼려 하자, 스승이 단호한 목소리로 말했다.

"멈추면 다시 기회는 없다."

지한은 충격에서 헤어 나오지 못한 채 다시 스승의 눈을 봤다.

"여기서 멈추면 빼앗기는 쪽은 네가 될 거야."

스승이 말을 이었다. 지한의 눈시울이 붉어지기 시작했다.

'내가 그 여자애의 기억을⋯⋯.'

그는 혼란스러웠다. 스승은 자꾸만 정신을 놓으려는 제자를 단호하게 몰아붙였다.

"지금껏 네가 당당했던 이유는 너에게 과거의 기억이 없었기 때문이겠지. 마찬가지로 너에게 기억을 빼앗긴 내가 어떻게 될지는 모르겠다. 포악했던 과거로 돌아갈 수도 있겠지. 지금 네 행동에 책임을 져야 할 거다. 아니면 넌 이 순간을 잊게 될 거야. 다시 아무것도 모르는 기억거래자가 되게 해주마. 네 마음을 괴롭히는 그 여자애도 잊게 해주지. 그걸 원한다면 지금 포기해. 그리고 다시 마음껏 기억을 거래하며 부유하게 살아. 아무것도 모르는 지금처럼."

그 말에 지한은 순간 흔들렸고, 스승은 때를 놓치지 않고 그의 기억스크린을 읽기 시작했다.

"반대로 만약 네가 오늘 계획에 성공한다면 잘 숨어야 할 거다. 속죄 행위를 거부한 기억거래자를 단죄하는 것 역시 스승의 몫이니까."

스승의 도발에 지한의 눈동자가 빛을 되찾기 시작했다. 흐릿했던 초점이 돌아왔고, 이내 손가락을 천천히 들어 올렸다. 그리고 순식간에 엄지와 중지를 마찰시켜 딱, 소리를 냈다.

그 순간 스승의 동공이 검게 변했다. 이미 스승의 기억을 10초 이상 읽은 뒤였다. 스승의 기억스크린 속 지한의 기억은 하나의 스크린 안에 일목요연하게 정리돼 있었다. 그만큼 만난 횟수도 적었고 기억하는 사건도 많지 않다는 뜻이었다. 짧은 시간 동안 모두 읽어낼 수 있을 만큼의 양이었고, 애초부터 상황은 지한에게 더 유리했다.

이로써 스승은 과거 열다섯 살의 지한을 만난 기억을 잃었다. 동시에 지한은 스승에게서 지금의 기억도 지웠다. 이전까지 그들이 대면한 날은 그날이 유일했으므로, 사실상 지한과 만난 기억이 다 사라진 것이었다. 물론 서둘러 한 작업이라 온전한 수준은 아니었지만, 애초에 완벽하게 할 생각도 아니었다.

일단은 자리를 피해야 했다. 서둘러 스승의 눈을 피해 몸을 돌렸다. 지한에 대한 기억을 잃었다고 해도, 그는 여전히 기억거래자였다. 다시 시선을 마주한다면 금세 지한이 한 행동을 읽어낼 것이었다.

지한은 돌아서서 두 눈을 질끈 감았다. 감은 눈 사이로 눈물이 흘러내렸다. 괴로웠다. 괴롭다는 말로 부족할 만큼 고통스러웠다. 거대한 힘이 가슴을 꽉 움켜쥔 것만 같았다. 이제 그는 타인의 기억을 대가 없이 빼앗은 기억 도둑이 되었고, 자신에게도 열다섯 살 이전의 삶이 있었다는 것을 분명히 알게 되었다.

스승은 돌아선 채 숨을 헐떡이는 젊은 청년을 물끄러미 보고 있었다.

"누구요?"

다시 스승의 쉰 목소리가 들렸다. 지한은 목구멍을 타고 터지려는 눈물을 삼키기 위해 온몸에 힘을 줘야 했다. 그는 스승의 기억스크린을 가슴으로 끌어안고 있었다. 네모나고 투명한 스크린 모양의, 그 기억을 꺼낸 기억거래자만이 만질 수 있는 기억스크린을.

"저……."

스승이 놀란 눈으로 천천히 손을 뻗었다.

그의 손이 어깨에 닿으려는 순간, 지한은 그대로 대문 밖으로 달려나갔다. 한 걸음도 쉬지 않고 올라온 길을 되짚어 내려갔다.

스승이 힘겹게 대문 밖으로 머리를 내밀었다. 스승은 금세 사라지고 없는 낯선 젊은 남자의 뒷모습을 떠올리며 다시 파란 대문 안으로 들어갔다.

지한은 쉬지 않고 달렸다. 그가 안고 있는 기억스크린에는 스승과 자신이 처음 만난 기억부터 스승이 자신의 기억을 빼앗던 순간까지 모두 담겨 있었다. 스승은 적어도 당분간은 지한을 기억할 수 없었다. 그러나 곧 지한이 한 기억거래 행위는 본부를 통해 스승에게 전달될 것이었다. 스승의 기억을 읽으며 지한이 알게 된 사실이었다. 스승은 그간 지한이 한 모든 거래를 본부를 통해 전달받고 있었다.

길 끝에서 지한은 걸음을 멈추었다. 다리에 힘이 풀려 그대로 주저앉고 말았다. 지금 그의 가슴팍엔 그가 완전히 잊고 있던 기억이 안겨 있었다. 온전하지 않아 어딘가 어설픈 부분도 있지만, 그 속엔 분명 그 여자가 있었다.

서영선.

지한은 마치 실감하듯 그날들을 몸으로 느끼고 있었다.

'대체 왜…….'

다시 두통이 찾아왔다. 스승과 겨룬 여파인지, 아니면 비로소 읽은 과거의 기억 때문인지 가늠하기가 어려웠다.

어느새 해가 지고 있었다. 지한은 한참이나 그대로 앉아 있다가 불현듯 돌아보았다. 지한의 손에 의해 또 한 사람의 기억이 허공으로 사라졌다. 그러나 지한은 훔친 기억스크린을 통해 잃었던 자신의 세상을 일부 찾은 셈이었다.

'엄마 말이 맞았네.'

지한의 기억을 되찾아주기 위해 엄마가 수도 없이 했던 말들이 비로소 그의 귓가를 스쳤다.

'우리 저기 놀러 갔었잖아.'

TV를 보며 엄마가 말했을 때, 지한은 엄마에게서 그 기억을 읽었음에도, 그곳에 정말 자신이 있었다는 것을 보면서도 믿지 못했다. 이 아줌마가 또 이러네, 그런 생각뿐이었다. 그런데 이제 모든 것이 피부로 와닿는 기분이었다.

'정말 갔었네······.'

그리고 그곳에 어린 날의 영선도 있었다. 나이가 지긋이 든 지금과는 다른 젊은 영선의 엄마도.

지한은 내려온 길을 올려다보며 생각했다.

'시간이 없을 수도 있어.'

서둘러야 했다. 스승에게 지한의 기억거래 기록이 언제 도착할지 몰랐다. 그는 어떻게든 지한을 찾아낼 것이고, 그를 마주치면 순식간에 지금까지의 기억과 기억거래의 방법 모두를 잊게 될 수도 있었다.

'그 애를 만나야 해.'

이제 정말 망설일 시간이 없었다.

'지금 만나야 해.'

지한은 바닥을 짚고, 다리에 힘을 주며 일어섰다. 기억스크린을 떨어뜨리지 않기 위해 더 힘껏 감싸 안았다. 그는 다시 달리기 시작했다.

세 번째 인터뷰

Q. 기억거래자의 존재를 그렇게 알리고 싶으셨다니, 이야기가
정말 궁금해집니다. 기억거래의 방식도 궁금한데요. 혹시
알고 계시나요?

A. 네. 그 사람이 모두 알려주었으니까요.

Q. 말씀해주실 수 있나요?

A. 어떤 점이 궁금하신 건지?

Q. 어떤 사람이 그들과 접촉하는지가 가장 궁금합니다.

A. 글쎄, 그건 그 사람도 잘 모른다고 했어요. '기억거래본부'
라는 곳이 있다고 했어요. 본부에서 거래를 성사시키면 그
사람은 거래 장소에 가서 기억만 빼줬대요.

Q. 거래라면, 돈이 오고 간다는 뜻으로 이해해도 될까요?

A. 네. 대개 의뢰인은 돈이 많은 사람이었다고 했어요. 세상에
는 알려지지 않은 루트들이 많잖아요. 아마도 그런 경로를
통해 의뢰하는 것 같다고, 그 사람도 그 정도만 아는 것 같
았어요.

Q. 기억거래자는 어떤 사람들인가요? 일종의 직업이라고 생
각하면 될까요?

A. 직업이라……. 그렇게 볼 수도 있지만 되고 싶다고 해서 될 수 있는 직업은 아니죠. 그들은 돈을 받고 기억을 거래를 하는 사람들, 그 이상도 이하도 아니었던 것 같아요.

Q. 더 궁금해지는데요. 그런 기억거래자가 왜 선생님을 찾아왔던 걸까요? 아, 선생님이라는 호칭은 괜찮으시죠? 제가 입에 밴 습관이라서. 젊은 여자분이신데 불편하실까 봐 걱정됩니다.

A. 이름으로 부르셔도 돼요.

Q. 하지만 이게 녹취 중이라.

A. 괜찮습니다.

Q. 그럼 기억거래자가 왜 서영선 씨를 찾아왔는지 알려주실 수 있나요?

A. 실수로 제 기억을 지웠다고 했어요. 그러면서 본인도 꽤 혼란스러워했었죠(웃음).

Q. (당황하며) 왜 웃으시는 건지?

A. 내 기억을 지운 걸 몰랐더라고요. 그 사람도 또 다른 기억거래자에게 기억을 빼앗긴 상태였어요.

Q. 잠시만요. 다른 기억거래자에게요?

A. 네. 그래서 기억거래자가 되기 전의 기억을 모두 잃었고요.

Q. 기억거래자가 다른 기억거래자의 기억을 빼앗기도 하는 건가요?

A. 그들 사이에서 일어난 비극이었죠. 말 그대로 그들 사이의 일이라 저는 정확히 알진 못합니다. 그러나 있었어요. 기억거래자가 또 다른 기억거래자의 기억을 빼앗은 일.

Q. 기억거래자는 무지막지한 악인이 될 수도 있는 존재군요?

A. 돈을 받으면 어떤 기억이든 지워주는 존재니까, 선인이라고만 할 수는 없겠죠. 그런데요, 기자님은 세상 모든 것을 선악으로 나눌 수 있다고 생각하세요?

Q. 모든 건 아니겠지만, 선과 악만큼 분명한 기준도 없다고 생각합니다.

A. 저는 기억거래자를 정의하고 있는 게 아니에요. 그냥 그 사람이 기억거래자였으니까, 그런 존재가 있다는 걸 알려드리는 것뿐이죠.

Q. 서영선 씨는 기억거래자였던 그 사람에 대해 어떻게 생각하시나요?

A. 저로선 선과 악의 기준으로 판단할 수 있는 사람은 아니었어요. 어릴 때부터 친구였고, 어느 날 갑자기 사라졌다가 스물다섯에 돌아온, 내 첫사랑이었거든요.

3

기억이 닮은 곳

지한이 현관문을 마구 두드렸을 때, 불쑥 고개를 내민 건 영선의 엄마 지영이었다.

"누구세요?"

그녀는 자다 일어난 듯 부스스한 머리를 매만지며 물었다. 이 밤중에 문을 두드리는 젊은 남자가 무섭지도 않은지, 경계하는 기색이 전혀 없었다.

"영선이 만나러 왔어요."

지한은 자신도 모르게 말했다. 입을 틀어막고 싶은 기분이었다.

'영선이? 너 미쳤냐.'

하지만 이미 엎질러진 물이었다.

"영선이 친구?"

지영이 어리둥절한 얼굴로 다시 묻자 그는 연신 고개를 끄덕였다.

"잠깐만 기다려요."

그녀는 현관문을 닫고 다시 들어갔다.

그러나 잠깐만 기다리라던 영선의 엄마에게선 5분이 지나도록 소식이 없었다. 그는 벽에 등을 기대며 중얼거렸다.

"도로 자는 건 아니겠지?"

그는 오밤중에, 낯설고 젊은 남자의 방문이 모녀만 사는 집에 얼마나 큰 두려움을 몰고 왔는지 알 수 없었기 때문에, 자신을 왜 이렇게 오래 세워두는지 이해할 수 없었다.

지영은 잠든 영선을 마구 흔들어대는 중이었다. 사실 밖에 세워둔 남자에 대한 의심은 없었다. 밤중에 친구가 왔다는 게 좀 어리둥절하긴 했어도 어쩐지 낯이 익은 얼굴이라, 그런가 보다 한 것이었다.

"친구가 왔다니까!"

영선은 잠결에도 무슨 그런 말도 안 되는 소릴 하냐는 듯 손을 뿌리치고 이불 속으로 파고들었다.

"정말이야. 남자앤데, 네 또래 같아. 낯도 익고. 근데 어디서 봤지? 네 친구는 몇 년 사이에 본 적이 없는데."

그렇게 깨우네, 마네 씨름을 하다 5분이 지난 것이었다. 영선은 버티다 못해 결국 눈을 떴다.

"내 친구인데, 심지어 남자라고?"

그리고 정말 믿기지 않는다는 듯 물었다. 그럴 리 없었다. 누 굴 집 근처에 데려온 적은 한 번도 없었으니까.

떠오르는 인물은 없었지만 일단 의심을 거두고 생각해보기 로 했다. 이 밤중에 나를 찾아오는, 자신을 친구라고 칭하는 놈 이라……

지영은 영선을 깨운 뒤, 지한을 밖에 세워놨다는 사실도 잊 은 채 소파에 앉아 졸기 시작했다. 지한이 밖에 서서 기다린 지 10분이 지나던 무렵이었다. 종일 학교 급식실에서 조리사로 일하는 그녀에겐 지금이 한창 단잠에 들 시간이었다.

밖에 있던 지한은 양 볼을 부풀린 채 힘껏 콧김을 뿜어대고 있었다. 초조한 듯 벽에 등을 두드리며 생각했다.

'한 번 더 두드려?'

좀 황당하긴 한데 다시 문을 두드리자니 그것도 내키는 일 은 아니었다.

'딱 5분만 더 기다리는 거다…….'

그는 자신에게 의외의 인내심이 있다는 것을 느끼며 자세를 고쳐 다시 차분히 벽에 등을 기댔다. '친구'의 집에 와본 것은 처음이었다. 애초에 친구라고 부를 만한 이가 없었으니, 문 앞에서 친구를 기다리는 것 또한 어색한 일이었다.

저 멀리서 사이렌 소리가 들리기 시작했지만, 지한은 그것이
자신을 향한 것이라고는 생각지도 못했다. 아파트 7층에 도착
한 엘리베이터의 문이 열리고, 경찰 두 명이 내렸을 때도, 그는
태연하게 벽에 몸을 기댄 채 눈을 감고 있었다.

그러나 곧 이상한 느낌에 눈을 떴다. 그의 주변을 경찰들이
둘러싸고 있었다. 그가 놀란 기색도 없이 그들을 빤히 보기만
했으므로, 오히려 당황한 건 경찰들이었다.

"신고받고 왔습니다."

경찰의 말에 지한은 어리둥절했다.

"저요?"

지한의 질문을 듣는 둥 마는 둥 하며, 경찰은 영선의 집 초
인종을 눌렀다.

지한은 그제야 초인종을 발견하고는 중얼거렸다.

"아, 초인종이 있었구나."

타인의 집에 와본 적이 거의 없으니 초인종을 눌러본 적도
없었다. 그러나 지금은 일단 경찰들이 왜 자신을 둘러싸고 있
는 건지부터 확인해야 할 것 같았다.

그는 경찰들의 기억스크린을 읽기 시작했다. 중년의 남자 경
찰 한 명과 젊은 남자 경찰 한 명이었는데, 젊은 경찰이 신고
전화를 받던 순간을 떠올리고 있었다. 수화기 너머에서 여자

의 목소리가 들렸다.

'젊은 남자가 친구라며 절 찾아왔다는데, 이상해서요. 제가 아는 사람일 리 없거든요. 얼마 전 약사 아줌마한테 들었던 말도 그렇고, 요즘 동네에 집 보러 오는 척 자꾸 드나드는 남자가 있다던데……'

지한은 그 목소리가 누구의 것인지 단박에 알 수 있었다.

'서영선!'

기가 찼다. 영선이 자신을 신고한 것이었다. 거기다 그녀에게 수면유도제를 무한 제공 중인 약사까지 자신을 의심하고 있었다니, 생각지도 못한 전개였다.

'기억스크린상으론 그런 기색이 없었는데……'

그러나 사람의 마음이란 순식간에 바뀌기도 하는 것이었다.

그때, 현관문이 열렸다. 영선이 고개를 내밀고는 주변을 살폈다.

'경찰도 와 있고……'

영선은 주위를 살피다 어딘가 익숙하면서도 낯선 남자를 봤다.

'저 사람인가?'

순간 그와 눈이 마주쳤다. 그녀는 재빨리 시선을 거두었다. 잠깐이었음에도 자신을 뚫어지게 보는 눈빛은 신경을 건드리기에 충분했다.

"야, 서영선! 너 나 진짜 몰라?"

시선을 피하자마자 그가 소리쳤다. 영선의 시선이 다시 그를 향했다. 그는 아주 억울하다는 표정을 짓고 있었다.

"네가 먼저 기억했잖아! 그래서 주변만 맴돌다 이제 겨우 찾아온 건데, 신고를 해? 너 나 진짜 몰라?"

갑갑한 듯 경찰의 손을 뿌리치려는 그를 향해 중년의 경찰이 중저음의 목소리로 압력을 넣었다.

"몰래 스토킹했다고 본인이 시인하신 거죠? 그만하고 얌전히 갑시다. 네?"

경찰이 그러거나 말거나 지한의 시선은 오직 영선을 향해 있었다. 마찬가지로 그의 눈을 보고 있던 그녀가 생각했다.

'내가 널 기억했다고?'

그의 말은 어딘가 이상했다. 더 이상한 건 그가 자신의 이름도 알고 있다는 것이었다.

그러고 보니 낯선 남자였음에도 이상하게 낯이 익었다. 처음 보는 것 같은데 나를 안다는 눈빛, 그건 그녀가 외면하기 힘든 눈빛이었다. 기억에 없는 아빠와 그런 자신을 아빠와 동시에 기억하던 엄마, 나에겐 없는 나를 기억하는 눈빛들……. 그녀의 기억스크린이 빠르게 움직이기 시작했다.

영선의 기억스크린을 읽고 있던 지한은 입꼬리를 올려 미소를 지었다. 기억스크린이 빠르게 움직인다는 건 마음이 흔들리고 있다는 뜻이었다. 그는 이때다 싶어 영선에게 다가가려 했지만 이내 경찰에게 저지되었다.

"우리 친구 맞아요. 너 나 알잖아!"

초등학교 2학년, 5학년 때 같은 반이었다고 말할 수도 있었지만, 거기까진 말하지 않았다. 어쩐지 그녀가 기억해냈으면 했다.

"이 남자 말이 맞나요? 아까 신고하실 땐 모르는 사람이라고……."

마지못해 젊은 경찰이 영선에게 물었다.

"그게, 모르는 사람인 거 같긴 한데……."

영선은 고개를 갸웃거렸다. 경찰들의 시선이 동시에 그녀의 입으로 향했다.

"그런데요?"

기다리다 못한 중년 경찰이 되물었을 때, 영선은 지한이 읽었던 그 기억, 그들이 함께 있던 어린 시절의 기억을 떠올렸다.

지한은 비로소 안도했다.

"죄송해요. 제가 착각했어요. 제 친구 맞아요. 너무 오랜만이라 기억을 못 했어요."

이윽고 그녀가 지한을 보며 말했다. 경찰들은 당황한 기색이 역력했다.

"저, 혹시 두려워서 그러시는 거면……."

"이지한."

영선은 경찰의 말을 끊으며 그의 이름을 불렀다. 오랜만에 불러보는 이름이었다. 그녀는 보고도 믿을 수 없다는 표정으로, 한 번 더 그의 이름을 되뇌었다.

"맞아요. 이지한."

꿈을 꾸고 있는 걸까. 영선은 심장이 덜컥 내려앉은 기분을 느꼈다. 현재에 다시 나타날 거라곤 상상조차 해본 적 없는 인물이었다.

'쟤가 왜 여기에⋯⋯.'

경찰이 돌아간 뒤 두 사람만이 복도에 남았다. 그녀는 여전히 지한을 빤히 보고 있었다. 지한을 보는 그녀의 표정이 복잡미묘했다. 오히려 눈을 맞추지 못하는 쪽은 그였다.

이상했다. 밤중에 무턱대고 찾아온 사람이 이지한인 것도, 이렇게 13년 만에 갑자기 찾아온 것도⋯⋯. 심지어 열두 살 무렵 그가 전학을 갈 즈음엔 조금 컸다고 내외도 하던 둘이었다.

지한은 제 발끝만 보고 있었다. 스승의 기억스크린을 통해 영선이 유년 시절 자신의 친구라는 것도 분명히 확인했고, 당차게 그녀의 집 현관문도 두드렸는데, 마주하고 보니 영 어색했다. 기억이 온전한 사람도 13년 만에 친구를 다시 만나면 어색한 게 당연하지만, 늘 기억이 없던 그는 자신이 느끼는 감정이 일반적이라는 걸 알지 못했다.

"이지한, 맞지?"

기다리다 못한 영선이 물었다.

경찰이 돌아간 뒤에도 그는 반갑다거나, 오랜만이라거나, '맞아, 내가 이지한이야' 같은 인사나 소개는 하지 않았다. 그저 과거를 회상하는 영선의 기억스크린을 읽으며 그다음 대화를 어떻게 이끌어야 할지 고민하는 중이었다.

그러다 지한은 영선의 기억스크린에서 자신이 전학을 가던 날을 봤다. 어떤 기억인지 정확히 알 수 없어 생각에 잠겼다. 영선이 빈 책상을 바라보고 있었는데, 기억이 없는 그는 그 빈 책상이 자신이 앉아 있던 자리라는 건 상상조차 하지 못했다.

영선의 질문에 그가 고개를 끄덕였다. 그러나 이번에도 그게 다여서, 그녀는 한 번 더 인내심을 갖고 물었다.

"왜 왔는데?"

이 밤중에, 도대체 왜 날 찾아온 걸까. 그녀는 그에 대해 추측하는 중이었다. 갑자기 자신을 찾아온 이유는 무엇이며 현재 그는 무엇을 하고 있을까. 대학에 갔다면 군대를 전역하고 이제 4학년쯤 되지 않았을까. 그런 이유로 영선은 그를 빤히 보고 있었고, 그는 그녀와 눈이 마주칠 때마다 난처한 기분에 사로잡혔다.

'그렇게 빤히 보면 내가 네 기억을 다 읽을 수밖에 없다고.'

그는 애써 시선을 피하며 물었다.

"뭐 하고 싶은 거 없어?"

그 질문을 한 뒤엔 그도 그녀의 눈을 바로 봤다. 당황한 건지 그녀의 기억스크린은 순식간에 뒤죽박죽이 됐다. 기억스크린을 통해 힌트를 얻으려던 그의 계획도 실패하고 말았다.

"하고 싶은 거 없냐고. 돈 많이 들어도 되니까."

그는 어쩔 수 없이 뭐라도 떠올려주면 좋겠는데, 하는 마음으로 영선에게 재차 물었다.

"뭐라고?"

영선은 그의 말을 한참을 곱씹다가 되물었다. 영선의 기억스크린이 뒤죽박죽이 된 건, 팔 할은 그의 탓이었다. 그의 말은 그녀가 던진 질문에 대한 답도 아니었고, 13년 만에 갑자기 그를 마주한 그녀로선 황당할 수밖에 없는 질문이었다.

"13년 만에 나타나서 한다는 소리가, 내가 원하는 걸 해주겠다고? 대체 네가 왜?"

더 이상 영선의 기억스크린을 통해 힌트를 얻을 수 없게 되자, 그는 마음이 초조해졌다.

"이해 안 되는 거 알아. 근데 너에게 갚아야 할 빚이 있어. 너 내일 지구가 멸망한다고 해도 이렇게 여유 부릴 거야? 그냥 원하는 것만 말해. 내가 다 들어줄게."

지한이 다급한 나머지 엉뚱한 예를 들며 억지를 부렸다. 그에겐 시간이 없었다. 기억을 빼앗긴 스승이 자신을 쫓아오기 전에 보상을 해야 했다. 한동안 지켜본 탓에 이미 그녀가 꽤 눈에 익은 상태였는데, 그는 그것이 일방적이라는 것을 깨닫지 못했다. 그러니 그녀의 당황스러운 기분을 이해할 수도 없었다.

영선은 이상했다. 갚아야 할 빚이라니? 기억나는 것이 전혀 없었다. 더더구나 그들이 만난 것은 13년 만이었다. 내가 뭔가를 잊은 건가? 싶다가도 뭐든 다 들어줄 수 있다는 듯한 그의 오만한 태도가 마음에 걸렸다.

"뭐든 다 들어줄 수 있다, 이거네?"

그녀의 말에 그는 이제야 말이 통한다는 듯 고개를 끄덕였다. 그는 단순명료한 게 좋았다. 지금껏 그가 살아온 세상은 기억을 거래하고 보상을 받는 단순한 원리로 돌아갔다. 그는 자신이 가진 재력과 능력으로 그녀가 원하는 것을 한 가지쯤은 충분히 해줄 수 있다고 믿었다.

"잃어버린 걸 되찾고 싶은데?"

영선은 그를 똑바로 보며 말했다. 그 순간 그녀의 기억스크린에 아빠의 독사진이 보였다. 이어서 엄마와 둘이 아빠의 생일을 축하하던 기억, 아빠와 함께 놀이동산에 갔던 사진을 보던 기억 등이 빠르게 지나갔다. 오만한 얼굴로 대답을 기다리던 지한은 멍하니 그녀의 눈만 보고 있었다.

'설마.'

생각을 마친 영선이 도리어 오만하고도 단호한 투로 말했다.

"자, 해봐. 내가 원하는 거 말했으니까."

*

지한은 거실 소파 위에 덩그러니 앉아 있었다. 영선의 말이 계속해서 귓가를 맴돌았다.

'잃어버린 걸 되찾고 싶은데?'

그렇게 말하면서 그녀는 누군가에게 들은 아빠에 대한 기억을 떠올리고 있었다.

'설마, 내가 기억거래자라는 걸 아는 건 아니겠지?'

그는 소파 테이블 위에 올려놓은 스승의 기억스크린을 봤다.

'우리 눈싸움하자!'

'좋아. 이긴 사람이 꿀밤 때리기!'

어린 영선과 지한의 목소리가 번갈아 들렸다. 그는 질끈 눈을 감았다.

'왜 하필……'

기억스크린 속, 아홉 살인 지한과 영선은 눈싸움을 시작했다. 하필 그 시간이 10초가 넘었고, 영선이 눈을 깜박이는 순간, 그는 자신이 이겼다며 신이 나 손뼉을 치고 말았다.

그 소리와 함께 영선의 기억스크린이 튀어나왔다. 아홉 살의 지한은 자신이 한 행동이 무엇인지 알지 못했다. 튀어나온 기억스크린에는 아빠에 대한 대부분의 기억이 들어 있었다. 그는 자신도 모르는 사이 영선의 기억을 빼냈고, 그 기억스크린은 그 자리에 버려졌다.

'박수였는데, 대체 왜!'

지한은 머리카락을 쥐어뜯었다.

급하게 꺼낸 스승의 기억스크린에는 얼굴의 형체가 또렷하지 않은 남자의 모습도 있었다. 분명 자신의 기억을 읽는 순간만 꺼냈다고 생각했는데, 대뜸 전혀 알 수 없는 남자의 모습이 보였다.

'누굴까. 아들?'

스승이 그를 보고 있는 기억이었다. 체구나 분위기, 느낌으로 봤을 땐 중년의 남자 같았다.

'병원?'

병원으로 보이는 방 안에서는 창밖으로 산이 보였다. 스승은 그곳에 누워 있는 남자를 보고 있었다. 미동이 없는 것으로 보아 잠이 들었거나 의식이 없는 것 같았는데, 꽤 오래된 일인지 아무리 봐도 얼굴의 형체가 명확하지 않았다.

'뭐, 결혼을 했을 수도 있지.'

정교한 작업이 아니었으니 애먼 기억이 딸려 나올 수도 있었다. 그러나 보통은 연관된 기억들이 모여 있었으므로, 그 남자가 어쩐지 마음에 걸렸다.

물론 그가 스승의 모든 기억을 읽은 건 아니었다. 스승은 지한과 같은 기억거래자였고, 기억을 숨기는 법도 알고 있는 더 노련한 기억거래자였다. 스승이 쉽게 모든 기억을 내어줬을 리 없다는 걸 알면서도, 기억을 훔친 일은 영선의 일과 복잡하게 얽히고설켜 그의 마음을 고통스럽게 했다. 영선의 일만으로도 버거운데 스승의 기억 속 남자까지 불쑥 머릿속을 헤집었다.

또 누군가의 소중한 기억을 허락 없이 빼앗은 건 아닐까. 스승이 먼저 자신의 기억을 훔쳐 갔지만, 같은 사람이 되고 싶은 건 아니었다. 그저 사실을 알고 싶다는 생각에 충동적으로 저지른 일이 이렇게까지 되고 만 것이었다.

그는 우선 영선의 일부터 해결해야겠다고 마음먹었다. 스승이 자신을 찾아오기 전에, 최대한 빨리. 그다음에 스승의 기억을 훔친 대가를 치르겠다고 생각하고 있었다.

그러나 영선의 일을 빠르게 해결할 수 있을 거라는 착각은 그녀를 대면한 순간 끝나고 말았다. 그는 이제 완벽하게 보상할 방법을 찾아야 했다. 훔친 기억을 돌려줘야 했다. 사실 그보다 완벽한 보상은 없었다. 그러나 지금껏 시도조차 해본 적 없는 일이었다.

보통은 의뢰자가 기억거래를 했다는 사실조차 잊게 되니, 기억을 돌려줘야 하는 상황은 일어나지 않았다. 그들의 요구에 따라 꺼내 온 기억스크린은 아무 곳에나 버렸는데, 주인과 멀어진 기억스크린은 빠른 속도로 망가지고 사라졌다. 주인에게서 빠져나온 기억스크린의 최후는 대부분 그런 식이었다. 그래서 지한의 집 근처엔 버려진 기억스크린들이 여기저기 널려 있었다. 기억스크린이 유독 많이 버려진 이곳에 더 머무를 수는 없었다. 이곳에 있다가는 스승에게 금세 추적당하고 말 것이었다.

'일단 여길 벗어나야 해.'

지한은 인터넷으로 집을 알아보기 시작했다. 먼저 자신이 기억스크린을 버리지 않은 지역을 떠올리기 위해 애썼다.

'서울 지역 대부분은……'

그러다 곧 절망적인 얼굴로 고개를 저었다.

'서울에서 너무 멀어져도 안 돼. 서영선 근처에……'

머릿속에 선명하게 떠오른 곳이 한 군데 있었다. 그는 몸서리를 치며 소리쳤다.

"아씨, 됐어. 됐다고!"

다시 마음을 가라앉히고 검색해보려고 했으나 도저히 집중할 수 없었다. 이미 떠오른 답은 쉬이 머릿속에서 사라지지 않았고, 애써 다른 답을 찾으려고 하니 집중이 될 리가 없었다.

"후……"

그는 눈을 감은 채 황폐한 영선의 아파트 단지를 떠올렸다.

'내가 살 거라곤 생각지도 못할 곳…….'

그 순간 절대 스승이 살 거라고 믿을 수 없었던, 달동네의 풍경이 뇌리에 겹쳐졌다. 그는 자신이 떠올린 답을 머릿속으로 되뇌었다. 막대한 부를 소유한 기억거래자가 살 거라곤 상상조차 할 수 없는, 외진 곳에 있는 낡은 재개발 지구의 아파트.

결국 심호흡을 하며 부동산 검색 페이지에 영선이 사는 아파트 이름을 검색했다. 불행인지 다행인지 여러 채가 매물로 올라와 있었다.

'환장하겠네.'

인정하고 싶지 않았지만 분명 스승이 쉽게 찾을 수 없을 곳이었다. 매물 중엔 영선과 같은 동의 집도 있었다.

'제길…….'

이제는 남은 사람보다 떠난 사람이 훨씬 더 많은 곳. 그는 생각만 해도 한숨이 푹푹 나오는 아파트 단지의 정경을 떠올리며 괴로움에 몸부림쳤다.

"으악!"

*

영선은 그간 모은 수면유도제를 세고 있었다. 평소라면 한 번의 머뭇거림도 없이 완벽하게 세었겠지만, 그날은 조금 달랐다.

엄마가 출근한 오전이었다. 허리가 아파서 더는 못 누워 있겠다 싶어 영선은 자리에서 일어났다. 배가 살살 아파오자 화장실에 갔고, 들어온 김에 씻을까 고민하다가 그만두고 방으로 돌아왔다.

그러다 불현듯 서랍장 안의 수면유도제 개수를 세어보고 싶어졌다. 수면유도제를 모으기 시작한 이후 생긴 취미기도 했다. 서랍을 열고 첫 번째 수면유도제 상자를 열던 도중 지한의 눈빛이 기억을 스쳤다.

'이지한…….'

지난밤, 그는 자신을 찾아왔고 또 황급히 돌아갔다. 당장에라도 소원을 들어줄 것처럼, 램프의 요정 지니처럼 굴 땐 언제고. 아무리 생각해도 어이가 없어서 그녀는 피식 웃음을 터뜨렸다.

'이거나 마저 세자.'

그렇게 다시 시작한 셈이 도저히 진도가 나가지 않았다. 열한 번째 제자리였다.

'왜 그런 소릴 한 거지?'

몇 번을 생각해도 이상한 등장이었다. 하필 그 시간에, 그런 방식으로 등장할 이유가……. 결국 영선은 셈을 멈춘 뒤 서랍을 닫았다.

"하아……."

비로소 어떤 계획이 생기려던 차였다. 수면유도제가 쌓여갈 때마다 그녀는 생각했다. 적어도 끝은 스스로 결정할 수 있게 되었다고, 비로소 계획대로 되어간다고 생각했는데……. 다시 발목을 붙들린 기분이었다.

지금껏 영선은 궁금한 게 없었다. 더 살아봐야 알 것 같은 기분이 아니라 이미 다 아는 것 같은 기분이었고, 어쩌면 시간만 축내고 있는 걸지도 모른다고, 꼭 죽으려는 건 아니었지만 죽지 않아야 할 이유도 없다고 생각하며 살았다. 그런데 비로소 세운 어떤 결심이 무려 13년 전에 사라진 남자애의 등장으로 인해 또다시 시시해져버렸다. 인생은 대체로 시시껄렁한 거라고만 생각했는데, 그의 등장은 시시껄렁하지 않았다. 그게 문제였다.

밤새 영선은 그의 등장을 별것 아닌 것으로 치부하기 위해 부단히 애를 썼다.

'그래, 뭐. 나도 가끔은 궁금했으니까.'

그런 생각을 하다가 그럼에도 이상하다는 것을 깨달았다.

'아니, 궁금했지만 난 찾아갈 생각은 한 적도 없잖아. 물론 스무 살 전에는…….'

5년 전까지만 해도 영선은 그를 가끔 떠올렸다. 어떻게 지낼까 하는 궁금증 정도였다. 영선은 아홉 살에 한 번, 열두 살에 한 번 그와 같은 반이었다. 아홉 살엔 상당히 친했지만 열두 살엔 그만큼 친하진 않았다. 서로를 이성으로 느끼기 시작한 때였으니 어릴 때처럼 스스럼없이 놀지 못했다. 그 무렵 영선은 초경을 시작했다. 가슴이 봉긋해지기 시작했고 상당한 심적 변화를 경험하고 있었다.

물론 영선은 이런 자세한 것까진 기억하지 못했다. 아버지에 대한 기억을 잃은 후 그녀는 어린 시절을 빠르게 잊어갔다. 그러나 5학년 때, 그가 전학을 간 사실은 분명히 기억하고 있었다. 첫 학기가 시작된 지 일주일도 되지 않은 때였다. 갑작스러운 전학이어서 누구도 이유를 몰랐다.

대부분의 아이들이 지한을 잊는 사이에도 영선은 조금 더 오래 그를 기억했다. 그의 자리에 다른 친구가 앉은 후에도 불쑥 그 자리를 돌아보곤 했다. 그런 뒤에는 점차 잊었다. 그러나 궁금한 마음마저 사라진 건 아니었다.

가끔 그의 SNS 계정을 찾아보곤 했었다. 유행하는 SNS가 여러 번 바뀌는 사이, 그의 계정은 어디에도 없었다. 비로소 찾기를 멈춘 뒤에도 그 이름을 잊을 순 없었다. 그렇게 5년 전까지만 해도 문득 궁금했던 그가 13년이 지난 어느 날, 자신의 집 앞에 나타난 것이었다.

'이지한.'

그 이름을 다시 떠올리며 영선은 한숨을 내쉬었다. 얼굴을 보며 그 이름을 다시 부르는 날이 올 줄이야. 살다 보니 이런 일이 생긴다는 것이 놀라우면서도 당황스러웠다. 어쩐지 더 살아보라는 뜻 같아서, 그녀는 모른 척 다시 자리에 누웠다. 그리고는 손을 뻗어 휴대폰을 찾았다. 그러나 단 한 통의 부재중 전화도, 문자도 오지 않았다.

지난밤, 그는 사색이 된 얼굴로 영선에게 휴대폰을 내밀었다.

"찍어."

영선이 잃어버린 것을 찾고 싶다고 선전포고한 직후의 일이었다.

그녀는 그가 내민 휴대폰을 한동안 보다가, 목덜미를 긁적거렸다. 이걸 그냥 찍어줘야 하나. 도대체 의도가 뭔가 싶어 주춤거렸다. 순간 그가 질색하며 소리쳤다.

"야! 너 막 긁고 그러지 마!"

어디 이상한 데를 긁었나? 싶게 격한 반응이었지만, 그러거나 말거나 영선은 일단 그의 휴대폰에 번호를 찍은 뒤 통화 버튼을 눌렀다.

자신의 휴대폰이 울리는 것을 확인하고, 영선은 그의 휴대폰을 돌려주었다. 그러자 그는 오만상을 짓고서, 마치 쓰레기를 받아들 듯이, 손가락과 손가락 끝에 힘을 주어 그녀가 만지지 않은 휴대폰의 모서리를 잡았다. 그게 영선이 기억하는 그의 마지막 모습이었다.

오늘 아침까지도 그에게서는 연락이 없었다. 마치 꿈을 꾼 것처럼, 어젯밤의 조우는 묘연해지고 있었다.

'꿈이었나.'

이래 봬도 그녀는 한 번도 수면유도제가 필요한 적이 없었던, 일명 단잠의 여왕이었다. 수면유도제를 악착같이 모으던 것과 달리, 베개에 머리를 대면 7초 안에 잠이 드는 데다 꿈 한 번 꾸지 않고 숙면을 해왔다.

'꿈일 리가.'

이제 영선의 집중을 방해하는 요소가 바뀌었다. 처음은 의문 때문이었다면, 이제는 분노 혹은 배신감이 그 원인이었다.

'이 자식이 장난을 치나. 그럼 번호는 왜 받아 가?'

영선은 대답이 없는 휴대폰을 한참이나 째려보았다.

*

지한이 다시 나타난 건 일주일 만이었다.

약국으로 가던 영선은 수년 만에 이사를 오는 광경을 보게 되었다. 이삿짐 차가 있기에 당연히 누군가 이사를 가는 줄만 알았는데, 낯익은 얼굴이 보였다.

지한은 만사가 귀찮다는 듯, 팔짱을 낀 채 사다리차를 타고 올라가는 이삿짐을 보고 있었다. 짐이 향하는 곳은 한눈에도 몇 층인지 알 수 있는, 영선이 살고 있는 7층이었다.

그녀와 같은 동, 같은 층으로 지한의 이삿짐이 올라가고 있었다.

영선은 이상한 기분이 들었지만, 멍하니 보고 있을 수도 없어서, 약국을 향해 걷다가 또 문득 뒤를 돌아보기를 반복했다.

'이삿짐센터에서 일하나?'

그렇게밖에 추측이 안 되는 상황이었다. 하지만 이삿짐센터 직원이라면 팔짱을 낀 채 누가 봐도 집주인처럼 보이도록 행세하지는 않을 것 같았다.

'말도 안 돼.'

정말 그가 자신과 같은 동, 같은 층으로 이사를 왔단 말인가. 그녀는 어느새 약국 앞에 서 있었고 약사는 기다렸다는 듯이 문을 열어주었다. 약사가 직접 문을 열어준 건 처음이었다.

"그 남자, 친구라며?"

"네?"

"내가 말했던 그 사람. 자꾸 동네에 나타난다는 젊은 남자 말이야."

영선이 얼떨떨한 얼굴로 반문하자 약사가 신이 난 목소리로 다시 말했다. 물론 영선도 기억하고 있었다. 그가 나타났던 밤, 경찰에게 신고할 때도 약사의 이야기를 참고했으니까.

"아, 네. 근데 그걸 어떻게……."

물어놓고도 아차 싶었다. 그토록 요란했는데 이 작은 동네에 소문이 안 퍼졌을 리가.

"이제 우리 동네 모태 솔로에게도 남친이 생기는 건가?"

약사가 그녀의 어깨를 툭 치며 너스레를 떨었다.

영선은 약사의 입에서 나온 '모태 솔로'라는 단어에 한 번, 어색하게 발음한 '남친'이라는 단어에 또 한 번 소름이 돋았다. 머리가 다 띵했다.

'내가 모태 솔로라고?'

아니라고 딱 잘라 말하고 싶었지만, 영선은 꾹 참으며 또 한 갑의 수면유도제를 샀다.

"안녕히 계세요."

이제는 습관처럼 내뱉는 작별의 인사. 영선은 약사에게서 돌아서며 이를 꽉 물었다. 약사는 오늘도 눈치 없이 또 한마디를 덧붙였다.

"잘해봐! 응? 모태 솔로!"

약국에서 나와 한참을 걸은 뒤에야, 영선은 자신의 팔을 문지르며 몸서리를 쳤다.

'어우, 소름 끼쳐 진짜.'

영선은 모태 솔로가 아니었다. 심지어는 대학 내내 1년에 한 번은 짧은 연애를 하며 지냈다. 인생무상을 느끼며 유유자적 동네를 떠도는 것과 연애는 별개의 일이었다. 주변에 남자가 있으면 연애는 하게 되어 있는 법. 영선이 밖에서도 시종일관 무기력하게 굴 거라는 건 약사의 착각이었다.

'언제까지 주제넘게 아는 척하나 보자고.'

그런 약사를 꼴사나워하는 것도 잠시, 그녀는 황폐한 아파트 단지를 둘러보며 문득 이 아파트에 생기가 돌던 때를 떠올렸다.

알록달록한 사람들이 쉴 새 없이 오가고, 소란스러운 소리가 단지의 곳곳을 메우던 때가 있었다. 그 무렵 영선은 조금도 무기력하지 않았다. 아빠의 기억을 잃었고, 하고 싶은 게 없었다고 해도, 그것은 오늘을 살아가는 태도와는 별개의 문제였다.

단지에는 재개발의 찬란한 꿈에 젖은 사람들의 희망찬 수다가 끊이지 않았고, 모두가 황금빛 미래를 꿈꾸며 동지애를 키우고 있었다. 그 무렵엔 뭔가를 하고 싶지 않다는 이유로 절망을 느끼진 않았다. 모두에게 긍정적인 마음이 있었고, 그것은 지영 역시 마찬가지였다. 그녀는 딸이 기억을 잃고 별다른 목표가 없이 사는 듯 보여도 결국엔 잘해낼 거라고 막연하게 믿었다.

아직도 이삿짐이 옮겨지는 중이었다. 알록달록한 짐들이 사다리차를 타고 7층으로 들어갈 때마다 영선은 그 주변이 어떤 빛깔로 물드는 것 같은 기분을 느꼈다.

지한은 그런 영선의 모습을 보고 있었다. 이미 이삿짐센터 직원의 기억스크린을 통해 조금 전 자신을 스쳐 간 그녀를 본 뒤였다.

'또 약국에 갔겠지. 수면유도제 한 갑을 사 왔을 거고.'

그녀가 먼발치에 서서 사다리차를 타고 올라가는 이삿짐을 보고 있었다. 지한은 멍하니 고개를 치켜세운 그녀의 모습에 눈을 뗄 수 없었다. 그런데 문득 그녀가 지한을 쳐다봤다. 그 순간 읽힌 그녀의 기억으로 인해 그는 불쾌해졌다.

'주제에, 연애는 꽤 했네?'

영선의 기억스크린에서 그녀의 지난 연애 상대들이 줄줄이 보였다. 물론 관련된 기억은 대부분 흐릿하게 변형되어 있었는데, 얼굴도 기억나지 않는 시답잖은 연애만 했다는 뜻이었다. 그녀가 왜 그런 기억을 떠올리는지는 알 수 없었지만, 아무튼 그런 기억력으로도 지한과의 어린 시절을 선명하게 기억하고 있는 건 좀 신기한 일이었다.

그는 어쩐지 입가가 간지러워서, 입술에 힘을 주었다. 그때 주머니에서 짧은 진동이 두 번 울렸다. 확인하지 않아도 알 수 있는 알림이었다.

'의뢰가 왔군.'

스승의 기억스크린을 훔친 뒤 어떠한 기억거래에도 응하지 않고 있었다. 정확히는 응하지 못하는 것이었다.

지한이 응하지 않은 한국 거래 건은 세계 곳곳에 사는 또 다른 기억거래자의 몫으로 넘어가게 돼 있었다. 요즘 들어 부쩍 그가 받지 않은 의뢰가 빠르게 사라지고 있었는데, 누군가가 비행기를 타고 와서 의뢰를 받았다기엔 그 속도가 너무 빨랐다. 그는 한국에 있는 또 한 명의 기억거래자, 스승을 떠올렸다.

'설마.'

지한이 한창 거래를 시작하던 무렵, 지한이 하려던 거래를 선점한 기억거래자는 없었다. 기억거래 의뢰는 나라와 지역에 따라, 활동이 많은 기억거래자에게 먼저 간다. 그런 의미에서 한국의 거래 의뢰가 지한에게 늘 먼저 왔다는 건, 한국에 있는 다른 한 명의 기억거래자가 거래에 응하지 않고 있다는 뜻이었고, 그 사람은 지한이 노인이라 부르는 스승이었다. 그런 그가 활동을 다시 시작했다. 이대로라면 결국 스승이 다시 거래를 선점하게 되는 시점이 올 수도 있었다.

그의 복잡한 심경은 아는지 모르는지, 영선은 눈이 마주친 그에게 차마 아는 척도 하지 못한 채, 주머니에 손을 넣어 방금 산 수면유도제를 꽉 쥐었다. 영선의 기억스크린에 조금 전 약국에 들렀던 기억이 떠올랐다. 아마도 그녀는 집에 도착하자마자 이미 스무 갑이나 모아둔 서랍 안에 그 한 갑을 또 채워 넣을 것이다.

지한은 불안으로 꽉 찬 한숨을 내쉬며 생각했다.

'역시 시간이 없어.'

*

그 밤, 지한은 영선과 같은 동, 같은 층에 있는 다른 집에 있었다. 집 안의 살림은 단출했다. 거실엔 큰 베이지색의 가죽 소파가 있었고, 유리로 된 소파 테이블이 하나 있었다. 흔한 TV조차 보이지 않았고, 거실의 장식은 만약을 대비해 베란다 쪽에 설치한 흰색의 긴 커튼뿐이었다.

지한은 그 커튼을 조금 걷은 뒤, 창 너머로 보이는 다른 동을 봤다. 대부분 불이 꺼져 있는 집들, 굳이 더 보지 않아도 다른 단지 역시 비슷한 상황이리라 짐작했다. 밖에서 본다면 이곳 또한 마찬가지로 어둑어둑할 것이었다.

그는 깊은 암흑 속으로 빨려 들어온 것 같은 기분을 느꼈다. 스승의 기억스크린 속에서, 어린 시절의 지한은 이 동네를 기억하고 있었다. 한때는 아이들이 바글거리던 놀이터에 지한이 있었고, 그 곁에 영선도 있었다. 지한의 가족 역시 재개발의 꿈을 포기하고 이 집을 떠난 부류였다.

기억스크린 속엔 지한의 엄마와 영선의 엄마가 대화를 나누는 모습도 있었다. 어린 지한과 영선은 그 곁에서 장난감을 갖고 놀고 있었다. 지한은 소꿉놀이를 하고 있었고, 영선은 로봇을 공중에서 흔들면서 지한의 아기자기한 주방 도구를 막무가내로 무너뜨렸다.

'으앙!'

결국 지한은 울음을 터뜨렸고, 영선은 그런 그를 멀뚱히 보고 있었다.

역시, 그에게 영선은 그때부터 좀 독특한 여자였다. 그런데 주제에 연애는 또 제법 했다는 게 어이가 없었다. 지금껏 그에게 여자는 눈으로 보기에만 좋은 존재였다. 같은 맥락에서, 만지고 싶은 존재는 아니었다. 그저 보기에 좋으니 돈을 얼마쯤 쓸 수 있는, 그런 존재였다.

기억거래자의 눈에 인간은 결코 아름다울 수 없었다. 저 여자애는 어제도 종일 예민한 얼굴로 밥을 굶었고, 밥 사 먹을 돈이 없어도 화장품 살 돈을 모아서 오늘도 짙은 화장을 하고 클럽에 나타났다. 어제는 머리를 노랗게 탈색한 남자와 잤고, 그제는 검은 머리에 순진해 보이는 양아치를 꾀었다가 크게 데었다. 그런데도 화장을 하고 또 그곳에 나타났다. 배짱이 좋은 건지, 관심이 필요한 건지 알 수 없는, 도통 이해가 가지 않는 존재들이 많았다. 지한은 그런 여자들에게 돈을 뿌렸다.

물론 그런 대상이 여자뿐인 건 아니었다. 술 좀 얻어먹겠다고 나이도 많은 남자가 형이라고 부르는 일도 허다했다. 그냥 술을 안 먹으면 되지 않나 싶다가도, 녀석의 기억을 읽으면 이야기가 또 좀 달라졌다. 폭력적인 술주정뱅이 아버지 밑에서 자란 놈도 있었고, 막연한 미래를 두려워하며 그저 허황된 상상 속에서 지내는 남자도 있었다.

자신에게 많고 많은 돈을 그들에게 얼마쯤 뿌리는 것은 별게 아니었다. 그 돈이 잠시나마 그들의 헛헛한 행위에 보상이 될 수 있다면 뭐, 어렵지 않은 일이었다.

그래서 영선을 이해할 수가 없었다. 백수 주제에, 엄마가 주는 용돈으로 살면서도 꼬박꼬박 수면유도제를 사고 있었다. 관심 좀 받아보겠다고 발버둥 치는 화장기 짙은 여자들보다, 술 좀 얻어먹겠다고 굽실거리는 남자들보다 불쾌하고 한심했다. 뭐라도 해보는 시늉이라도 할 순 없느냐고, 고작 하는 게 수면유도제를 모으는 거냐고 어깨를 흔들며 따져 묻고 싶기도 했다.

지한은 바지 주머니에서 휴대폰을 꺼내 액정을 켰다. 아직 저장하지 않은 영선의 번호가 통화 목록에 남아 있었다.

'불쾌해.'

역시 불쾌한 존재였다. 목덜미를 벅벅 긁은 손으로 남의 휴대폰이나 만지질 않나. 머리를 감기는 했을까 싶을 만큼 후줄근한 몰골로 밤이고 낮이고 낡은 동네를 떠도는 여자. 지한은 다시 휴대폰을 소파 위에 던져놓았다.

지한은 그나마 가장 깨끗하고, 수리할 것이 가장 적은 집을 골랐다. 결코 영선과 같은 층으로 이사를 올 생각 같은 건 한 적이 없었다. 같은 동 다른 층에도 빈집이 있었다. 하지만 하필

7층의 끝에 있던 이 집만이 수리까지 해놓은 상태였다.

처음 부동산에 갔을 때, 중개인은 정말 이 아파트를 매입하겠냐고 난색을 보이며 물었다. 매매가 끊긴 지 수년도 더 된 아파트였다. 그도 물론 중개인의 심정을 이해하지 못하는 건 아니었다. 스스로 생각해도 어이가 없는 선택이었으니까.

일단 가장 깨끗한 집으로 보여달라는 그의 말대로 중개인은 같은 동 같은 층의 집을 보여줬고, 지한은 이사를 결정한 순간 이미 했던 체념을 한 번 더 하면서 계약서에 사인했다. 어쨌든 가까운 곳에 머물기만 하면 되니 나쁘지 않은 선택이었다. 생각이 거기까지 이르자, 그는 어쩐지 피곤해져서 생각하기를 그만두었다.

그는 자주 피로를 느꼈다. 끊임없이 기억을 읽고 사는 탓이었다. 그가 있는 모든 곳에서, 너무 많은 기억이 읽혔다. 선택 가능한 다른 방법은 없었다. 고요한 밤이면 그가 거래했던 모든 기억이 그를 덮쳐 왔다. 눈이 시큰거리고 머리가 아픈 것은 그에게 익숙한 증상이었다. 그래서 그는 밤이면 밖으로 나가 술을 마시고 놀면서 자꾸만 깊어지려는 생각을 멈추려 애썼다.

그런 탓에 지한은 지금까지 타인의 생각을 궁금해한 적이 거의 없었다. 궁금해하는 것, 설명하는 것. 이 두 가지는 지한의 인생에서 가장 불필요한 것들이었다. 그럼에도 영선이 자신의 이사를 어떻게 생각할지는 조금 궁금했다. 이사를 하면서 눈이 마주쳤을 때도 설명을 해야 한다는 생각을 하지 못했는데, 문득 영선의 서랍에 차곡차곡 쌓이고 있던 수면유도제가 떠올랐다.

'설마 오늘 밤 그걸 삼키진 않겠지.'

귀찮다는 듯 불을 끈 그는 침대에 몸을 던지며 생각했다. 어쩌면 지금껏 그것이 필요한 사람은 자신이었을지도 모른다고. 그는 반신반의하며 눈을 감았다. 그 큰 저택에서도 오지 않던 잠이, 이 으스스한 아파트에서 과연 올까 생각하면서.

네 번째 인터뷰

Q. 기억거래자가 첫사랑이었다니, 갑자기 로맨틱한 이야기가 된 것 같습니다.

A. 전혀 그렇지 않아요. 아까도 말했듯이, 그 사람이 제 모든 기억을 다 읽었거든요. 들키고 싶지 않은 기억들까지 다요.

Q. (웃음을 터뜨리며) 죄송합니다. 듣다 보니 자꾸 웃음이 나서.

A. 괜찮아요. 저도 그 사람의 정체를 알기 전까지는 그 수치심에 대해 상상조차 할 수 없었으니까요.

Q. 처음부터 그분의 정체를 아신 건 아니었잖아요. 언제부터 이상하다고 느끼셨나요?

A. 뭔가를 물어도 제대로 대답을 안 하는 사람이었어요. 그게 이상했죠. 쟤는 늘 저런 식인가, 왜 자꾸 묻기만 하지. 그리고 자꾸 내 마음을 다 아는 것 같았어요.

Q. 그럼 먼저 물으신 건가요?

A. 그럴 리가요. 기자님이라면 앞에 앉아 있는 사람이 기억을 읽는 사람이라는 걸 예상이나 할 수 있겠어요?

Q. 듣고도 믿기 힘들었을 것 같습니다.

A. 당연히, 당연히 그랬죠.

Q. 이제부터는 중요한 이야기를 좀 해야 할 것 같습니다. 먼저 제 트위터에 쪽지를 보내셨잖아요.

A. 네, 그랬죠.

Q. 제가 올린 말도 안 되는 한 문장을 보시고요.

A. 누군가 내 기억을 훔쳐 갔다면.

Q. 정확히 기억하시네요. 술에 취해 쓴 글이라 지금은 지운 상태인데요.

A. 네, 알고 있어요.

Q. 깊은 새벽이었는데, 제 글을 어떻게 보셨나요?

A. 우연히 봤어요.

Q. 우연히요?

A. 저도 질문 하나 해도 될까요?

Q. 네, 하세요.

A. 언제부터 궁금했어요? 기억을 읽는 사람이 있을까, 하는 거.

Q. 아까도 말씀드렸지만, 술에 취해서 아주 잠깐 했던 생각이었습니다.

A. 그런 생각을 불현듯 하는 사람이 많을 것 같지 않은데.

Q. 그거야 그렇죠. 갑자기 역할이 바뀐 기분이 드네요?

A. 우리는 자주 욕구를 무시하며 살잖아요. 실은 아주 강렬한 욕구인데, 실현할 수 없다고 생각하며 미뤄두는 것도 많고……. 그 사람을 다시 만난 스물다섯 무렵의 저도 그랬거

든요. 기억을 잃었다는 걸 알고 있었어요. 언제나 가슴 한구석이 허전했으니까. 근데 그걸 찾아야 한다고는 생각해본 적이 없었죠. 찾을 수 있다고 생각하지 못했으니까요. 사회부 기자시잖아요. 사회에서 벌어지는 사건들, 현상들을 취재하고 논리적으로 분석하는 일을 하실 텐데, 그런 비논리적인 일을 궁금해하시는 걸 보고 특이하다고 생각했어요.

Q. (잠시 말이 없다가) 이상한 느낌을 받은 사건이 있어요.

A. 들려주세요.

Q. 연쇄살인범이 10년 만에 잡혔어요. 근데 범인은 끝까지 자기가 하지 않았다고 했죠. 거짓말을 하는 범인은 많아요. 하지만 그 범인은 정말 기억을 하지 못하는 것 같았어요. 경찰도 그렇게 느꼈는지 정신분석을 해보았는데, 정신적으로 문제가 있는 게 아니라 기억을 잃은 상태였어요. 심리학적으로도 분석이 되지 않는 케이스였죠. 그때부터 기억에 대한 의문이 시작됐습니다.

4

묻기만 하는 남자

영선은 구직 사이트에서 채용 공고를 보고 있었다. 늘 그랬듯, 지원할 생각이 없는 공고들까지 모조리 스크랩하다가 지우기를 반복했다.

'역시, 하고 싶은 일이 없어.'

그런 행위가 자신을 더 무기력하게 만든다는 생각은 하지 못한 채, 영선은 불현듯 휴대폰을 들어 만지작거렸다.

오늘도 영선의 휴대폰은 울리지 않았다. 영선은 며칠 전 같은 아파트, 같은 동으로 이사를 온 지한을 떠올렸다. 이미 번호를 가져간 지 일주일이 지난 시점이었다. 최근 들어 그녀는 서랍 속 수면제의 개수를 헤아리는 것보다 더 열심히, 그가 자신의 번호를 가져간 날부터 흐른 시간을 셈하는 중이었다.

'뭐 하자는 거지?'

자신이 그에게 어려운 숙제를 주었다는 건 생각지도 못했다. 그녀는 그저 같은 층의 끝 집에 있을 그를 떠올리며 답답해하고 있었다.

그러던 중 전화가 울렸다. 휴대폰 액정에 눈에 익은 번호가 보였다. 아직 저장하진 않았지만, 누구의 것인지 분명히 알고 있는 번호였다.

'독심술이라도 하나?'

그렇게 기다린 전화였음에도 영선은 선뜻 통화 버튼을 누르지 못했다. 정확히 열흘 만이었다. 번호를 가져간 지 한참이 지난 후에야, 그가 전화를 걸어온 것이었다.

'이쯤 받으면 되려나?'

기다린 티를 내고 싶지 않았지만 끊기는 것도 곤란했다. 그녀는 고심 끝에 통화 버튼을 눌렀다.

"여보세요."

모른 척 그녀가 입을 떼자마자, 수화기 너머에서 지한이 소리쳤다.

"왜 이렇게 늦게 받아?"

긴장한 탓인지 가슴이 빠르게 뛰었다. 며칠 만에 전화해놓고는 왜 이렇게 늦게 받느냐니.

"누구신데요?"

괘씸한 마음에 모른 척 한 번 더 물었다. 그를 좀 골려주고 싶었다. 아니, 티 내고 싶지 않았다. 그의 번호를 뚫어지게 보면서 몇 날 며칠을 기다렸다는 걸 절대 들키고 싶지 않았다.

"아, 잘못 걸었나? 죄송합니다. 일단 끊고…….."

수화기 너머의 지한이 말했다. 지한은 웃음을 꾹 참고 있었다. 그는 이사하던 날을 떠올렸다. 그녀와 눈이 마주쳤을 때, 휴대폰을 뚫어지게 보며 시간을 보내던 그녀의 기억을 읽었다. 하필 자신과 마주한 순간 휴대폰을 보는 모습을 떠올렸다는 건, 연락을 내심 기다리고 있었다는 뜻이었다.

말만 그렇게 했을 뿐, 전화를 끊을 생각은 없었다. 어떻게 건 전화인데. 몇 날 며칠을 고민한 건 그도 마찬가지였다.

그가 전화를 끊지 않고 뜸을 들이는 사이 수화기 너머의 영선이 다급히 입을 열었다.

"서영선 찾는 거 아니에요?"

'아, 처음 걸었구나?'

지한은 순간 아차 싶었다. 이름을 묻지 않은 데다가, 자신의 이름도 말하지 않았다는 걸 깨달았다.

"맞아. 나 이지한."

연락을 기다린 듯한 영선의 마음을 모른 척하며, 그는 자신을 소개했다. 사실 알면서도 모른 척하는 건 그에게 익숙한 방식이었다. 모든 게 다 보여서, 아는 척하는 게 오히려 힘들 정도였으니까.

"어디야?"

그가 또다시 모른 척 물었다. 그녀가 집에 있다는 걸 알고 있었다. 지한은 매일 아침 경비의 기억스크린을 통해 영선의 외출 여부를 확인했다. 아침에는 조깅을 할 겸, 점심때와 저녁때는 음식을 살 겸, 배달의 나라에 살면서도 부러 외출을 하는 그였다.

경비는 아직 눈에 익지 않은 지한에게 번번이 시선을 주었다. 지한은 그 시선을 마주하면서 경비의 최신 기억스크린을 읽었다. 그 아침도, 영선은 경비의 기억스크린에서 발견되지 않았다.

"집."

영선이 우물쭈물 대답했다. 집에 있는 것을 들키고 싶지 않다는 투였다.

"우리 집으로 와."

"뭐?"

갑작스러운 그의 명령에 그녀는 자신의 귀를 의심했다. 밖에서 만나자는 것도 아니고 집으로 오라고? 그것도 너무나 당당한 말투로. 당혹스러워 말문이 막혔다.

영선은 천천히 자신이 입은 옷을 봤다. 후줄근하다는 건 알았지만 이전까진 한 번도 신경 써본 적 없는 차림새였다.

'뜬금없이 옷을 갈아입고 가는 것도 이상하지 않나?'

마음이 좀 복잡했다.

"왜 집에서 만나는데?"

차라리 밖에서 만나면 옷이라도 갈아입고 갈 텐데, 갑자기 집이라니. 그녀는 그가 사는 710호를 떠올렸다. 같은 층에 살지만 한 번도 가본 적 없는 그의 집. 아무렇지 않게 집으로 오라고 하는 그가 좀 얄밉기도 했다.

지한은 통화하는 내내 베란다를 서성거리고 있었다. 실은 휴대폰을 든 순간부터 이미 초조했고, 신호가 한참 갔음에도 받지 않는 그녀로 인해 그 초조함은 극에 달해 있었다. 긴장한 탓에 명령조가 튀어나왔지만, 표현이 서툰 것뿐이었다. 왜 집에서 만나냐는 말에 뭔가 둘러대야 했지만 선뜻 대처할 말을 찾지 못했다.

다른 뜻은 아니고 만나서 할 얘기가 있다고, 불편하면 밖에서 보자고 말하면 되는데, 사실 밖에서 만나고 싶지 않았다. 그는 모른 척은 할 수 있어도 마음에 없는 말은 하지 못했다.

"그러니까, 그게……."

밖에서 만나고 싶지 않은 이유는 하나, 그녀에게 온전히 집중하고 싶어서였다. 그에게 밖이란 수많은 기억스크린이 쉴 새 없이 떠드는, 한시도 조용하지 않은 세상이었다.

"내가 좀 피곤해서. 그래서 집으로……."

더 이상 이을 말이 떠오르지 않았다. '불편하면 내가 너희 집으로 갈게!'라는 말은 하고 싶지 않았다. 그랬다가는 당장 서랍 안의 수면제를 꺼내 갖다 버리고 싶을 테니까. 그는 자신이 기억을 읽는 사람이라는 걸 아직 알릴 생각이 없었다.

"기다려."

짧은 침묵 끝에, 영선이 말했다. 마치 그의 마음 읽기라도 한 것처럼, 영선은 더는 무엇도 묻지 않고 기다리라고 했다. 이내 전화가 끊겼다.

정확히 3초 후, 그는 정신이 번쩍 들었다. 그러니까 그녀가 자신의 집으로 오겠다는 뜻이었다.

"기다리라고?"

지금 온다는 건가? 그는 자신도 모르게 중얼거렸다. 곧 초인종 소리가 딩동! 하고 울렸다. 그는 너무 놀라 휴대폰을 바닥에 떨어뜨리고 말았다.

'뭐지?'

설마. 초인종을 그녀가 눌렀을 거라곤 생각할 수 없었다.

'택밴가?'

아직 집 정리가 다 끝나지 않은 상태였다. 사실상 임시 거처나 다름이 없었지만 필요한 것들이 자꾸 생겨났다. 택배로 시킨 것이 한 무더기였고 오늘도 도착할 물건들이 많았다.

부정하고 싶었지만 그는 어쩐지 알 것 같았다. 저 현관문 너머에 있는 사람이 누구인지를.

영선은 들어오자마자 아무 말 없이 집 안을 둘러보았다. 같은 아파트, 같은 층인데도 분위기가 달랐다. 집 안 전체를 리모델링한 건지 내부는 온통 새하얀 데다, 거실에는 소파 하나만 덩그러니 놓여 있었다.

지한은 냉장고 문을 연 채 안절부절못하다가 맥주 한 캔을 꺼냈다. 영선은 거실을 둘러보다가 자연스레 소파에 앉았다. 그는 영선에게 맥주를 내밀었다.

"대낮부터 웬 술?"

영선이 의심스러운 눈초리로 물었다. 아직 정오도 되지 않은 시간이었다.

"줄 게 그것밖에 없네."

그는 그녀가 어떤 상상을 할지 훤했기 때문에, 시선을 피한 채 답했다.

그리고 정적이 흘렀다. 영선은 그가 내민 맥주를 받고서 멍하니 그것을 보고 있었다.

그는 습관적으로 그녀의 눈을 봤다. 무슨 생각을 하고 있는지 궁금했다. 그녀의 기억스크린은 온통 뿌연 상태였다. 상대가 멍할 때 일시적으로 그렇게 보이곤 했다. 흔한 일이었고, 이럴 땐 기억거래자도 상대의 기억스크린을 읽을 수 없었다. 기억스크린이 회오리치듯 빠르게 이동하다가 돌연 뿌옇게 되는 경우도 있었다. 어떤 사람은 체질적으로 집중력이 약하고 어수선해서 그랬고, 영선처럼 기억의 일부가 없는 사람도 종종 겪는 일이었다.

탁! 영선이 캔을 땄다. 그 소리에 정적이 깨졌다.

"부른 이유가 있을 거 아니야."

그녀는 맥주를 한 모금 마시더니 물었다. 그녀의 뿌연 기억스크린을 보며 죄책감을 느낀 것도 잠시, 그는 자존심이 좀 상했다.

'그래도 그렇지. 남자 집에 오는데 저 몰골로 그냥 온다고?'

분명 평소와 똑같은 차림새였다. 헐렁한 바지 아래로 드러난 뽀얀 발등에 그의 시선이 머물렀다. 그나마 발톱은 최근에 자른 건지 깔끔한 상태였다.

영선도 그의 시선을 따라 자신의 발을 보았다.

'양말이라도 신고 올 걸 그랬나?'

그녀는 잽싸게 안짱다리를 하며 무릎 사이로 자신의 발을 숨겼다. 지한은 그제야 정신을 차렸다.

"아, 그러니까. 그, 그거."

만약 영선이 기억스크린을 읽을 수 있었다면, 지금 그의 기억스크린이 얼마나 뿌연 상태인지 알 수 있었을 것이다.

"생각해보라고 했잖아. 원하는 거."

정신이 없는 건 영선도 마찬가지였다. 맥주라도 한 모금 마시면 긴장이 좀 풀릴 줄 알았는데, 처음으로 그와 한집에 마주 앉아 있으니 너무나 어색했다.

"원하는 거?"

영선은 그가 했던 말을 곧바로 떠올리지 못했다. 그러나 머지않아 그녀의 기억은 그와 처음 마주한 그 밤으로 이어졌다. 곧 그의 질문과 함께 자신이 했던 대답을 떠올렸다.

'잃어버린 걸 되찾고 싶은데.'

영선은 아차 싶었다.

'갑자기 왜 그런 소릴 한 거지?'

그녀가 생각하기에 그건 그가 찾아줄 수 있는 게 아니었다. 그런데도 그 순간엔 뭐든 해주겠다는 그를 좀 골려주고 싶었다. 13년 만에 나타나서는 반갑다며 인사도 하지 않고, 잘 지냈냐며 안부도 묻지 않고, 대뜸 원하는 게 있냐니. 얄미워서 그냥 말하고 말았다. 잃어버린 걸 되찾고 싶다고. 그러나 실은 그냥 한 말은 아닐지도 몰랐다. 오래전에 잃어버린 것 하나가 자신의 앞에 있었으니까.

"이미 말한 거 같은데?"

그 역시 그녀가 그날의 대답을 떠올렸다는 걸 알고 있었다. 그녀의 기억스크린에 그날이 비치고 있었다.

그는 여전히 막막했다. 영선이 찾고 싶은 것. 그것에 대해 고민하지 않은 건 아니었다. 돌려줄 방법이 있다면 돌려주는 게 맞겠지만, 그렇게 하면 그녀에게 혼란이 시작될 수도 있었다.

그는 어디서부터 어디까지 말해야 할지 감을 잡지 못하고 있었다.

"근데 말이야. 너, 처음부터 순서가 좀 틀리지 않았니?"

지한이 대답하지 않자 영선이 말했다. 그 순간 그녀의 기억 스크린에 지한이 언젠가 지나가면서 봤던 두 사람의 어린 시절 모습이 보였다. 그는 당황했다.

'무슨 의미지?'

순서가 틀렸다면서 과거를 떠올린다……. 그녀가 뭘 기대하는지 알 수 없었다.

"일단 이유부터. 네가 왜 나한테 뭔가를 해줘야 하는 건지, 도대체 뭐가 그렇게 급해서 13년 만에 찾아와놓곤 인사나 안부조차 묻지 않았는지 알아야겠어."

영선이 단호하게 말했다.

그는 그제야 자신이 미처 신경 쓰지 못한 것들을 알 수 있었다. 스승의 기억스크린을 통해 읽은 게 전부여서, 13년이라는 시간이 흐른 뒤라는 걸 실감하지 못한 상태였다. 그간 영선의 기억을 읽어 어떻게 사는지도 이미 다 알아낸 뒤였고, 마찬가지로 한 달 가까이 그녀를 지켜본 탓에 반가운 인사가 나오지 않은 것뿐이었다. 그러나 이 모든 것을 설명하기 위해선 그가 어떻게 그녀를 발견했는지, 왜 이곳에 왔는지, 어떻게 그녀의 안부를 알 수 있었는지까지, 설명해야 할 것이 많았다. 무엇보다, 그 모든 설명을 위해선 그가 기억거래자라는 것을 말해야만 했다.

'내가 기억거래자라는 걸 밝히면, 얜 믿을 수 있을까.'

이번에도 그는 영선이 쉬이 납득하기 어려울 말을 할 수밖에 없었다.

"네가 잃어버린 시간을 보상해주고 싶어서 왔어."

그녀가 황당하다는 듯 대꾸도 하기 전에, 그가 다시 말을 이었다.

"왜 취업 안 해?"

그녀는 말문이 턱 막히고 말았다. '못 해?'도 아니고, '안 해?'라니. 당황스러운 순간이었다. 그녀의 기억스크린이 빠르게 움직이기 시작했다.

'내가 백수인 건 어떻게 알았지?'

대낮에 덜컥 연락해서는 왜 전화를 늦게 받느냐고, 집으로 오라고 할 때도 이상하긴 했다. 보통은, 더더구나 13년 만에 다시 만나서 연락을 할 때는, 지금 시간 되느냐, 오늘 만날 수 있느냐 묻는 게 보편적이었다.

"내가 백수인 건 어떻게 알았는데?"

영선이 대답하지 않고 물었다. 이번에 당황한 쪽은 지한이었다. 그녀의 질문 세례가 이어졌다.

"내가 왜 안 한다고 생각해? 못 하는 거 같진 않고?"

지한은 영선의 기억스크린을 떠올렸다. 기억스크린 속 영선은 공고를 뒤적이기만 할 뿐 이력서를 넣지 않았다. 마음만 먹으면 보수가 적은 일은 쉽게 구할 수 있는 어린 나이의 여자였다. 그런 일은 하고 싶지 않은 걸까. 그는 몇 번이고 생각하다가, 그건 자신같이 보통의 인생을 살지 않는 사람이 알 수 없는 심정이라는 것을 깨달았다. 지한은 더 둘러댈 말을 찾지 못했다.

"수면유도제는 왜 모아?"

그 역시 답은 하지 않고 또 하나의 질문을 던졌다. 그러자 영선의 기억스크린이 온통 뿌옇게 변했다. 지한은 가슴이 꽉 막혀 있던 숨을 비로소 터뜨리듯 뱉어냈다. 결국, 어떤 것도 숨길 수 없다는 것을 인정해야 했다. 그녀가 원하는 건 보상이 아니라 진실이니까.

영선은 혼란스러웠다.

'어떻게 알았지?'

곧바로 약사를 떠올렸지만, 그가 약사에게 들었을 가능성은 너무나 낮았다. 그렇다면 그가 직접 본 것일 수도 있었다.

'만약 약국에 있는 날 봤다면?'

번뜩 떠오른 물음에 그녀의 얼굴이 새하얗게 질렸다.

"날 봤어?"

그녀의 말엔 많은 단어가 생략돼 있었지만, 기억스크린에 약국으로 들어가는 모습이 보였기 때문에 그는 고개를 끄덕일 수 있었다.

"어디까지 봤는데?"

영선은 떨리는 목소리로 물었다. 수면유도제를 사는 모습까지 봤느냐고 물으려다가 그만두었다. 영선의 눈가에 눈물이 고이기 시작했다.

'이미 본 거야? 내가 수면유도제를 사는 거?'

더 당황스러운 건 '왜 모으냐'는 표현이었다.

'왜 사느냐도 아니고, 왜 모으냐니.'

그가 이미 모든 것을 알고 있다는 뜻이었다.

"언제부터 본 거야?"

영선은 겨우 눈물을 삼키며 다시 물었다. 그녀의 기억스크린에 수면유도제를 사던 날들이 연이어 떠올랐다. 지한은 그녀가 진실에 꽤 가깝게 접근했음을 알 수 있었다.

"좀 됐어."

그가 비로소 알아들을 수 있는 답을 했고, 영선은 그간 궁금했던 것을 연이어 묻기 시작했다.

"이사도 나 때문에 왔어?"

"절반 정도는."

영선은 수면유도제를 들켰다는 것만으로도 충분히 수치스러운 상태였다. 두루뭉술한 말 같은 건 더는 통하지 않았다.

"정확하게 말해."

그녀는 잔뜩 신경질이 나 있었고, 그는 지금이야말로 더 신경 써서 조심스럽게 말해야 한다는 것을 깨달았다.

"생각해보니 너 때문이 맞아."

영선은 머릿속이 새하얘졌다.

'설마 날 좋아하나?'

하지만 무려 13년 만이었다. 오랜만에 만나 설렐 수는 있지만 좋아하는 감정이 들 만한 상황은 아니었다. 어릴 적 이 아파트에 살았으니, 오랜만에, 궁금해서 이 아파트에 들렀을 수도 있었다. 그러다 영선을 발견했고, 고민 끝에 하필 그 밤에 영선을 찾아온 걸 수도 있었다.

'망상 금지.'

영선이 피어오르는 착각을 꾹 누르는 사이, 지한도 마찬가지로 혼자 골몰하고 있었다.

'솔직하게 말하는 게 나을까?'

널 길에서 봤다고, 날 기억하고 있는 게 신기해서 여기까지 따라왔는데 우리가 아는 사이였더라고, 실은 너에 대한 기억을 읽은 지 얼마 되지 않았다고. 모든 걸 말한다면, 그녀는 이해할 수 있을까.

영선은 머릿속이 아주 복잡한 눈치였다. 지한은 곧 더 고민할 시간이 없다는 걸 깨닫고 결심했다.

"길에서 봤어. 네가 날 기억하고 있는 게 이상해서 널 찾아왔어. 그땐 네가 내 동창이라는 걸 몰랐거든."

거기까지 말한 뒤, 그는 망설였다. 영선이 놀란 눈으로 그를 보고 있었다.

더 둘러대야 하는 건 아닐까 싶었지만, 그러기엔 시간이 없었다. 그날 아침도 지한이 거부한 거래 한 건이 빠르게 수락되었다. 스승이 기억거래 활동을 다시 시작한 이유는 결국 자신의 기억을 빼앗은 제자에게 자신이 움직이고 있음을 알리려는 의도일 것이었다.

"총 220알."

그는 영선의 눈을 바로 보며 말했다.

누구보다 영선이 잘 아는 숫자였다. 그녀는 이내 자신의 서랍장을 떠올렸다.

"네 옷장 서랍, 위에서 세 번째 칸."

그가 다시 한번 그녀의 기억을 읽으며 말했다. 어쩌면, 자신에게 수면유도제를 들켰다는 이유만으로도 위험한 일을 저지를 수 있는 여자였다. 어설프게 알리는 것보단 적나라하게 드러내는 게 차라리 안전할 수 있었다.

그 순간 영선은 처음 수면유도제를 사던 무렵을 떠올렸다.

'설마.'

영선이 할 말을 미처 다 고르기도 전에 그가 덧붙였다.

"그때부터 지켜본 건 아니고."

"그럼 뭔데!"

영선이 버럭 소리쳤다. 그녀는 그를 스토커가 아닌 그 무엇으로도 생각할 수 없었다. 그러니까 220알까지는 어떻게든 이해한다고 쳐도, 서랍장에 있다는 것을 아는 것까진 이해할 수 없었다. 그렇게 생각하고 보니 그가 이 아파트 7층으로 이사를 온 것도 일맥상통해 보였다.

지한은 영선의 기억스크린을 읽으며 인간의 무한한 상상력에 감탄하는 중이었다. 동시에 그 무한한 상상력으로도 자신의 정체는 추측조차 하기 힘들다는 걸 깨닫는 중이었다.

"스토킹한 게 아니라, 네 기억을 읽은 거야."

그녀의 기억스크린을 좀 쉽게 해줄 겸, 그가 설명했다. 그의 예상대로 영선의 기억스크린은 또다시 뿌옇게 변했다.

당장 모든 걸 알려줄 생각은 아니었다. 이것은 어디까지나 그녀의 안전을 위한 협박이자 약간의 신분 노출이었다. 그는 돌연 차갑다 못해 싸늘하다 싶을 만큼 냉정하게 표정을 바꿨다.

"내가 부를 때 날 만나."

"내가 왜!"

영선이 울컥해서 소리쳤다. 그녀는 오랜만에 느끼는 감정의 소용돌이가 불쾌했다. 알 수 없는 말을 계속하는 그도, 거기에 자꾸만 휘말리는 자신도 화가 났다.

"널 어떻게 믿어. 날 스토킹했잖아!"

"기억을 읽었다고 했잖아!"

"나더러 그 말을 믿으라는 거야?"

다시 들어도 기가 찬 말이었다. 어떻게 핑계를 대도 저런 핑계를 댈 수 있는 걸까. 영선은 어처구니가 없었다.

지한이라고 쉽게 이해해주리라 믿은 것은 아니었다. 그는 다시 평정심을 되찾았다.

"지금 가서 수면유도제부터 가져와."

"내가 왜? 너 이러는 거 선 넘는 거야."

영선은 황당한 얼굴로 물었다. 수면유도제를 사든 말든, 그건 영선의 자유였다. 더더구나 가족도 아니고, 13년 만에 나타난 초등학교 동창이 이래라저래라할 순 없는 것이었다.

"일단 가져와. 내가 가지고 있을게."

지한도 물러날 생각은 없었다. 그는 영선의 기억스크린을 읽고 있었다. 영선은 수면유도제를 사던 순간을 떠올리고 있었다. 약사를 보는 영선의 시선은 불신과 불쾌로 가득했다. 기억스크린은 주인의 감정으로 기록되는 것이었다. 같은 장면도 주인이 그 기억을 어떻게 느끼느냐에 따라 조금씩 다르게 보이기도 했다.

"너에게 수면유도제를 파는 혐오스러운 약사보단 내가 믿을 만하지 않아?"

아무래도 이해할 수가 없었다. 영선은 그가 했던 말을 곱씹었다.

'네 기억을 읽은 거야.'

약사를 혐오한다는 것까지 안다고? 도대체 어떻게? 그녀의 머릿속은 온통 물음표로 가득 찼다.

"설마 너 진짜……."

방금까지 분명히 약사를 떠올리고 있었기 때문에, 영선은 지한의 말을 자꾸만 곱씹을 수밖에 없었다.

허겁지겁 집으로 돌아온 영선은 문을 걸어 잠근 뒤, 턱 끝까지 찬 숨을 몰아쉬었다. 곧 휴대폰에서 진동이 울리기 시작했는데, 한 번 울리고 끊긴 것이 또 한 번, 또 끊긴 뒤 한 번 더 울렸다.

'뭐지?'

누군가 문자 폭탄을 보내고 있는 듯했다. 어쩐지 누구에게 온 것인지 알 것 같은 기분이 들었다.

'확인하지 마.'

그러나 또 한 번 짧은 진동이 울렸을 때, 영선은 짜증스럽게 문자를 확인했다.

5분 줄게. 수면유도제 220알 다 들고 와.

이게 첫 번째 문자였다.

안 오면 너희 엄마한테 바로 연락한다.

이어진 두 번째 문자.

당신 딸이 자살을 준비하고 있다고.

여기까지가 그가 연달아 보낸 문자 내용이었다.

영선은 믿을 수 없었다.

'네가 우리 엄마 번호를 알 리가.'

그러나 그렇게 생각하는 와중에 그의 말이 다시 떠올랐다.

'네 기억을 읽은 거야.'

기억을 읽는다는 게 무슨 뜻인지 아직은 감이 오지 않았지만 분명 자신의 기억 속엔 엄마의 번호가 있을 것 같았다.

'만약 내가 엄마의 번호를 떠올렸다면⋯⋯.'

분명 기억에 남아 있을 것이었다.

또 한 번의 짧은 진동이 울렸다.

어머니 번호. 맞지?

그리고 이어서 그가 보낸 숫자 열한 자는 분명 엄마의 것이 었다. 영선은 머리를 헝클며 생각했다.

'환장하겠네. 정말인가? 어떻게 그게 가능하지?'

그녀에게 지한은 초등학교 동창이었고, 엄밀히 말하면 한때 는 꽤 좋아했고, 순식간에 사라진 첫사랑이었다. 그래서 그 이 상의 정의가 필요하다고는 생각해본 적이 없었다.

'근데, 대체 언제부터?'

그렇게 고민하는 사이에도 시간은 흘렀다. 그가 말한 5분이 지나기까지는 정확히 1분이 남아 있었다.

'괜히 설레었어.'

이지한이라는 이유로 아무 의심도 하지 않은 게 후회됐다.

'그냥 경찰한테 잡혀가게 둘 걸 그랬어.'

영선은 이제 그가 괘씸하기까지 했다. 그녀는 초조함에 발을 굴렀고, 또 한 통의 문자가 도착했다.

1분.

"아악!"

그녀는 머리끝까지 짜증이 솟구쳐 소리쳤다. 무려 반년 넘게 모은 수면유도제였다. 행여 버린다고 해도 그건 그녀 자신이 해야 하는 일이었다. 급히 지한에게 전화를 걸었지만, 그는 받지 않았다.

'제발 받아!'

그는 조금도 타협할 생각이 없는 듯했다.

결국, 영선은 30초를 남겨놓고 서랍장을 열었고, 수면유도제 스물두 통을 가슴에 안은 채 현관문을 발로 걷어차듯이 열었다.

'나쁜 자식!'

문을 열고 나가자 지한이 자신의 집 현관문에 등을 기댄 채 팔짱을 끼고 서 있었다. 영선은 울화가 치밀어, 그의 앞에 수면 유도제 스물두 통을 집어 던지며 소리쳤다.

"대체 뭐 하자는 거야!"

정적만 흐르던 아파트 복도에 영선의 날카로운 목소리가 울려 퍼졌다. 그러나 지한은 자신의 발등 위로 떨어진 수면유도제를 보는 둥 마는 둥 하며, 그녀에게 자신의 휴대폰 액정을 켜서 보여주었다. 그가 작성해두었던 문자 내용이 보였다.

안녕하세요, 어머니. 이지한이라고 합니다. 영선이 친구예요. 지난 밤에 봤던. 사실 급히 찾아갔던 이유가 있었거든요. 영선이에게 직접 말해봤는데 소용이 없어요. 아무래도 말씀드려야 할 것 같아요. 걔가 수면유도제를 꽤 모았어요. 제가 말려서는 듣질 않네요. 어머니께서 도와주세요.

발송만 누르면 된다는 듯이, 수신인란에는 영선 엄마의 번호가 떡하니 적혀 있었다. 그는 그녀가 보는 앞에서 문자의 내용을 지우며 입을 열었다.

"나도 약속 지켰다?"

그러면서 영선이 집어 던진 수면유도제를 하나씩 주워 준비해둔 쇼핑백에 담았다.

영선은 그가 보내려고 했던 문자가 눈에 아른거려 열불이 났다.

"갑자기 나타나서 왜 이러는 건데? 진짜 미친 거 아니야?"

영선의 외침이 또다시 아파트 복도를 울렸다. 수면유도제를 모두 주워 담은 그가 자리에서 일어나 싸늘한 눈빛으로 영선을 바라봤다.

"미친 건 너지."

그녀의 마음은 완전히 무너져 내렸다. 아니, 이미 무너져 있었다는 것을 그제야 느꼈다. 영선은 돌연 눈물을 흘렸고, 그는 그 눈물에서 어떤 희망을 보았다.

'진즉에 내 방식대로 해야 했어.'

지한은 냉정한 얼굴로 그녀에게서 돌아섰고, 그대로 자신의 집으로 들어가버렸다.

그가 시야에서 사라지자, 그녀는 다리에 힘이 풀려 주저앉고 말았다. 그가 무너뜨린 건 그녀가 패기 넘치는 척 쫓고 있는 어떤 의지였다. 그녀가 그것을 삼킬 수 없다는 것을 상기시킨 것이었다. 그러니 객기는 그만. 이제 그 힘으로 네가 원하는 삶을 살라고, 그는 말하고 있었다.

영선은 굳게 닫힌 지한의 집 현관문을 노려보다가, 양손으로 얼굴을 가린 채 흐느끼기 시작했다.

'나쁜 새끼.'

그녀의 아킬레스건은 엄마였다. 취업을 못 하는 딸을 보면서도 싫은 티 한 번 내지 않았고, 오십 대 중반이 된 나이에도 학교 조리사로 급식실에서 매일 땀을 흘리며 일하는 여자.

그는 영선의 약점을 정확히 간파했고 영리하게도 자신의 목적을 달성했다. 그녀는 앉은 자리에서 한참을 울었다.

문을 닫고 들어갔던 지한은 현관에서 한 발짝도 움직이지 못한 채, 그녀의 울음소리를 듣고 있었다.

"하……."

그는 현관문에 등을 기대고서 눈을 감았다. 문밖의 흐느낌이 자신의 목을 타고 넘어가는 기분이었다.

'낡은 아파트라 그런가. 소리가 다 들리네…….'

깊은 우울감이 그녀의 인생을 잡아먹고 있었다. 그것이 만약 잃어버린 기억과 관련이 있다면, 그 책임은 누구보다 지한에게 있었다.

'결국 쟤를 저렇게 만든 건 나잖아. 내가 해야 해.'

그는 다시 한번 마음을 다잡았다.

영선의 울음소리가 비로소 들리지 않자, 그는 수면유도제를 옷장 안 깊은 곳에 넣었다. 그러나 그것을 직접 처리할 생각은 없었다. 영선이 끝내 이 수면유도제를 원한다면 돌려줄 생각이었다. 그는 다시 휴대폰을 들었고, 영선에게 문자를 보냈다.

내일 아침, 어머니 출근하시면 바로 우리 집으로 와.

갈 데가 있어.

*

그 밤, 지한은 영선이 모았던 수면유도제 빌려 먹을까 싶을

만큼 극심한 두통에 시달렸다. 이런 날이 하루 이틀이었던 것
도 아닌데, 유독 견디기 어려웠다. 결국 지한은 잠들지 못했고,
밤은 알싸한 고통과 함께 느릿느릿 지나갔다.

다섯 번째 인터뷰

Q. 그 사람이 기억거래자라고 확신하게 된 계기가 있었을 것 같습니다.

A. 그 사람은 말하지 않은 것도 모두 알고 있었어요.

Q. 예를 들면 어떤 것이 있을까요?

A. 감추고 싶었던 치부까지도 다 알고 있었죠.

Q. 직접 목격한 걸 수도 있지 않나요?

A. 물론 그렇긴 한데, 분명 그 사람이 목격할 수 없는 일도 있었어요.

Q. 어떤 기억이었는지 궁금합니다.

A. 노코멘트 하겠습니다.

Q. (잠시 웃으며) 그럼 다음 질문을 드리겠습니다.

A. 네.

Q. 기억거래자가 실수로 서영선 씨의 기억을 지웠다면서 찾아왔다고 하셨는데, 뭘 하려고 했던 걸까요?

A. 보상을 해주고 싶다고 했어요.

Q. 기억을 돌려주는 게 아니라요?

A. 돌려줄 방법은 아직 없다고 하더라고요. 대신 원하는 걸 해

주겠다고 했어요.

Q. 무엇을 해달라고 하셨습니까?

A. 너무 황당한 소리라 뭘 해달라고 한 적은 없어요. 대신 그 친구가 불쑥, 당시 제가 살고 있던 재개발 지구 아파트를 사준다고 한 적도 있었어요.

Q. 굉장한 보상이네요.

A. 네. 처음엔 왜 그런 소리를 하는지 알 수 없었죠.

Q. 기억거래자가 실수로 지웠다는 서영선 씨의 기억이 무엇인지 궁금합니다.

A. 아빠에 대한 기억이었어요. 사실 그 사람이 찾아오기 전부터 알고는 있었어요. 저한테 아빠의 기억이 없다는 거.

Q. 이런 말씀 죄송하지만, 혹시 그 보상은 받으셨나요?

A. (대뜸 집을 둘러보며) 물질적인 보상은 이미 많이 받았죠.

Q. 그런데도 기억거래자에 대해 세상에 알리시려는 이유가 있나요?

A. 아, 제가 얻을 건 다 얻고서 배신하는 사람처럼 보이나요?

Q. (손사래를 치며) 아닙니다! 그냥 서영선 씨의 의도가 궁금해서요.

A. 그냥, 좀 지쳐서요.

Q. 지쳤다는 게 어떤 의미인지 궁금한데요.

A. 그리움이요. 그리움이 너무 오래 쌓이니까 좀 지쳤어요.

Q. 그래서 그분에 대해 이야기하고 싶으셨다는 뜻으로 이해하면 될까요?

A. 뭐, 그것도 틀리진 않네요. 그런데, 시력이 많이 안 좋다고 하셨죠? 렌즈가 굉장히 두꺼워 보이네요.

Q. 네. 최대한 압축을 하긴 했는데 역부족이라서요. 도수가 좀 있는 안경입니다.

A. 언제부터 눈이 안 좋아졌어요?

Q. (고민하다가) 잠깐 녹음기를 꺼도 괜찮을까요? 이건 기억거래자와 관련이 없는 내용 같아서요.

A. 상관은 없지만 끄려거든 일시 정지로 하세요. 정지하면 파일이 따로 생성되잖아요.

Q. 평소에 녹음 앱을 많이 사용하시나요?

A. 상담 내용을 자주 녹음하니까요. 파일이 두 개로 보관되는 것보단 하나로 보관되는 게 낫잖아요.

Q. 상담과 관련된 일을 하세요?

A. 네.

Q. 그래서 다방면에 관심이 많으신가 봅니다. 제 시력에도 관심이 많으신 것 같고요.

A. 그렇다고 해두죠.

5

기억스크린 너머의 세상

 지한은 집 앞에 서 있는 영선을 봤다. 평소보단 좀 말끔한 몰 골이었다. 짧게 눈이 마주쳤지만, 그는 별다른 말 없이 엘리베 이터로 향했다. 뒤에서 그녀가 따라오는 것을 느끼면서도, 엘 리베이터에 탈 때까지도 돌아보지 않았다.

 영선은 그의 뒤통수를 노려보고 있었다.

 '웬 마스크?'

 그는 검정 마스크를 쓰고 있었다. 그로선 어제와 크게 다르 지 않은 모습이었지만, 영선은 처음 보는 모습이었다. 어제 갑 자기 돌변한 그가 검은색 마스크까지 쓰고 나타나자 영선은 아 무래도 불안했다. 이제 더는 초등학교 동창이란 이유로 안심할 수 없는 인물이었다.

 '기억을 읽는 인간이라니.'

엘리베이터 안에서도 그녀는 그와 멀찌감치 떨어져 섰다. 그가 흘끗 보는 것을 느꼈지만 영선은 모른 척 앞만 보고 있었다.

물론 그는 엘리베이터에 비친 영선의 눈을 통해, 그녀의 상상 기억을 이미 읽은 상태였다.

'하여튼 저럴 줄 알았다니까.'

그녀는 그가 자신을 납치하는 상황부터 시작해, 그럴 때 그를 어떻게 가격할 것인지까지 상상하는 중이었다.

'모자까지 썼으면 경악을 했겠네.'

그날 아침, 그는 새로 뽑은 차를 가지고 왔다. 스승이 타인의 기억을 통해 찾지 못하도록 새 차가 필요했다. 차를 가지러 가는 길, 그는 모자에 마스크까지 낀 채 얼굴을 가리고 다녔다. 가능한 한 누군가의 기억에 남지 않기 위한 그만의 노력이었다. 그럼에도 그녀가 두려워할까 염려해 모자는 벗어두고 온 것이었다.

차로 다가가며 그가 리모컨으로 시동을 켜자 영선은 눈이 휘둥그레졌다.

'비싼 차 같은데?'

차에 대해서 아는 것은 없었지만, 얼핏 봐도 좋아 보이는 새 차였다.

'카푸어야, 뭐야.'

재개발 직전의 낙후된 아파트로 이사를 온 게 불과 얼마 전인데 이렇게 으리으리한 차를 탄다는 것이 어딘가 이상했다. 그러면서 하고 싶은 건 없냐는 둥, 돈이 얼마가 들어도 괜찮다는 둥 알 수 없는 말을 하니 더더욱 의심스러울 수밖에 없었다.

그는 보조석 문을 열며 영선을 돌아봤다.

"타고 싶으면 타. 필요하면 무기가 될 만한 거라도 들고 오던가."

영선은 그가 또다시 자신의 기억을 읽었다는 것을 알아차리고 움찔했지만, 이내 뒷좌석으로 가서 앉았다. 적어도 조수석보다는 안전할 것 같았다.

지한이 마스크를 벗지 못하는 이유는 하나였다.

'신호에 걸렸을 때 영감탱이라도 만난다면……'

기억을 빼앗기는 일은 언제 어디서든 순식간에 일어날 수 있었다. 기억거래를 하는 데 특별한 장소는 없었다. 대낮에 인구가 밀집된 길 한가운데서 성사되는 일도 허다했다. 기억거래자임을 증명하는 약속된 표식을 보여주면 의뢰인은 곧바로 알아봤다. 그 자리에 서서 기억거래자의 눈을 보면 끝. 의뢰인으로선 이후의 일을 기억하지 못하기 때문에 그것이 절차의 전부였다.

거래를 끝낸 기억거래자는 인파들 사이로 사라졌다. 의뢰인은 기억스크린의 재배열로 인해 정신이 좀 멍할 테지만, 또 아무 일도 없다는 듯 가던 길을 가게 돼 있었다.

'이런 걱정을 하게 될 줄이야.'

지금껏 그는 자신이 거래 대상이 될 거라고는 생각해본 적도 없었다. 자발적 의뢰인도 아니었고, 의뢰 비용도 지급하지 않았으나 강제로 거래 대상이 된 셈이었다.

그는 백미러로 흘끗 영선을 보았다. 그녀는 잔뜩 긴장한 채지한의 뒤통수를 노려보느라, 그가 자신을 본다는 것도 눈치채지 못하고 있었다. 그는 웃음을 참으며 모른 척 다시 앞을 봤다.

며칠간 고심한 끝에 영선이 잃어버린 것을 되찾아줄 한 가지방법을 떠올렸다. 그러기 위해선 먼저 해야 할 일이 있었다. 오늘 할 일은 그 계획에서 가장 중요한 단계였다.

지한의 뒤통수를 노려보며, 영선은 생각했다.

'어떻게 기억을 읽는 거지?'

그녀는 그새 지한이 기억을 읽는다는 사실을 반쯤은 받아들이고 있었다. 그가 두려워 뒷좌석에 탔는데, 정작 자신을 어디로 데려가는지도 궁금해하지 않고 있었다. 그녀의 감정은 두려움보다는 미움 혹은 분노에 가까웠다.

'미친 건 너지.'

전날 그가 한 말이 뇌리를 떠나지 않았다. 밤새 그녀를 뒤척이게 한 것도, 그 표정과 말투에서 느껴지던 기색 때문이었다. 마치 누군가를 원망하는 듯했다. 왜 그런 선택을 했냐고 책망을 하는 것도 같았다. 13년 만에 만난 소꿉친구가 이 모양으로 사는 게 불쾌했던 건가 싶다가, 불쾌하면 안 보면 그만인데 왜 이사를 온 것도 모자라 자꾸 만나자고 하는 건지 알 수 없어 의아했다.

영선은 그에게 집어 던진 수면유도제를 떠올렸다. 수면유도제를 되찾는 건 자존심의 문제였다.

'어떻게 엄마도 아니고 13년 만에 만난 동창한테 들킬 수 있지?'

생각할수록 황당했다.

그새 백미러로 영선의 기억을 읽은 지한은 황급히 시선을 옮겼다.

'하여튼 당당하기는.'

참 희한한 여자애였다. 그 많은 수면유도제를 사놓고도, 그 당연한 의도까지 들켜놓고도, 수면유도제를 포기할 생각은 없는 듯했다.

지한 역시 자신이 그 수면유도제를 어찌할 자격이 없다는 건 알고 있었다. 그러나 그걸 돌려받으려는 그녀의 심리는 도저히 이해할 수 없었다.

"언제 돌려줄 건데? 네 말대로 이렇게 고분고분 나왔잖아."

참을 만큼 참았는지 영선이 대뜸 따지기 시작했다. 여기까지만 들어도 다시 화딱지가 나려는데, 그녀는 자신이 수면유도제를 돌려받아야 하는 이유까지 꼬박꼬박 덧붙였다.

"내 돈 주고 내가 산 거야. 처리해도 내가 한다고. 언제 돌려줄 거냐고. 너 이거 절도다? 그건 알아?"

마침 신호에 걸려 차가 섰고, 지한은 영선을 돌아봤다. 갑자기 마주한 그의 시선에 영선은 당황해서 눈만 깜박거렸다.

"언제든. 네가 달라고 하면 언제든 줄게."

그는 그녀를 빤히 보며 말했다. 말과 달리 이내 고개를 돌리는 그의 태도는 분명 어제만큼이나 냉랭했다.

'언제든?'

영선은 콧방귀를 꼈다. 한마디로 당장에라도 돌려주겠다는 건데, 그럼 왜 당장은 안 돌려주느냐고 따져 물을 수도 없었다. 그녀라고 해서 자신의 선택이 그저 떳떳하기만 한 것은 아니었으니까.

'네가 뭔데 내 선택에 화를 내는 건데?'

그럼에도 지금껏 엄마조차 간섭하지 않던 일상이었다. 그런 일상에 그가 자꾸만 첨벙첨벙 뛰어들고 있었다. 기억을 읽는다는 헛소리를 하면서 자꾸 위협하는데, 눈 속엔 걱정이 가득했다. 그래서 영선은 그를 마음껏 두려워할 수도 없었다.

차창 너머로 학교가 보이기 시작했다. 영선의 눈에도 익숙한 곳이었다.

'왜 여길?'

그녀는 놀란 눈으로 지한을 봤지만, 그는 묵묵히 운전만 할 뿐이었다.

그들이 함께 다닌 초등학교였다. 평일인데도 어쩐지 한산하고 조용했다. 영선은 차에서 내려 건물을 둘러보았다. 외관은 새로 칠을 한 듯했지만 구조는 그대로였다. 그녀는 오래전 기억들이 살아 돌아오는 것 같은 이상한 기분을 느꼈다.

이 공간에 다시 이지한과 함께 올 줄이야. 잊고 있었던 어떤 허전함이 불현듯 메워지고 있었다. 그리고 사진첩 속, 엄마, 아빠와 찍었던 초등학교 입학식 사진이 떠올랐다.

'이상해.'

기억에는 없지만 함께 있었을 아빠와 기억에도 있고 지금도 있는 지한 사이, 지금의 영선이 서 있었다. 그 순간 영선은 처음으로 어떤 의문을 품었다. 왜 지한은 기억하는데 아빠는 기억하지 못하는 걸까.

지한은 학교 건물 쪽으로 걷고 있었다. 점점 멀어지는 그를 보며 영선은 이상하다는 듯 눈을 흘겼다. 그러고 보니, 그가 열두 살 때 어디로 전학을 갔는지도 모르고 있었다.

그는 그런 영선을 의식하면서도 아랑곳하지 않고 앞서 걸었다. 기억에는 없지만 기억스크린을 통해 본 학교였다. 그는 자신의 것처럼 느껴질 때까지 스승의 기억스크린을 보고 또 봤다. 그럼에도 어쩐지 익숙하지 않은 공간이었다.

지난 며칠 사이, 그는 어떤 결심을 하고서 꽤 바쁘게 시간을 보냈다. 그간 버린 기억스크린을 모두 수거하겠다고 결심했고, 찾으려고 하자 잊은 척했던 모든 기억이 살아났다. 기억거래가 이루어졌던 모든 장소와 거래했던 기억스크린의 내용까지도.

그중 꽤 많은 양은 지한의 원래 집 근처 길가에 널브러져 있었다. 그 외의 장소에 있는 것들 또한 어렵지 않게 찾아냈다. 차 안이 금세 기억스크린으로 빼곡히 찼다. 그는 그것들을 전부 새집에 들여놓았다.

그 집의 방 하나는 서재였는데, 문을 제외한 모든 벽면에 꼭 맞는 책장이 들어서 있었다. 그는 밤새 기억스크린을 일일이 날라 책장에 꽂아 넣었다. 정리를 마친 뒤 보니 각각의 기억스크린이 저마다의 빛깔로 형형색색 빛나고 있었다.

'미치겠네, 진짜.'

쌓아두고 보니 대체 무슨 짓을 한 건가 싶었다.

책장은 그가 직접 주문 제작 한 것이었다. 각 칸에 기억스크린이 정확히 들어가야 했다. 주문을 받은 가구업체는 품이 많이 든다며 왜 군이 그런 책꽂이를 만들려 하는지 의아해했다. 그러거나 말거나 그는 반드시 그 사이즈로 촘촘히 짜야 한다는 것만 강조했다. 그리고 이내 웃돈을 얹어 비용을 지불하자, 업체는 더 이상의 불만 없이 신속하게 책장을 만들어 보냈다. 그렇게 제작한 책장에 모아 온 기억스크린을 가득 채워 넣은 것이다.

그리고 오늘, 지한은 또 하나의 기억스크린을 찾으러 왔다. 그는 마음이 급했는데 영선의 발걸음은 한없이 느렸다. 그녀의 발소리가 들리지 않을 때면 어쩔 수 없이 속도를 조금 늦춰 걷기도 했다. 영선과 달리, 그는 아무리 봐도 이 학교 자체에는 큰 감흥을 느낄 수 없었다. 그에게 이곳은 자신이 실수로 꺼낸 그녀의 기억스크린이 존재할지도 모르는 곳에 불과했다. 한시라도 빨리 수거해야 했는데 영선은 내내 사방을 둘러보며 감회에 젖어 있었다.

지한이 건물 앞에 도착하자 경비로 보이는 노인이 헐레벌떡 뛰어왔다.

"저기! 방문객이세요? 오늘 개교기념일인데?"

그는 경비를 향해 가볍게 고개를 숙여 보였다.

"방문은 가능하지 않나요?"

"그렇긴 한데……."

경비를 머리를 긁적이며 말끝을 흐렸다. 좀 귀찮은 눈치였다.

지한은 경비의 기억스크린을 통해 그가 꽤 오랜 시간 이 학교에 있었다는 것을 알 수 있었다.

"대략 16년 전에 2학년 교실이 몇 층이었을까요?"

아홉 살이었으니까 초등학교 2학년이었을 거고, 최소한 높은 층은 아닐 거라고 짐작했다.

"16년 전이든, 30년 전이든 교실 배치는 비슷해요. 2학년이면 2층이지!"

온통 베이지색의 옷을 입은, 흡사 카우보이 같은 차림의 그가 말했다. 카우보이모자까지 쓰고 있었는데, 마치 이 빠진 호랑이처럼 전혀 위엄이 느껴지지 않았다. 그가 가슴을 있는 힘껏 펴더니 말했다.

"근데 무슨 일로 오셨소? 방문객이면 이름이랑 연락처를 먼저 적어야 들어갈 수 있어요."

지한은 그의 눈을 통해 기억을 읽으며 의아해했다.

'경비 같은데 옷이 왜 저래? 카우보이모자?'

멀리서 따라오던 영선이 곁으로 다가왔다.

"아, 저⋯⋯."

대신 대답을 해주고 싶긴 한데 그가 왜 이곳에 온 건지는 영선도 알지 못했다.

"왜 왔는지 말씀드려."

그녀는 고심하다 팔꿈치로 그의 팔을 툭 치며 말했다.

"경비원이신 거죠, 할아버지?"

지한은 인상을 쓴 채 노인을 빤히 보며 물었다.

"어허! 경비라니. 나는 이 학교 보안관이요. 보안관!"

그 말을 들은 보안관이 대뜸 호통을 쳤다.

"교실을 좀 보고 싶어요."

지한은 보안관의 말을 듣는 둥 마는 둥 목적을 밝혔다.

"무슨 일로?"

"복도를 주욱 걸으면서 훑어야 해요."

보안관이 뾰족한 눈을 하고 되묻자, 지한은 건물을 보며 답했다.

"그건 곤란해요. 교무실 방문이면 모를까."

의심스러운 대답에 보안관은 기겁을 했다.

"교실에 들어가야 하는 거야?"

영선이 다시 한번 팔꿈치로 그의 팔을 치며 물었다.

"아니 뭐, 꼭 교실에 들어간다기보단. 일단은 복도에서 보기만 하면 되는데……."

그는 옆구리에 남은 촉감에 이상한 기분을 느끼며 우물쭈물했다.

"교실엔 안 들어갈게요. 그냥 보기만 할게요. 저 여기 졸업생이에요. 얘는 전학 갔었고."

"졸업생이유? 그럼 진작 그렇게 말을 하지. 다짜고짜 학교에 들어간다고 하니까 내가 놀라지. 요즘 세상이 그렇지가 않아. 예전에야 그냥 둘러보고 그랬지만."

보안관은 영선의 말을 듣고서야 눈의 경계를 풀었다. 요즘 세상이 험하다는 둥, 벌써 10년째 학교 보안관을 하는데 학교에서 보통 잔소리를 하는 게 아니라는 둥 푸념을 늘어놓기 시작했다. 영선은 지루해하는 지한의 눈치를 살피며 보안관의 말을 흘려들었다.

"그럼 봐도 되는 거죠?"

지한은 계속해서 학교 건물을 흘끗거리다가 무심하게 말했다. 그러더니 대답도 듣지 않고 다짜고짜 건물 안으로 들어갔다.

"들어간 겨?"

영선은 눈이 휘둥그레진 채 보안관의 눈치를 살폈다. 그리고 미안한 기색으로 고개를 끄덕였다. 그가 도대체 무슨 생각으로 학교에 오겠다고 한 건지 알지 못했으니 어떻게 대처해야 할지도 알 수 없었다.

그러는 사이, 지한은 곧장 2층 교실부터 둘러보기 시작했다. 곧 영선도 보안관 할아버지와 함께 그의 뒤를 따랐다.

지한은 자신이 가져온 스승의 기억스크린을 떠올렸다. 타인의 기억 속에서 자신의 기억을 읽는 건 복잡한 작업이었다.

일단 영선의 기억스크린을 찾아볼 생각이었다. 그녀가 자신에게 기억을 빼앗겼던 그 순간, 그들은 교실에 있었다. 기억스크린이 아직 그 자리에 있다면 발견할 수 있을 것이었다. 그러니 1초라도 빨리 찾아내야 했다. 무려 16년이 지났으니 언제 형태를 잃고 사라질지 몰랐다.

한편 어떤 기억스크린은 주인과 분리되어 오히려 더 온전히 보존된다. 계속해서 회전하는 인간의 두뇌 속 기억은 시간이

지나면서 왜곡되고 변형되지만, 분리된 기억은 저장된 그대로 보존되기도 했다. 분명한 건 주인과 가까이 있는 기억스크린은 형태를 잃지 않는다는 것이었다. 그것은 누구도 원인을 알 수 없는 신비한 현상이었는데, 곁에 있는 것만으로도 기억스크린의 수명이 연장되곤 했다.

지한은 좀처럼 속도를 내지 못한 채 교실을 일일이 살폈다. 보안관은 그런 지한을 이상하게 보다가, 참다못해 두 사람에게 권했다.

"같이 교무실로 갑시다. 당직 선생님도 계실 거예요. 궁금한 거 있으면 선생님께 직접 물어보시고."

"얘랑 가세요."

지한은 영선의 등을 떠밀며 말했다. 그러면서도 교실 안쪽에서 눈을 떼지 못했다.

영선은 한숨을 삼키며 생각했다.

'대체 뭘 하려는 거지?'

그러면서도 보안관에겐 최대한 착한 미소를 지어 보였다.

"절대 안에는 안 들어갈 거예요. 얘가 중간에 전학을 가서 그런지 학교가 그리웠나 봐요."

영선은 연신 그를 대변했다. 자신이 이렇게까지 잘 둘러대는 사람이었나 신기할 지경이었다.

교무실로 간 영선은 당직 교사의 도움으로 졸업생이라는 것을 확인받았다. 지한의 기록 역시 조회할 수 있었는데, 영선은 처음으로 그가 어디로 전학을 갔는지 알 수 있었다.

'서울이었어?'

허망했다. 그가 아주 먼 곳으로 떠났다는 생각에 마음이 심란했던 때가 있었다. 지한이 앉았던 자리를 보면서 마치 그가 동화 속의 다른 세상으로 사라진 것 같아 깊은 슬픔을 느끼곤 했었다. 그런데 고작 서울이었다니, 겨우 한 시간 거리로 떠나면서 한마디 인사도 없었다는 게 어쩐지 괘씸했다.

당장 그를 찾기 위해 교무실을 나섰고, 2층 복도에서 여전히 교실 안을 뚫어져라 보고 있는 그를 발견했다. 오랜만에 모교에 왔다는 감상적인 기분은 사라진 지 오래였다. 그녀는 눈앞에서 제 일에만 집중하고 있는 그에게 섭섭한 감정이 앞섰다.

'도대체 뭘 보고 있는 거야?'

2학년 6반 앞이었다. 그가 문득 영선을 뒤따라 온 보안관을 향해 고개를 돌렸다.

"리모델링 후에도 학년이나 반 배치는 그대로인가요?"

보안관은 임무가 생겼다는 생각에 눈을 반짝였다.

"아마 그럴 거요. 내가 온 뒤로는 한 번도 구조를 바꾸지 않았으니까."

지한은 그의 대답이 채 끝나기도 전에 다시 2학년 6반 교실로 시선을 옮겼다.

영선은 그의 말과 행동을 하나도 이해할 수 없었다.

'대체 뭘 보는 거지?'

그의 곁으로 가 안을 살폈지만, 지금껏 본 교실과 크게 다르게 없는 모습이었다. 리모델링이 된 탓에 이전의 느낌은 전혀 찾아볼 수 없었다. 생각해보니 2학년이라면 그들이 같은 반이었던 때였다.

'설마 그 교실을 찾고 있는 거야?'

영선은 옆에 있던 5반 교실로 시선을 옮겼다. 그들은 2학년 5반이었다.

"맞다! 리모델링하면서 방향이 바뀌었어!"

보안관이 대뜸 소리쳤다. 그는 자신의 기억력이 아직 쓸모 있다는 생각에 신이 나서 말했다.

"원래는 저기 왼쪽부터 1반이 시작됐다면 지금은 오른쪽부터 1반. 왼쪽을 기준으로 잡는 건 일제강점기 사고방식이라며 오른쪽으로 바꾼다더니 정말 다 바꿨더라고."

영선은 신기하다는 듯 고개를 끄덕였지만, 지한은 크게 동요하지 않았다. 그는 다시 2학년 6반 교실을 보며 생각했다.

'설마 했는데…….'

여전히 그들이 교실 앞에서 움직일 생각이 없자, 보안관은 지쳤는지 넌지시 속삭였다.

"교실 안으론 절대 들어가면 안 돼요! 지금처럼 밖에서 보기만 해요. 괜히 물건 없어지면 일 커진다니까. 아까 방명록에 쓴 전화번호도 다 갖고 있으니까 딴생각 말고."

교실 안을 보느라 대답이 없는 지한을 대신해, 영선이 '네!' 하고 대답했다.

보안관은 잠시 망설이다가 못 미덥다는 표정으로 자리를 떴다.

지한은 역시나 아랑곳하지 않았다. 집중하는 눈치였는데, 가만 보니 한곳에 시선이 멈춰 있었다. 영선은 그의 시선이 닿은 창문 저 아래 바닥과 벽 경계선의 어디쯤을 열심히 봤지만 아무리 봐도 아무것도 없는 곳이었다.

그 순간 그의 그 말이 영선의 뇌리를 스쳤다.

'네 기억을 읽은 거야.'

하지만 그가 보는 곳에 사람은 없었다. 기억을 읽는다는 건 어쨌든 사람이 앞에 있어야 가능한 것이 아닐까. 그녀로선 추측만 할 수 있었으므로, 그의 심란한 표정을 이해할 수는 없었다.

"저……."

영선이 말을 꺼내려던 차, 그가 교실 앞문을 벌컥 열어젖혔다. 그리고는 말릴 틈도 없이 교실로 들어갔다.

"야!"

영선이 놀라 소리쳤지만, 그는 아랑곳하지 않고 방금까지 자신이 보던 곳을 향해 갔다.

"너 거기……."

거기 들어가면 안 된다고, 보안관 할아버지가 분명 경고하지 않았느냐고 말해야 하는데 말이 더 나오지 않았다. 듣는 시늉도 하지 않는 그 때문에 그녀는 주변을 살필 수밖에 없었다.

"왜 저래 진짜……."

시간이 길어지면 다시 보안관이 올 수도 있었다. 교실에 들어갔다는 것을 알면 크게 오해를 받을 수도 있었다. 영선은 그의 정체가 뭔지 도저히 감이 오지 않았다. 그의 이름이 진짜 이지한은 맞는지, 혹시 대한민국 국적이 아니거나 호적이 등록돼 있지 않은 건 아닌지까지도 걱정하는 중이었다.

'들키면 안 돼.'

얼결에 그녀는 망을 봐주고 있었다.

그는 아까 전부터 뚫어지게 보던 곳으로 가더니 무릎을 굽혀 앉았다. 보고도 믿기지 않는다는 표정으로 천천히 손을 뻗었다. 아주 조심스럽게 뭔가를 집었고, 그것을 들어 올려 물끄러미 들여다보았다. 그 모습이 시늉으로밖에 안 보이는 영선으로선 황당할 뿐이었다.

'마임이야, 뭐야.'

그녀는 미치겠다는 심정으로 주변을 살폈다.

그녀가 보기엔 그저 책상과 걸상, 사물함과 게시판, 칠판뿐인 흔한 교실이었다. 그는 자신의 손을 보는 건지 허공을 보는 건지 알 수 없는 자세를 취하고 있었다. 그녀는 지한이 기억을 읽고 있으리라곤 상상조차 하지 못했다.

진짜 기억스크린을 보고 있었던 지한은, 너무 당황한 나머지 선뜻 움직일 수조차 없었다.

'어떻게 이게 이렇게 선명할 수 있지?'

영선의 기억스크린이었다. 무려 16년 전에 그녀의 몸에서 떨어져 나온, 그가 실수로 꺼낸 그것. 5반으로 가려던 차에 6반 교실 한구석에서 기억스크린을 발견했다. 멀리서 보아도 아직 형체가 남아 있었다. 그 안의 기억들은 조금 흐려져 있었지만, 그마저도 심각한 수준은 아니었다. 무려 16년이 지난 기억스크린이 저 정도의 형체를 유지해왔다는 건, 주인에게 그만큼 소중한 기억이었다는 방증일 수도 있었다.

가까이 있는 주인의 기운을 느낀 것일까. 기억스크린의 형태가 더욱더 선명해지고 있었다. 지금껏 기억스크린을 돌려준 적이 없었기에 그도 처음 보는 신비한 광경이었다. 주인을 만난 기억들이 생명을 되찾고 있었다. 놀라운 현상에 그의 눈가가 촉촉해졌다.

그간 아무 곳에나 버렸던 기억스크린이 떠올랐고, 그중 가장 선명하게 기억하는 살인자의 기억스크린도 떠올랐다. 그것은 어디 있는지 알면서도 아직 수거하지 않은 기억스크린이기도 했다.

그는 불현듯 머리에 통증을 느끼며 주저앉았다.

지독하지만 익숙한 통증이었다.

살인자의 기억스크린. 잊은 척, 모른 척 살아왔지만 잊히지 않은 거래였다. 아무렇지 않은 척 살기 위해, 다시 아무렇지 않게 거래를 이어갔다. 더 많은 기억이 자신을 덮치면 잊을 수 있을 거라 생각했다. 하지만 그저 더 많은 기억이 쌓여갈 뿐, 무엇 하나 그에게 잊힌 기억은 없었다.

머리가 갈기갈기 찢길 듯한 두통이 이어졌다.

"윽."

지한은 영선의 기억스크린들을 전부 품에 안은 채, 남은 한 손으로 머리를 움켜쥐었다.

문 쪽에서 망을 보던 영선이 놀라 그에게 다가갔다.

"이지한, 괜찮아?"

"일단, 나가야, 돼."

그가 겨우 입을 뗐다. 그대로 두면 숨이라도 멈출 것처럼 위태로워 보였다.

"일어날 수 있겠어?"

영선은 그의 겨드랑이 아래로 자신의 어깨를 넣었다. 그리고 그를 끌어안은 채 힘을 주어 일어났다. 그러나 그를 일으켜 세우기엔, 그동안 집에만 콕 박혀 있었던 그녀의 근력은 턱없이 부족했다.

"그쪽 손으로도 날 좀 잡아봐."

그녀는 숨을 몰아쉬며 말했다. 영선의 얼굴은 터질 듯 빨개졌다. 그녀가 가리킨 '그쪽 손'은 배를 움켜쥐고 있는 것 같기도 하고 가슴 언저리를 감싸고 있는 것도 같은 그의 다른 팔을 말하는 것이었다.

하지만 그는 그 모양을 풀지 않은 채 다리에 힘을 주어 천천히 일어나기 시작했다. 영선은 그를 일으키면서도 그가 붙들고 있는 다른 팔이 신경이 쓰였다.

'대체 왜 저런 자세로?'

배를 움켜쥔 것도 아니고, 허공에 팔이 떠 있는 자세였다.

그의 몸은 식은땀으로 온통 젖어 있었다. 영선은 그의 얼굴과 팔을 번갈아 보다가 일단은 그를 데리고 나가기로 했다. 아무튼, 그가 교실 안 학생들의 물건에 손을 댄 건 아니니까, 질문은 다음에. 지금은 다음을 만드는 것이 먼저였다.

기억스크린은 기억거래자들이 만든 말이었다. 그들에게 기억은 스크린처럼 형태로 보이는 것이었고, 외국에서 시작된 말인지 한국에서도 '화면'이라는 단어 대신 '스크린'이라는 외래어를 그대로 사용했다. 최소한 바로 전 단계에선 'Memory Screen'이라 불리지 않았을까, 지한은 생각했다.

지한은 생각이 많은 아이였다. 어릴 때부터 어쩔 수 없이 타인의 기억을 읽어왔으니 매사 의문을 가질 수밖에 없었다. 또래 아이들보다 타인의 내면을 이해하는 능력이 뛰어났고, 그만큼 인간의 본질을 일찍 파악했다.

원치 않았지만, 여자와 남자가 나누는 스킨십에 대해서도 일찌감치 알게 되었다. 타인의 기억을 통해 너무 많이 본 탓에 굳이 직접 하지 않아도 알 것 같은 지경에 이르기도 했다.

타인의 기억을 무분별하게 접하는 인간이다 보니 누군가를 진정으로 사랑하기 힘들었다. 또래 청소년들이 흔히 보는 성인물도 굳이 볼 필요가 없는 사춘기를 보냈다. 좋았다고 해야 할지, 도리어 지쳤다고 해야 할지 애매한 부분이었다.

영선이 자신의 겨드랑이 아래로 어깨를 끼우고 허리를 감쌌을 때, 그는 몸이 휘청거릴 정도의 극심한 두통을 느끼면서도 온몸이 간지럽다는 것을 느꼈다.

사실, 한 번쯤은 만져보고 싶었다. 머리를 벅벅 긁은 손으로 휴대폰을 만지는 경악스러운 여자였는데……. 또 불쑥 만져보고 싶다는 게, 그로선 자신의 머리를 뒤집어 보고 싶을 만큼 이상한 기분이었다.

수면유도제를 빼앗긴 뒤 문밖에서 울던 영선의 소리를 들으면서도 그렇게 생각했다. 그는 달려나가 그녀를 보고 싶었다. 뭘 잘했다고 우느냐고 다그치면서도 그 얼굴의 눈물을 가만히 닦아주고 싶었다.

그녀를 만지고 싶다는 욕망은 정말이지 수치스러웠다. 대체 왜 그런 행위를 하고 싶단 말인가. 타인의 기억을 통해 지겨울 만큼 봤던 그 행위들을, 무려 발톱을 3밀리미터나 자라도록 방치한 채 사는 여자와.

지한은 알고 있었다. 돈을 뿌려주었던 여자들 역시 3밀리미터쯤 발톱을 기르고 모서리를 다듬어 매니큐어를 칠한다는 사실을. 그들이 그 발톱을 칠하기 위해 이상한 자세로 몸을 비틀어 발톱을 깎고, 잘못 바르거나 색이 마음에 들지 않는 매니큐어 때문에 발버둥을 치면서 다시 지우고 칠하기를 반복한다는 것도 알고 있었다.

겉으로 보이는 아름다움은 대부분 처절한 노력과 불편을 감수해야 완성되는 것이었다. 그것을 감수하는 것은 그들의 선택이었고, 영선은 그 선택을 하지 않는 것뿐이었다. 그렇다고 해서 영선의 몰골이 정말 못 봐주겠는 건 아니었다.

화장기 없는 얼굴에 늘 긴 머리카락을 대충 풀어헤치고 다녔지만 영선의 이목구비는 반듯했다. 적절한 크기의 눈, 코, 입을 가진 영선의 얼굴은 균형이 제법 좋았다. 거기다 뭔가를 챙겨 먹는 걸 좋아하지 않는 탓에 소식하는 습관을 갖고 있어서, 피부도 체형도 매끄러운 여자였다.

그는 그녀의 기억스크린 속, 샤워한 뒤 거울을 보던 모습을 떠올렸다. 아름다운 실루엣이었다.

그런 모습까지 봤다는 걸 영선이 안다면, 아마 지한을 두들겨 패고도 남을 것이었다. 다행히 영선은 아직 기억을 읽는다는 것에 대한 이해가 부족했으므로, 그런 모습까지 봤을 거라고는 생각하지 못할 것이었다.

그녀에 대해 생각을 하는 사이, 통증은 서서히 가라앉고 있었다.

여전히 정신을 놓고 있는 그를 부축하는 일은 보통 힘든 일이 아니었다. 영선은 낑낑거리며 그를 차로 데려가는 중이었다.

"아우! 진짜 무겁네!"

이제는 다리가 풀릴 지경이었다.

이윽고 겨우 차에 도착했다. 그런데 앞으로가 더 막막했다. 몸도 못 가누는 그에게 운전을 시킬 수도 없었고, 그녀는 단 한 번도 차를 몰아본 적이 없는 장롱면허 소유자였다.

지한은 그녀의 기억을 읽지 못하고 있었으므로, 그녀가 자신을 보조석에 밀어 넣을 때에서야 뭔가 이상하다는 걸 느꼈다. 그는 이제 막 통증이 가라앉기 시작해 눈을 가늘게 뜬 채 그녀가 운전석으로 가는 모습을 보았다.

"뭐부터 해야 하지?"

운전석에 앉은 영선이 중얼거렸다. 그제야 그는 그녀의 기억을 읽기 시작했다. 그녀는 5년 전 자신이 운전면허 실기 시험을 보던 때를 떠올리고 있었다.

"브레이크 밟고……."

"운전하게? 네가?"

정신이 번쩍 든 그가 소리쳤다.

"너 뭐야? 괜찮아?"

그녀가 놀란 눈으로 물었다.

"괜찮지 그럼. 네가 운전을 안 했으니까!"

그가 어처구니가 없다는 듯 다시 소리쳤다.

"운전을 못 하면 구급차를 부르든가 해야지. 어떻게 직접 운전할 생각을 하냐."

더 어처구니가 없는 건 영선이었다. 조금 전까지만 해도 죽을 듯이 괴로워하더니, 자기 차를 운전하려고 했다고 잔소리를 하고 있었다.

"너 아주 괜찮아 보인다? 아까 뭐야. 어?"

물론 아까의 고통은 진짜였다. 그리고 금세 좀 괜찮아진 것도 사실이었다.

"아니, 뭐……."

그러나 그 순간 떠오른 것이 하필 기억스크린 속 그녀의 아름다운 실루엣이어서, 그는 말을 얼버무렸다.

"근데, 내가 장롱면허인 건 어떻게 알아? 설마 또 내 기억을 읽어서 아는 거야?"

불쑥 영선이 다시 물었다. 그는 고개를 끄덕일 수밖에 없었다. 그녀의 질문은 거기서 멈추지 않았다.

"대체 어디까지 아는 거야?"

마치 그의 기억을 읽기라도 한 듯, 그녀의 질문은 매서웠다.

"어떻게 읽는 건데? 내가 믿을 수 있게 설명 좀 해봐."

그는 자신이 안고 있는 영선의 기억스크린을 흘끗 내려다보며 생각했다.

'눈을 통해 기억스크린을 읽는다고 하면, 어떤 표정을 지을까.'

그가 대답이 없자, 영선은 눈썹을 꿈틀거리며 말했다.

"그런 식으로 나온다 이거지?"

그녀는 보란 듯이 시동을 걸었고, 그는 너무 놀라 허둥지둥 손을 뻗었다.

"어어, 잠깐만! 알았어. 말할게!"

솔직히 말해 운전하는 방법을 잊어버려 그 이상은 하고 싶어도 할 수가 없었다. 그녀는 지한을 째려보았고, 그는 어색한 미소를 지으며 그녀를 달랬다.

"일단 자리부터 바꾸자. 다 말한다니깐."

그러면서 그는 보조석의 문을 열려는 듯 손을 더듬었다.

"내가 널 어떻게 믿어?"

영선은 운전대를 잡은 손에 더더욱 힘을 줬다. 지금껏 대부분의 대화를 질문으로 일관해오던 그였다. 물론 결정적인 대답은 주었지만 정확한 설명이 따른 건 아니었다.

지한은 묻기만 하던 자신을 떠올리는 그녀의 기억스크린을 보고 있었다. 그제야 영선의 마음을 조금 알 것도 같았다. 그저 말하는 것이 서툴러서, 어디서부터 시작해야 할지 알 수 없어서 미뤄온 것이 계속해서 그녀를 불안하게 했다는 것을.

영선은 입을 삐죽거리며 생각했다.

'그것 봐. 이번에도 대충 넘어가려는 거잖아.'

그러면서 파킹브레이크를 내리려는 사이, 지한이 말했다.

"말했듯이."

그녀의 행동을 제지하기 위해서가 아니었다. 그는 그녀가 파킹브레이크를 내리려는 것도 보지 못한 상태였다.

"나는 기억을 읽어. 그래서 말을 많이 할 필요가 없는 삶을 살았어."

이것은 당연하게도 자신을 믿을 수 없었을, 그러면서도 지금껏 따라주었던 그녀에게 꼭 해줘야 할 말이었다.

"뭘 궁금해해본 적도 별로 없고. 기억을 읽으면 대부분은 예상할 수 있었으니까. 그래서 좀 쉽지가 않아. 무슨 말부터 해야 할지도 모르겠고."

영선은 그제야 파킹브레이크에서 손을 뗐다. 표정을 보니 지한은 분명 진심이었다. 그녀는 선뜻 대꾸할 말을 찾지 못했다. 난생처음 듣는 소리기도 했고, 갑자기 진심을 말하는 그가 어색하기도 했다.

"하지만 노력하지 않았던 것도 사실이야. 그냥 괴로워만 했지. 이제부턴 노력할게."

정말 기억을 읽는 사람이었다니. 그 사실에 놀라면서도 그녀는 처음으로 그에게 편안함을 느꼈다. 그러나 지한이 다음 말을 하는 순간, 그의 눈을 마주 보고 있던 영선은 화들짝 놀랄 수밖에 없었다.

"눈을 통해 읽어. 기억을."

지한의 차가 단지 주차장에 서자마자 영선은 순식간에 도망치듯 차에서 내렸다. 그는 부리나케 뛰어가는 그녀를 넋을 놓고 볼 수밖에 없었다.

"괜히 말했나."

학교에서 나와 집으로 오는 내내, 영선은 그의 눈을 피해 창밖만 봤다. 그는 들고 온 기억스크린을 내려놓을 생각도 못 한 채, 그녀의 눈치를 보느라 남은 통증마저 잊을 정도였다.

아파트 건물 안으로 들어간 영선은 잽싸게 엘리베이터 버튼을 눌렀다. 그녀는 오는 내내 그와 눈이 마주쳤던 순간을 세어 보았다. 세면 셀수록 머리가 다 띵했다. 그런 순간마다 기억을 읽혔다는 게, 도저히 믿기지 않았다.

'눈을 통해 읽어.'

그녀는 휴대폰을 들어 자신의 눈을 비춰 보았다.

"눈으로 어떻게 기억을 읽어?"

아무리 들여다봐도 어두운 색의 동공밖에 보이지 않았다.

"눈을 통해 뇌를 읽는다는 거야?"

가늠하기조차 어려운 일이었다. 다만 기억을 통해 수면유도
제를 모으고 있다는 것을 읽었고, 엄마의 번호를 읽었고, 심지
어 장롱면허인 것까지 알아차렸다. 그가 읽는다는 기억이, 어
쩌면 그녀의 머릿속에 있는 모든 것일지도 모른다는 생각에
이르고 있었다.

영선은 부리나케 집으로 들어갔고, 문을 잠근 뒤, 한 번 더
잘 잠겼는지 확인했다. 어쨌든 기억은 읽어도 문을 통과하거
나 부수고 들어올 수 있는 건 아니니까, 만나지 않으면 기억도
읽을 수 없을 것이었다. 문이 제대로 잠긴 것을 확인하자 비로
소 몸의 긴장이 풀렸다.

그를 부축하느라 오늘치의 힘을 다 쓴 그녀였다. 안 그래도
운동량이 부족한 인간인데, 키가 한참이나 큰 성인 남자를 어
깨에 지고 걷다니. 돌이켜 생각해보면 초인적인 힘이 발휘된
것도 같았다. 일단은 그를 학교에서 데리고 나와야 한다는 생
각뿐이었다.

신발을 벗은 그녀는 거실 바닥에 풀썩 앉으며 중얼거렸다.

"겨우 차까지 데려왔더니 남의 기억이나 읽고 말이야."

아무래도 괘씸했다. 하지만 교실에서 갑자기 주저앉은 것은 결코 꾀병은 아닌 듯했다.

'괜찮은 건가.'

운전은 멀쩡하게 한 것 같은데, 그를 차에 두고 온 것이 마음에 걸렸다. 엉덩이를 들썩이던 그녀가 도로 자리에 앉았다.

"아 몰라. 알아서 오겠지."

그렇게 말하면서도 시선은 현관을 향해 있었다.

이윽고 영선은 자리를 박차고 일어났다. 어깨와 등에 제 몸무게만 한 뭔가를 얹은 듯 버거운 모양새였다.

"내가 미쳐 진짜."

그냥 잘 들어가나 확인만 하자고, 기억이 읽히지 않게 재빨리 눈만 피하면 된다고 생각하며, 영선은 조심스럽게 현관문을 열었다.

고개만 슬그머니 내민 채 주변을 둘러봤지만 오가는 사람은 없었다.

'들어갔나?'

혹시나 그가 등장할 때를 대비해 현관문을 활짝 열어둔 뒤, 복도 밖으로 고개를 내밀어 주차장을 확인했다. 군데군데 빈곳이 많았고, 조금 전 지한이 차를 세운 곳도 비어 있었다.

'차를 옮겨서 댔나?'

분명 시동을 끄는 소리까지 들렸는데, 뭔가 이상했다. 이 단지 안에선 눈에 띌 법한 비싼 차였다. 그런데 주차장 어디에도 그의 차가 보이지 않았다.

그녀는 머리를 한 대 맞은 것처럼 당황했다.

'병원에 갔나?'

설마 그렇게 아팠던 걸까. 그것도 모른 채 운전을 시키고 시선 한 번을 안 마주쳤던 걸까. 걱정과 자책이 밀려왔다.

*

다음 날 아침에도, 그의 차는 보이지 않았다. 경비에게 물어보기도 했다. 혹시 710호 남자가 왔다 갔다 하는 거 보신 적 있느냐고. 경비는 어제 차에 타 있는 모습을 본 뒤로는 그를 보지 못했다고 했다. 영선이 차에서 내린 직후인 듯했다. 이후 행방을 알 수 없다는 사실에 그녀의 마음은 무너지고 말았다.

'설마, 내가 모든 걸 알게 돼서?'

그래서 또 말도 없이 나를 떠난 걸까. 13년 전, 돌연 그가 전학을 간 그날처럼 그녀는 어쩐지 슬픈 기분으로 잠이 들었다. 역시, 나쁜 놈이라고 생각하면서.

여섯 번째 인터뷰

녹음기를 끄지 않은 채로 대화가 이어졌다.

Q. 시력이 안 좋은 상태는 맞는데, 계속 치료를 받아서인지 더
  나빠지진 않고 있습니다.

A. 기자로 살아가시는 데도 어려움이 있겠네요.

Q. 많은 도움으로 이 생활을 이어가고 있습니다.

A. 혹시 눈이 안 좋아진 이유가 있을까요?

Q. 각막이 심하게 손상됐어요.

A. …….

Q. 그럼 다시 기억거래자에 대한 질문을 드려도 될까요?

A. 네.

Q. 놀랍다는 생각이 듭니다. 초등학교 때 알고 지냈던 친구가
  기억거래자였고, 그 친구가 하필 서영선 씨의 기억을 훔쳤
  던 거잖아요. 운명적으로 엮여 있다는 생각을 지울 수가 없
  는데요.

A. 그런가요?

Q. 네. 제가 느끼기에는요.

A. (물끄러미 기자를 본다)

Q. 아, 그러면 다음 질문을 해볼까요?

A. 네.

Q. 아버지와 관련된 기억이 없다고 하셨는데, 그렇다는 건 아버지께서 현재…….

A. 안 계세요.

Q. 그래서 아버지에 대한 기억을 더 쌓아갈 수도 없었던 거군요.

A. 실은 잘 몰랐어요. 아버지의 기억이 없다는 게 어떤 건지. 저에겐 원래 없었던 거니까, 없다고 해서 불편하다고 생각하지 못했던 거죠. 물론 허전하긴 했어요. 근데 그게 아버지에 대한 기억 때문이었는지는 모르겠어요. 인생에 목표도 없었고, 딱히 하고 싶은 것도 없었는데, 그땐 나름 심각한 문제였지만 지나고 보니 그게 뭐 그렇게 심각한 문제였나 싶어요. 그런 시기도 있는 거구나 싶거든요. 기자님은 이십 대 때 어떠셨나요?

Q. (당황하며) 아, 저요. 저는, 그, 글쎄요. 대학에도 늦게 갔고 그래서…….

기자가 말을 얼버무렸다. 인터뷰이는 그 모습을 또다시 물끄러미 봤다.

146

Q. (머리를 긁적이며) 사실, 저도 기억이 좀 없습니다.

A. 어떤 기억이요?

Q. 최근 10년을 제외한 모든 기억이 없어요. 정신을 차렸을 땐 병원이었는데, 막막했어요. 내가 누군지 알 수 없었고, 눈 앞에 엄마라고 하는 분이 있었지만 믿기지 않았으니까요.

A. 이전의 기억을 다 잃으신 거네요.

Q. 네. 실은 그래서 기억거래자라는 단어를 들었을 때, '혹시?' 하는 마음이 있었어요.

A. 지금은 어떠세요? 기억거래자에 대한 이야기를 듣고 나니, 혹시 기자님도 기억거래자와 거래를 했던 건 아닌가 싶으신가요?

Q. 기억이 아예 없으니 추측조차 힘들지만, 그럴 수도 있지 않을까 생각하고 있습니다. 10년 전, 눈을 다친 적은 있었지만, 그 사고가 기억을 잃은 원인인지는 병원에서도 밝히지 못했거든요.

A. 힘드셨겠어요. 그럼 그때부터 이미 눈이 안 좋으셨던 건 지…….

Q. 네. 눈을 떴을 때부터요.

A. (대답 없이 고개만 끄덕인다)

Q. 갑자기 분위기가 무거워졌는데요? 하하. 사고인 것 같긴 한데, 기억이 없어서 어떤 사고인지는 모릅니다. 그래도 괜찮습니

다. 형태 정도는 보이고, 요즘은 기술이 좋아져서 손으로 일일이 기사를 쓰지 않아도 되니까요.

A. 기자로 살아가는 건 어떠세요?

Q. (당황하며) 네? 어떤 점을 말씀하시는 건지…….

A. 행복하신지, 궁금해서요.

Q. (웃으며) 아, 물론 어려운 점도 많죠. 눈도 이렇다 보니. 뭐 하나 쉽지 않아서, 오히려 살아있다는 생각이 들 때가 있어요.

A. 비로소 그런 삶을 살고 계시는군요.

Q. (고민하다가) 네?

A. 다행이네요.

6

정면 승부

지한은 스승을 다시 찾아 나섰다. 스승은 이제 달동네의 낡은 집에 살지 않았다.

영선이 도망치듯 들어간 후, 그는 차에서 내리려고 했으나 그러지 못했다. 영선이 시야에서 사라지자마자 통증의 여파를 느꼈다. 숨을 고르며 주변을 살펴보던 사이, 눈앞에 경비 옷을 입은 남자가 쓰레기를 주우며 지나갔다.

이전에는 단지마다 있었지만, 지금 이 아파트엔 관리인이 한 명뿐이었다. 사람이 준다고 해서 대지의 면적이 줄어드는 것도 아닌데, 관리인은 줄었고 아파트는 점점 더 황폐해졌다. 아파트의 환경에 대해 이의를 제기하는 사람들도 줄어갔다. 관리인이 턱없이 부족한 마당에 뭔가를 묻고 따지는 것은 서로 괴로운 일이라며, 모두가 체념에 체념을 이어간 탓이었다.

지한은 경비의 기억스크린을 통해 그 지나간 날들을 읽다
가, 불과 한 시간 전 이곳에 왔던 스승을 보았다. 생각지도 못
한 일이었다.

　"돌겠네, 진짜."

　본부에 기록을 남기지 않기 위해 기억거래까지 중단했건만,
스승은 오랜 시간 기억거래자로 살아온 경험자답게 빠르게 지
한을 향해 돌진하고 있었다.

　'그런데 시선이……'

　조금 이상한 점이 있다면 지한을 찾아온 것이라기엔 등장이
너무 자연스럽다는 것이었다. 그는 허겁지겁 누군가를 찾는 기
색도 아니었다. 아파트 단지에 들어와 그저 주변을 둘러보고
있었다. 경비는 그런 그가 의심스러웠을 것이고, 그가 물끄러
미 7층을 보는 모습도 기억하고 있었다.

　당연히 자신의 집을 찾아왔을 거라 생각했던 지한은 뭔가
이상하다는 것을 깨달았다. 그가 보고 있는 곳은 710호가 아
니었다.

　'저긴 영선이네 집인데.'

　그러다 경비와 눈이 마주친 스승의 눈빛이 날카롭게 변한
것을 보았다.

　'나에 관한 기억을 읽으려고 한 걸까. 그렇다면 왜 영선이
네 집을.'

지한은 다시 시동을 걸었다.

'날 찾으러 온 게 아니라면 여길 올 리가…….'

그때, 훔쳐 온 스승의 기억스크린이 떠올랐다. 스승의 기억 속에도 이 아파트가 있었다.

'내 기억인 줄 알았는데.'

한 기억스크린에 스승의 기억과 자신의 기억이 뒤섞여 있는 탓에 착각하고 있던 것이었다.

'내가 아니야.'

스승은 분명히 오래전에도 이 아파트 단지에 들른 적이 있었다.

지한은 급히 차를 운전해 아파트 단지를 빠져나갔다.

'그 영감탱이가 여길 어떻게 알지?'

이미 서울로 떠난 뒤였으므로, 스승과 만났던 열다섯의 지한은 이 아파트에 살고 있지 않았다.

'어릴 때부터 날 감시했던 건가.'

스승의 기억스크린에서 읽은 기억을 떠올려보려 애썼지만, 그 이상 생각나는 것은 없었다.

그러나 그는 곧 다시 브레이크를 밟고 말았다. 아파트 단지의 초입에서 급히 차를 멈춰 세웠다. 반동으로 인해 몸이 의자에 세게 부딪혔다.

문득 스친 생각이 있었다. 스승의 기억에 있던 '그 남자'. 기억스크린 속에서 스승은 아파트를 보고 있는 게 아니라 어떤 사람을 보고 있었다. 선명하진 않았지만 남자의 실루엣인 건 분명했다. 스승의 또 다른 기억스크린에서 '그 남자'는 병상에 누워 있었다.

그는 다시 아파트를 돌아봤다. 그때도 스승은 7층, 영선의 집 쪽을 보고 있었다.

'여기 살았던 건가?'

어쩐지 익숙한 느낌의 외형이었다.

가져온 스승의 기억스크린엔 그를 만나기 수년 전까지의 기억이 포함돼 있었다. 섬세한 작업이 아니었다 보니 기억이 송두리째 딸려 나온 것이었다. 두서없이 남은 기억은 서서히 사라지지만 어쩐지 알 것 같은 느낌, 혹은 익숙한 느낌으로 남기도 했다. 기억을 잃어도 어떤 공간에서 눈물을 터뜨리거나, 어떤 사람을 봤을 때 감정을 느끼는 경우도 있었다.

'설마.'

지한은 왜 스승의 기억스크린 속 '그 남자'에게 이런 느낌이 드는 건지 생각하며 고민했다. 한 번도 본 적이 없는 '그 남자'에 대한 익숙한 느낌이 자꾸만 마음에 걸렸다.

그러나 지한의 기억을 가져간 것은 능숙한 기억거래자였던 스승의 작업이었다. 실수를 했을 리가 없었다. 더더구나 스승과 만난 건 서울로 이사를 간 뒤였는데, 이 아파트에서 본 남자의 실루엣을 기억하는 건 말이 되지 않았다. 이곳에 이사를 온 뒤 우연히 본 사람인가 생각도 해봤지만 그럴 리도 없었다. 기억거래자가 된 후 그의 기억력은 더더욱 좋아졌다. 얼핏 지나친 사람도 금세 언제 봤는지 떠올릴 수 있을 정도였다.

반대편에서 다른 차 한 대가 단지로 들어오고 있었다.

'일단 가면서 생각하자.'

쉽게 정리가 될 것 같지 않았다. 그의 머릿속은 이미 과부하 상태였다.

막상 스승이 코앞까지 왔었다는 것을 알게 되자 지한은 어쩐지 두렵지 않았다. 먼저 기억을 훔쳐 간 것도 그랬고, 지한이 기억을 가져가도록 둔 것도 그랬다. 분명한 건 시작은 그가 했다는 것. 게다가 지한은 노인 하나쯤은 거뜬히 제압할 수 있는 건장한 성인 남성이었다.

지한은 아파트 인근의 상가에 있는 이들의 기억부터 읽으며 이동을 시작했다. 일단 영선의 단골 약국 앞에 차를 세웠다. 약사의 기억스크린에도 스승이 있었다. 약사는 기다렸다는 듯이 눈을 맞추며 말을 걸어왔다.

"어머, 여기로 이사 오셨다면서요? 너무 반가워요! 젊은 사람이 이사 오기 쉽지 않은 동네인데. 집이 낡아서 좀 불편하죠?"

말을 참 열심히 하는 여자였다.

지한은 곧바로 약사의 기억스크린을 읽었다. 약사의 기억 속 스승이 그녀에게 물었다.

'제가 지방에 살고 있는데, 여기 아파트 시세가 어떻게 되나요?'

그러면서 약사가 어디에 사시느냐 묻는 말에, 스승은 기다렸다는 듯이 자신의 집 동네를 말했다. 약사는 그 동네랑은 차이가 클 거라면서 친절하게도 스승을 부동산까지 안내해주었다.

'멀리도 갔네.'

스승은 부러 이 근방의 사람들에게 자신의 기억을 남겼고, 그것이 누구를 향한 것인지는 너무나 뻔했다. 스승이 남긴 건 자신을 찾아오라는 신호이자 일종의 경고였다.

스승은 서울에서 꽤 먼 지방의 산 중턱에 있는 산장에 머물고 있었다. 지한은 새벽이 돼서야 그곳에 도착할 수 있었다. 차에서 내리면서, 지한은 영선의 기억스크린을 밖에선 보이지 않는 의자 아래에 넣었다.

산장 문을 열자 시시하게도 스승은 장작이 타고 있는 난로 앞에서 뭔가를 마시고 있었다. 다소 기운이 빠진 모습이었지만 지한은 긴장을 풀지 않고 천천히 그에게 다가갔다. 그는 지한이 들어왔다는 걸 알고 있었지만, 눈을 맞추진 않았다.

지한은 스승과 조금 떨어진 곳에 있는 의자에 앉았다. 스승은 벽난로 위 명화 액자의 유리를 통해 지한을 보고 있었다.

기억을 빼앗긴 후 스승은 제자라는 녀석의 행보에 경악했다. 제자가 있기에 당연히 '그 남자'인 줄 알았는데, 그가 아니라는 것도 경악스러웠다. 그는 남은 기억과 현재의 단서를 통해 지한에 대해 파악했다. 지한은 그가 기억거래자로 만든 소년이었다. 이제는 청년이 되었는데, 그 청년이 스승인 자신의 기억을 훔쳐 달아난 것이었다.

"많이 컸구나."

스승은 오로지 감으로 그렇게 말했다.

"감은 오나 보네."

지한이 건방진 투로 중얼거리자, 스승은 그를 향해 슬쩍 고개를 돌렸다. 동시에 지한이 반대편으로 고개를 돌렸다. 스승은 다시 액자 유리를 통해 매끄러운 그의 콧날을 봤다. 여전히 낯선 얼굴이었다.

"서로 돌려주고, 여기서 마무리하지."

스승의 말투에서 불쾌함이 묻어났지만, 분노가 느껴지는 정도는 아니었다.

지한은 그를 자극할 생각으로 더 빈정거렸다.

"그러니까 영감탱이가 뭐 하러 그렇게 무리를 하나? 이제 와 되찾아서 뭐 하게. 그 기억 없어도 잘 먹고 잘 살 수 있잖아요."

"스승의 기억을 빼앗은 제자는 너뿐이겠지."

"뭐 어때? 스승도 제자의 기억을 뺏는데."

지한은 피식 웃으며 답했다. 스승은 물끄러미 장작더미를 볼 뿐 대꾸가 없었다. 당장에라도 그가 달려들지 모른다는 생각에 불안했지만, 분명한 건 그는 노인이었고, 기억거래자일 뿐 마법사처럼 순간 이동을 할 수 있는 존재는 아니라는 것이었다.

"네 기억스크린이 나에게 있었어. 그래서 네 얼굴을 기억한다."

스승은 체념한 듯 한숨을 쉬더니 말했다. 만만한 녀석이 아닐 거라곤 생각하고 있었다. 기억거래자의 기억을 훔친 기억거래자. 그에게도 이유는 있을 것이었다. 아마도 스승인 자신에게 불만이 있었던 게 아닌가 생각하고 있었다. 그는 지한의 말을 이해하기 위해 애썼다. 그리고 최대한 솔직하게 자신의 심정을 토로했다.

그는 지한의 존재를 알게 된 뒤, 자신에게 제자의 기억스크린이 있다는 것을 발견했다.

'내가 그의 기억을 빼앗은 건가?'

이유는 알 수 없었지만, 아무래도 사실 같았다. 그는 그 이유를 추측하는 중이었다. 망나니 같은 놈이니 어떤 식으로든 그를 통제하려 했던 걸까. 그러나 그렇다기엔, 아무래도 좀 의아한 부분이 있었다.

그가 어떤 인생을 살든, 솔직히 자신과는 상관없는 일이었다. 말이 좋아 스승과 제자일 뿐, 그들은 서로의 거처도 알지 못한 채 각자의 삶을 살았다. 살인자의 기억까지 지워주는 놈이었지만 기억거래로 장난을 칠 놈은 아니었다. 자신의 기억을 빼앗긴 했으나 자신이 그의 기억스크린을 갖고 있었기에 복수를 당한 게 아닐까 싶었다. 그래서 쉽게 화를 낼 수도 없었다.

그렇게 기억을 돌이키다가, 스승은 정확히 알아야겠다고 마음먹었다.

"스승이 제자의 기억을 빼앗는다고? 그게 무슨 소리지?"

'이 영감탱이가 지금 뭐라는 거야?'

지한은 스승의 질문에 황당함을 감추지 못했다.

"그래, 내가 너의 기억을 빼앗은 건 분명한 것 같다. 네 기억스크린이 나에게 있으니까. 그런데 이유가 뭐지? 네 기억만으론 이유를 알 수 없었어."

지한은 어이가 없어서 웃음이 났다. 자신이 기억스크린 일부를 훔쳐 간 건 사실이었지만, 그가 기억거래를 시작하던 먼 과거의 기억까지 가져간 건 아니었다. 기억거래자가 이전의 기억을 지우는 게 전통이라고 했던 건 그였다. 기억거래자의 전통이 불쑥 생겨난 것이 아닌 이상, 스승이 그것까지 잊을 순 없는 것이었다.

'나 때문에 혼선이 생긴 건가.'

설마 내가 기억의 일부를 가져가서 그렇게 된 걸까. 그는 스승의 상태가 은근히 신경 쓰였다.

"본부, 어디 있는지 알아요?"

스승은 고개를 저었다.

"어떤 기억거래자도 직접 본 적은 없을 거야."

그렇다면 더더욱 이상했다. 스승은 본부에 대해 정확히 기억하고 있었다. 그런데 그 전통을 알지 못한다니, 역시 이상한 일이었다.

"분명 나한테 그랬잖아요. 전통이라고. 기억거래자가 되는 사람은 이전의 기억을 잃는 것으로 누군가의 기억을 지우는 행위에 대해 속죄해야 한다고."

스승은 대답이 없었다. 벽난로에서 타오르는 불꽃이 비친 그의 눈동자가 흔들리고 있었다.

'내가 그런 말을 했다고?'

그의 기억은 온통 뒤죽박죽이었다. 그에겐 지한이 훔쳐 간 기억스크린이 필요했다. 지한이 어떤 특정한 기억만을 가져간 것이 아니라, 그 무렵의 기억을 죄다 가져간 탓이었다.

가장 알고 싶은 건 그가 제자로 만들려던 이의 행방이었다. 그의 기억은 '그 남자'가 거리에 쓰러져 있는 장면으로 이어졌는데, 스승은 본부에서 보내준 지한의 기억거래 기록을 보지 않고도 자신의 기억이 사라졌다는 것을 단박에 알 수 있었다. 그는 누가 자신의 제자가 될 뻔했던 '그 남자'를 그렇게 만든 것인지 알고 싶었다.

그래서 그간 잃어버린 기억의 조각을 맞추기 위해 기억거래를 다시 시작했고, 한시도 쉬지 않은 채 누군가의 기억을 읽고 또 읽었다. 혹시나 힌트를 얻을지 모른다는 생각 때문이었다. 그러면서 지한을 찾았다. 찾지 않고서는 끝내 퍼즐을 완벽하게 맞출 수 없을 것이었다.

"그런 전통은 없어. 그런 게 전통일 리가 없잖아. 거래는 의뢰인이 원해서 하는 거야. 기억거래자는 그 대가를 받아야 하는 사람이지, 속죄해야 하는 존재가 아니야."

스승은 솔직하게 말했다. 도대체 자신이 무슨 소리를 하고 다닌 건지, 혹은 저 제자라는 녀석이 뭔가를 잘못 알고 있는 건 아닌지 의심스러웠다. 그러나 그의 기억스크린을 자신이 가진 것은 분명했으므로, 일단은 믿는 시늉이라도 해야 했다.

지한은 충격에 휩싸였다. 분명 스승이 전통이라고 알려준 것이었다. 그러나 지금은 스승이 오히려 되묻고 있었다. 그런 전통이 있을 리가 있느냐고.

"없다고?"

속이 부글거렸다. 그의 말이 사실이라면 스승이 거짓말을 했다는 뜻이었고, 스승 역시 기억거래자가 되면서 기존의 기억을 잃은 적이 없다는 뜻이었다. 당장이라도 확인하고 싶었지만 지한은 우선 마음을 가라앉혔다.

"어릴 때 주로 뭐 하고 놀았어요?"

지한은 겨우 화를 누르며 다시 물었다.

스승은 그의 분노를 느끼고 있었다. 그리고 일단은 순순히 대답하는 게 자신의 신상에 이로우리라는 것도 알았다.

"시골에 살았어. 친구들이랑 누가 똥을 더 많이 누나, 그런 내기도 하고, 조개도 줍고, 고동도 따고. 우리 시절엔 다 그렇게 살았다."

'직접 확인할까?'

그의 말을 쉽게 믿을 수 없었다. 눈을 본다면 그의 말이 사실인지 알 수 있을 것이었다. 그러나 또다시 그의 기억을 읽겠다고 달려든다면, 이번엔 둘 중 하나의 모든 기억이 끝장나거나, 둘 모두의 기억이 끝장이 난 뒤에야 멈출 수 있을 것 같았다.

"진짜 다 기억하네. 내 어린 시절 기억은 다 뺏어놓고."

지한은 맥이 풀려서 중얼거렸다. 물론 스승은 기억거래자였고 얼마든 기억을 상상해서 만들어낼 수도, 조작할 수도 있는 인물이었다. 그러나 기억이 없는 사람이라면 불쑥 던진 어린 시절에 대한 기억을 물 흐르듯이 설명할 순 없을 것이었다. 그의 말에선 선명하게 당시의 분위기까지 느껴졌다.

"내가 너의 기억을 빼앗았다면 이유가 있었을 거다. 어떤 기억거래자도 이유 없이 기억을 강탈하진 않아. 우린 말 그대로 거래자야. 오래전엔 기억사냥꾼이라고 불리기도 했지만 그건 그저 자극적인 호칭에 불과했다."

기억사냥꾼. 지한도 스승의 기억스크린을 빼앗아 오며 알게 된 호칭이었다. 스승의 스승은 외국인이었는데, 세상을 떠나기 전 그에게 연락을 해 왔다. 결혼도 하지 않고 자식도 두지 않은 채, 비밀리에 기억거래자의 삶을 살았던 그는 마지막으로 제자에게 자신의 삶을 기억해달라고 했다.

스승의 스승이, 제자였던 스승에게 자신의 기억스크린을 읽게 했다. 스승도 한 사람의 기억을 그렇게 오래, 섬세하게 읽어본 건 처음이었다.

스승은 어쩌면, 그래서 자신이 지한에게 기억을 읽힌 건 아닐까 생각했다. 그러나 직접 본 이 젊은 기억거래자는 자신에게 일말의 정도 없는 듯 보였다. 다만 찾아온 것을 보면 기억스크린을 가져간 것을 조금은 후회하고 있는지도 몰랐다.

"난 시간이 별로 없어. 지금이라도 내 기억을 되찾아서 알고 싶은 게 있어. 그것뿐이야. 널 처벌할 생각도 없어. 그럴 기력도 없고."

지한은 그의 뒤통수를 노려보며 고민했다.

'이 영감탱이가 갑자기 왜 이래? 기억을 잃어서 이러는 건가?'

"그런데 넌 왜 그 아파트에 사는 거지?"

난데없이 스승이 물었다. 그는 지한을 처음 만난 시점부터 10년 사이의 기억을 대부분 잃었고, 그 기억과 연결돼 있던 기억의 부분 부분이 사라진 상태였다. 그러나 그 외의 기억은 온전했기 때문에, 그 아파트는 기억하고 있었다.

"아는 사람이 살던 곳이었다. 확인차 갔는데, 거기에 네가 있을 줄은."

스승은 경비와 주민들의 기억 속에서 영선과 지한이 함께 있는 모습을 봤다. 이상했다. 골치 아픈 제자 놈이, 도대체 왜 자신이 찾는 이의 가족과 알고 지내는 것인지, 혹시 골칫덩이 제자가 어떤 꿍꿍이를 가지고 그들에게 접근한 건 아닌지 불안해하고 있었다.

그러나 지한 역시 스승을 경계하고 있었으므로, 모든 이야기를 할 순 없었다.

"그건 그쪽이 알 거 없고요."

"내 기억스크린을 네가 보는 것만으론 모든 것을 알아낼 수 없어. 기억스크린은 주인과 긴밀하게 연결돼 있다. 어느 정도는 읽을 수 있겠지만 주인이 떠올리지 않은 내밀한 곳까지 알순 없지. 너도 알고 있잖아. 그러니 일단 내 기억스크린을 보여줘. 네가 보관하고 있는지부터 알아야겠어."

"그 아파트에 살았다는 사람, 그 사람에 대한 기억이 궁금한 거죠?"

지한은 스승의 기억스크린에서 본 그 남자를 떠올렸다.

스승이 반색하며 고개를 끄덕였다.

"내 기억스크린을 잘 보관하고 있는 거니?"

"그건 알 필요 없고."

"그렇게 듣기만 해서는 나는 전혀 떠올릴 수가 없어. 일단 확인부터 하고!"

"당신에게 떠올리라고 알려주는 게 아니야. 그 사람이 누군지는 이미 알잖아. 난 그게 궁금하다고."

물론 스승은 그 남자가 누구인지 알고 있었다. 스승은 그를 제자로 만들기 위해, 그가 스무 살이 된 무렵부터 쫓아다녔다. 그러나 그는 번번이 스승의 제안을 거절했다. 그러더니 사랑하는 여자와 결혼을 했고 딸을 낳았다.

그 후론 아예 스승과 연을 끊었다. 어떤 말도 섞으려 하지 않았다. 스승은 그런 그에게 끝까지 오기를 부렸다. 스승의 기억은 거기서 끊겨 있었다.

그리고 최근, 한 호스피스 병원에서 연락을 받았다. 병원에서는 아들의 의식이 잠깐 돌아왔다고 했다. 스승은 당황했고, 자신이 보호자로 등록돼 있다는 아들을 보러 병원으로 향했다. 자신에게 아들이 있다는 것도 충격이었지만, 그 아들이 호스피스 병원에 있다는 사실은 더더욱 충격이었다.

병실에는 기억하는 것보다 한참이나 나이가 많은 그 남자가 누워 있었다.

그는 다시 의식을 잃은 상태였다. 눈을 감은 채 아무런 미동도 없었지만, 스승은 분명히 알 수 있었다. 그는 찬수였다. 자신이 제자로 만들기 위해 그토록 쫓아다녔던 남자, 서찬수. 오래전 그가 살던 아파트에는 그의 딸과 아내가 살고 있었다.

그들의 기억을 읽은 스승은 놀랐다. 그들은 서찬수가 죽은 줄로만 알고 있었다.

'대체 왜.'

가족을 끔찍이 사랑했던 이였다. 도대체 그에게 어떤 일이 있었기에 가족과도 단절된 채 살았던 건지, 스승은 알고 싶었다.

스승은 칠십 대 노인이었다. 더 늦기 전에 자신의 인생에서 일어났던 모든 일을 알고 싶었다. 지한에게 기억을 부러 보여 줄 때만 해도, 기억을 잃은 자신이 이렇게 변할 거라고는 예상조차 하지 못했다. 그에겐 차라리 버리고 싶은 기억들이었다. 그러나 평생 기억의 공백이 없었던 그는, 본능적으로 자신의 상태를 견디지 못하고 있었다.

찬수의 딸과 아내가 살고 있는 아파트엔 그의 제자라는 지한까지 살고 있었다. 그래서 견딜 수 없는 호기심에, 지한에게 경고를 보낸 것이었다. 일단은 그를 만나고 싶었다.

지한은 그런 그가 마음에 들지 않았다. 분명 그 남자가 누군지 알면서도, 일단 기억을 돌려달라는 식으로 논점을 흐리기만 했다. 더더구나 그는 말도 안 되는 전통을 핑계로 자신의 기억을 빼앗았던 사기꾼이었다.

"당신은 거짓으로 내 기억을 빼앗았어. 그걸 모르겠어? 내가 지금 당신 사정 봐주면서 기억을 돌려주고 싶겠냐고."

"먼저 보여주면 되는 거냐?"

스승이 자리에서 일어났다. 순간 지한은 한발 물러났다. 그러나 스승은 돌아서지 않았다.

"너의 기억스크린이 있는 곳을 알려줄게. 있다는 걸 먼저 확인해. 그런 다음 완전히 돌려주는 건 어떻겠니? 난 시간이 없어. 이제라도 내 기억의 퍼즐을 완벽하게 맞추고 싶어."

지한은 코웃음을 쳤다. 기억스크린을 읽는 것만으로 기억의 퍼즐을 완벽하게 맞출 순 없었다. 설마 기억을 일부 잃었다고 그 사실을 헷갈리는 건가 싶었다.

"헛소리 말고, 그 사람이 누군지부터 말해요. 당신이 궁금해하는 그 사람."

스승은 체념한 표정으로 천천히 입을 열었다.

"원래 내 제자."

예상치 못한 대답에 지한은 어리둥절했다.

"뭐라고요?"

그는 힘이 빠진 듯, 다시 자리에 앉았다. 그리고는 의자에 등을 기대더니 눈을 감았다. 그리고는 깊은숨을 한 번, 또 한 번 쉬고는 말했다.

"원래대로라면 그 사람이 돼야 했어. 서찬수. 그 녀석이 내 제자였어. 그랬다면 네 스승도 내가 아니라 그였겠지."

*

은숙이 오래전 자신이 살던 아파트 단지에 들어섰다. 그녀는 단지를 둘러보다 놀랍다는 듯 중얼거렸다.

"어쩜 이렇게 그대로야?"

지난밤, 그녀는 아들에게서 한 통의 문자를 받았다. 바로 이곳의 주소였다. 이 아파트 단지는 그녀에게 당연히 익숙한 곳이었다. 남편이 살아있던 때, 그래도 알코올 중독까지는 아니었던 때, 성실하게 일은 하던 때 그들이 살던 집이었다. 은숙은 지한의 교육을 위해 서울로 가자던 남편의 말을 믿었다. 그녀는 그것을 자신의 인생 최대의 실수라고 여기며 살아왔다.

집이 팔리자 그는 돈의 절반 이상을 친구에게 빌려주었고, 그들 가족은 서울 변두리의 허름한 주택을 전세로 얻었다. 18평의 방 두 칸짜리 집으로 싱크대가 달린 거실이 있었지만, 거실은 그냥 없다고 봐도 무방할 만큼 작은 집이었다. 거기서 끝났다면 그들의 불행도 끝이었겠지만 남편은 이미 그 친구에게 보증까지 서준 뒤였다. 그 친구가 빚을 지고 도망치면서 그들은 전셋집마저 잃었다.

겨우 그녀가 친정에 손을 벌려 보증금을 마련하고 셋방을 얻었다. 그녀의 남편은 여전히 매일 술을 마시며 망가진 생활을 하고 있었다. 아들을 데리고 도망칠까도 생각했지만, 두고두고 마음에 남을 것 같았다. 그런 생활이 수년이었다.

아들은 자랐고, 청소년이 되었다. 그들은 그즈음에야 겨우 방 두 칸짜리 월셋집을 구할 수 있었다. 그것도 그녀가 일해서 얻은 것일 뿐, 남편은 방구석에서 연거푸 술만 마시고 있었다.

그러던 어느 밤, 경찰서에서 전화를 받았다. 남편이 사고로 사망했다는 연락이었다. 술에 취한 채 어두운 도로를 걷다가 참변을 당한 사건이었다. 그 연락을 받은 날 그녀는 오래 울었다. 정말 미안하게도 슬퍼서가 아니라, 비로소 하나의 불행이 겨우 끝났다는 안도감 때문이었다.

남편의 불행을 보는 것은 그녀의 인생 중 가장 버거운 고행이었다. 그 시간이 지속되면서 생긴 내성 때문일까. 그녀는 아들의 방황도 지켜볼 수 있었다. 그러다 알았다. 아들은 방황한 것이 아니라 자신의 인생을 택했다는 걸.

그녀는 아들이 일러준 동으로 가 엘리베이터를 기다렸다. 그들이 살던 집 역시 같은 동이었다. 당시에 살던 집은 305호였다.

'710호.'

7층이라면 영선이네 가족이 살던 층이었다.

아들이 왜 하필 이 집으로 돌아온 건지는 알 수 없었다. 매달 엄청난 생활비를 보내오던 아들이었다. 그 정도의 재력을 가진 아들이, 왜 황폐한 이 아파트에 사는 건지, 혹시 과거의 추억 때문에 이곳에 들어온 것인지, 그녀는 조금 혼란스러운 기분을 느끼며 엘리베이터에 올라탔다.

엘리베이터가 7층에 멈춰 섰다. 문이 열리자 한 젊은 여자가 서 있었다. 눈이 마주치자마자 은숙은 그녀가 누군지 단박에 알아보았다.

"너, 영선이 아니니?"

조심스러운 질문이었지만 어쩐지 확신이 있었다.

"아줌마?"

그런 은숙을 가만히 보던 영선이 화들짝 놀라며 물었다. 지한과 분위기가 꼭 닮은 중년의 여자. 분명 기억이 나는 얼굴은 아니었는데 보는 순간, 영선 역시 알아볼 수 있었다.

"어머!"

은숙이 영선을 와락 끌어안았고, 영선 역시 얼떨떨한 얼굴로 그녀를 안았다. 그녀는 영선의 엄마 지영과도 꽤 친했던 사람이었다.

영선은 은숙의 짐을 나눠 들고 함께 지한의 집으로 향했다.

"어디 가려던 거 아니었어?"

은숙의 질문에 영선이 손사래를 쳤다.

"아니, 아니에요."

대답을 하면서도 영선은 좀 머쓱했다. 그녀에게 목적지 같은 건 없었다. 습관처럼 약국에나 갈까 했던 그녀는 마침 은숙을 만났고, 무거워 보이던 그녀의 짐을 들고 따라간 것뿐이었다.

"혹시 둘이 만났어?"

은숙의 물음에 영선은 불쑥 그가 찾아온 밤을 떠올렸다.

"아, 네."

물론 그가 뜬금없이 먼저 찾아왔다는 말은 하지 않았다.

"지한이는 언제 이사 온 거야?"

"얼마 전에요. 2주도 안 됐어요."

영선은 그날을 분명히 기억하고 있었다. 너무나 오랜만에 들어오는 이삿짐을 보던 날이기도 했으니까.

"지한이도 너 보고 놀랐겠다. 네가 아직 여기 살고 있어서."

영선은 차마 그랬을 거라곤 대답하지 못했다. 일단 그보다는 자신이 더 놀라기도 했고, 자신의 집 문을 두드린 그는 영선을 보며 딱히 놀란 눈치가 아니었다. 아무래도 그녀는 아들의 정체를 모르는 눈치였고, 영선은 대충 둘러대는 편이 낫겠다고 판단했다.

"아, 네, 뭐. 하하."

오늘도 집에서 나오자마자 복도 너머로 그의 차를 확인했다. 차는 없었지만, 다행히 그의 엄마가 나타났다. 그 말인즉슨, 그가 영영 사라진 건 아니라는 뜻이었다.

"근데 얜 어디 갔어요? 일하러 갔나?"

영선은 모른 척 물었다. 그가 기억거래자고 직장에 다니지 않는 건 알고 있었다. 다만 그가 지금 어디로 사라진 건지 알고 싶었다.

"나도 걔가 뭘 하고 사는지는 모르겠는데, 저녁에는 온다고 했으니 오겠지?"

은숙이 반찬을 냉장고에 넣으며 말했다.

'저녁엔 오는구나.'

그녀는 긴 숨을 내쉬며 안도했다. 이렇게 천연덕스럽게 묻는 모습을 지한이 기억을 통해 본다면 배를 잡고 웃을 것이었다. 그러나 이렇게 대답이라도 듣지 않으면 갑자기 사라진 그에 대한 불안이 가시지 않을 것 같았다.

"근데 너는? 이 시간에 집에 있는 거 보니 아직 대학생인가?"

"취준생이요."

영선은 갑작스러운 질문에 얼어붙어 건조하게만 대답했다.

"요즘 취업이 그렇게 어렵다며? 힘들진 않고?"

은숙이 대수롭지 않다는 듯 말하자 오히려 머쓱했다. 오랜만에 만난 지한의 엄마는 전과는 다른 분위기였다. 예전에는 어딘가 날카로워 보였는데, 모든 게 둥글어진 느낌. 영선은 어쩐지 마음이 편안해지는 것을 느끼며 설핏 웃어 보였다.

"그냥 그렇죠, 뭐."

영선은 집으로 돌아와 그와 주고받았던 문자를 다시 봤다. 수면유도제를 내놓으라며 겁박하던 그의 문자도 그대로였다.

'왜 그렇게 차갑게 굴었던 걸까.'

불현듯 의아했다. 그냥 수면유도제를 사지 말라고, 버리라고 하면 그만이었을 텐데.

'뭐 하고 싶은 거 없어?'

'돈 많이 들어도 되니까.'

다시 만난 날, 그가 한 말도 하나같이 이상했다. 그런 그에게 자신이 했던 답은 더 이상했다.

'잃어버린 걸 되찾고 싶은데.'

지금껏 영선이 그런 말을 입으로 꺼낸 건 처음이었다.

그 말을 듣던 지한의 표정도 떠올랐다. 이상할 정도로 화들짝 놀라던, 그 후로 보인 냉정한 모습과는 완전히 달랐던 그 순간의 표정. 그 말을 끝으로 그는 도망치듯 돌아갔다. 당황한 정도가 아니라 허에 찔린 듯, 큰 충격을 받은 것도 같았다.

그를 생각하면, 영선은 여전히 풀리지 않는 의문으로 머릿속이 복잡했다. 몸은 괜찮으니까 돌아다니고 있는 거겠지 싶다가도, 더는 기다릴 수 없을 것 같은 기분이 들었다. 그녀는 휴대폰에 남은 그의 번호를 눌렀다. 기억을 읽든 말든, 일단은 그의 생사 여부 혹은 안부를 확인해야 했다.

그는 여전히 전화를 받지 않았다. 그러나 이번엔 영선에게도 수가 있었다. 그의 엄마가 그의 집에 와 있었다.

'아줌마는 우리 엄마도 아주 친했던 사이니까.'

영선은 엄마에게 문자를 넣었다.

엄마, 좀 전에 지한이네 아줌마 봤어.

문자를 보내기 무섭게 전화가 왔다.

"정말이야? 은숙이가 와 있다고?"

그러니 그의 엄마가 영선의 엄마에게 저녁 초대를 받는 건 당연한 수순이었다.

전화를 끊은 뒤, 영선은 그가 보냈던 압박의 문자를 다시 봤다. 이번엔 돌려줄 차례였다. 그녀는 의미심장한 표정으로 문자를 쓰기 시작했다.

난 이제 너한테 들어야겠어. 네가 날 찾아온 이유.

한 통의 문자를 전송한 뒤, 또 한 통의 문자를 썼다.

세 시간 뒤 우리 집으로 와. 네 시간까진 봐줄게.

근데 만약 그때까지 오지 않으면…….

여기까지 쓰고 두 번째 문자를 전송한 다음 또 하나의 문자를 전송했다.

너희 어머니께서 알게 되실 거야.

그리고 마지막으로 가장 짧고도 강렬한 문자를 보냈다.

네가 기억거래자라는 거.

*

   딩동, 평온한 저녁에 초인종이 울렸다. 은숙이 지영의 집에 찾아온 것이었다. 마침 지영은 한가득 장을 봐서 허겁지겁 집으로 돌아온 참이었다. 오랜만에 재회한 두 사람은 다급하게 서로 안부를 묻더니, 자연스레 함께 주방에 들어섰다. 그렇게 뜬금없이 두 엄마의 음식 대결이 펼쳐졌다.

   "지영아, 기억나? 우리 그때 애들 피자도 직접 만들어주고 그랬는데."

   "이제는 기억도 잘 안 나. 직접 만드는 게 좋다고 해서 그랬나, 하여튼 그때 우리도 엄청 극성이었지."

   엄마들의 추억담은 끝이 없었다. 지영과 은숙이 쉴 틈 없이 말을 주고받았다. 서로가 어떤 이야기를 꺼내도 죄다 대꾸할 수 있을 만큼, 그들에겐 많은 추억이 있었다.

   영선은 옆에서 뭔가를 도와볼까 했지만 두 사람 사이에 끼어들 틈은 없었다. 그래서 내내 휴대폰만 보고 있었다. 아직 그에게선 답이 없었다. 그러다 문득 지한의 엄마를 보며 생각했다. 솔직히, 당신 아들이 기억거래자라고 말하는 건 어렵겠다고.

   '걔도 정말 말하려고 했을까.'

   그녀는 그제야 깨달았다. 어쩌면 지한도 지금의 자신과 비슷했을지도 모른다고. 어쩔 수 없는 이유로 겁을 준 것뿐이지 않을까.

"걔가 지한이라고는 생각도 못 했다. 근데 걘 왜 나한테 그렇게 낯설게 굴었지? 쟬 찾아왔으면 나를 몰랐을 리가 없잖아."

지영의 목소리가 주방을 넘어 거실에 있는 영선의 귀에 닿았다. 지영은 지한이 자신의 딸을 찾아온 날을 떠올리고 있었다.

"지한이가 영선이를 찾아왔었다고?"

당황한 영선이 뭐라고 둘러댈 틈도 없이, 은숙이 놀란 눈으로 물었다. 영선은 입이 쩍 벌어진 채 엄마를 봤다.

"응! 그랬다니까? 왜, 지난번 밤에……."

그러나 아무것도 모르는 지영은 은숙에게 태연하게 대꾸했다.

마치 우연히 만난 것처럼 둘러댔는데……. 영선은 머릿속이 복잡했다. 차라리 사실대로 말할 걸 그랬나. 그러나 사실대로 말했다가는 그가 찾아온 이유까지도 말해야 했는데, 영선은 그 이유를 몰랐다. 그의 정체를 알았을 뿐 갑자기 찾아와 뭐든 해 주겠다고 한 이유는 아직 알지 못했다. 그래서 은숙의 질문에 대충 둘러대는 것 외엔 할 수 있는 게 없었다.

딩동, 다행히 곧 초인종이 울렸다. 순간 세 여자가 동시에 현관을 돌아봤다. 한 번 울린 초인종은 그것을 누른 이의 마음이 상당히 급하다는 것을 일러주듯 또다시 울렸다. 딩동, 딩동, 딩동. 그사이 영선의 입꼬리는 두 엄마가 눈치채기 힘들 정도로 미세하게 올라가 있었다.

"누가 오기로 했어?"

은숙은 조금 전의 질문은 잊은 채 지영에게 물었다.

"아니? 이 시간에 누구지?"

지영은 어리둥절한 얼굴로 답했다.

다급한 초인종 소리가 이어졌다. 영선은 문밖의 사람이 누구인지 너무나 알 것 같아서 더 모른 척 현관을 외면했다.

"누구세요?"

지영이 인터폰 화면을 확인하기도 전에, 문밖에서 다급한 목소리가 들렸다.

"저 이지한이에요! 저희 엄마, 여기 계신가요?"

은숙이 방긋 웃으며 자리에서 일어났다.

"어머! 얘가 나 여기 있는 걸 어떻게 알았지?"

그러다 문득 그녀가 영선을 돌아봤다. 네가 알려주었냐고 묻고 싶은 눈치였지만, 현관문이 열리고 그가 들어오자 은숙의 관심은 자기 아들을 향했다. 그는 숨이 턱 끝까지 찬 상태였다.

"아들! 왜 이렇게 급하게 와?"

반가운 것도 잠시, 은숙은 아들의 상태가 좀 이상하다는 걸 눈치챘다.

영선은 입술을 꽉 문 채 웃음을 참아야 했다. 한바탕 소란이 벌어져도 모른 척 TV만 보고 있었다. 지한이 집 안으로 들어와도 쳐다보지 않았다.

그는 영선이 괘씸해 미칠 것 같았지만, 곧바로 그녀에게 가진 못했다. 엄마들의 환대 때문이었다.

"진짜 어떻게 알고 온 거야?"

"저녁은?"

은숙과 지영이 질문 세례를 퍼부었다.

"아, 그게."

그는 정신이 반쯤 나간 얼굴로 대꾸했다.

"너 아줌마 기억나?"

지영이 지한의 손을 덥석 잡으며 물었다. 갑작스러운 질문에 그는 어떤 대답도 하지 못했다. 그에게 기억과 관련된 질문은 쉽게 대답할 수 없는 것이었다.

"아……."

그는 망설였지만 곧 네, 하고 겨우 둘러댈 수 있었다. 그러면서도 그의 시선은 계속해서 영선을 향해 있었다.

영선은 그에게 아는 척을 할 생각이 없었다. 그간 기억을 모두 읽힌 것도 괘씸한데 갑자기 사라지질 않나, 협박 문자를 보고서야 부랴부랴 찾아오질 않나. 그녀는 내심 안심했지만 자신을 다시 찾아온 그가 여전히 미웠다.

"네가 영선이를 찾아왔다며? 영선인 그런 말이 없어서 전혀 몰랐네? 어떻게 알고?"

은숙은 그제야 생각이 난 듯 지한에게 물었다. 아들에게 기억이 없다는 걸 누구보다 잘 아는 그녀였다. 영선이는 어떻게 기억하고 있었을까? 그녀로선 놀랄 수밖에 없는 사실이었다.

"우연히 알게 돼서. 인사하러."

그의 말은 있는 그대로의 사실이었다. 우연히 길에서 영선을 봤고, 그녀의 기억스크린 속에서 유년 시절의 자신을 봤다. 엄마가 늘 보여주던 어린 시절 사진과 똑같은 아이. 엄마가 아닌 타인에게선 처음 본 자신의 모습이었다.

지한이 계속 영선을 흘끗거리자, 보다 못한 지영이 나섰다.

"영선아, 너 뭐 해? 친구 왔잖아."

"어, 안녕."

영선은 고개도 돌리지 않은 채 말했다. 눈을 마주치면 기억을 모조리 읽을 테니까. 그녀에게도 지한과 눈을 마주할 수 없는 이유가 있었다.

엄마들이 다시 시시콜콜한 대화를 하며 음식을 하는 사이, 지한은 슬쩍 영선의 곁으로 갔다. 그가 곁에 앉자 영선은 이상하게도 가슴이 두근거리기 시작했다.

'불안해서 그런 거야. 기억거래자가 내 옆에 앉았으니까.'

그러면서도 정신을 잃었던 그가 떠올라 어쩐지 걱정이 되는 건 어쩔 수 없었다.

'다 낫긴 했겠지?'

그는 리모컨을 집어 TV 볼륨을 더 키웠다. 이미 엄마들의 대화로 소란한 상태였으나, 조금 더 강력한 소음이 필요했다.

"나한테 복수하냐?"

TV 소리가 웬만큼 커지자 그가 영선에게 작은 소리로 물었다.

"네가 기억을 읽어서 알아맞히면 되겠네. 내가 진짜 말을 했는지, 안 했는지."

영선은 눈을 보지 않으려 목에 꼿꼿하게 힘을 준 채 말했다.

물론, 그는 이미 엄마들의 기억스크린을 확인한 상태였다. 솔직히 그녀가 진짜 폭로를 할 거라고 생각한 건 아니었다. 실은 자신을 다급히 찾는 그녀가 어쩐지 달가워서, 자신도 모르게 서둘러 집으로 돌아온 것이었다.

그가 스승의 산장을 나선 것은 이른 아침이었다. 지난 새벽, 스승은 자신의 진심을 증명하듯 지한의 기억스크린을 숨겨놓은 장소를 알려주었다. 스승이 말한 주소는 그가 살던 달동네에서도 한참 더 들어가야 있는 산속의 밭 모퉁이였다.

지한은 스승을 달동네 집에서 만난 날을 떠올렸다. 그날도 밭에서 캔 것들을 가방에서 꺼내던 그였다. 그곳은 스승이 일구는 밭이었다. 기억스크린이야 기억거래자들에게만 보이는 것이니 어디에 두어도 이상할 건 없었다. 지한 역시 아무 길바닥에나 던져놓는 것이 일상이었으니까. 그럼에도 밭 모퉁이에서 자신의 기억스크린을 발견하자, 지한은 묘한 기분을 느꼈다.

'역시 기억스크린을 수거한 건 잘한 일이었어.'

그러나 기억스크린을 찾고도 그가 할 수 있는 일은 그저 바라보는 것뿐이었다. 기억스크린은 가져간 자만이 돌려줄 수 있었다.

그것은 그 밤, 스승을 만난 뒤에야 알게 된 것이었다. 혹시나 하는 마음에 손을 뻗어봤지만 정말이었다. 기억스크린은 그의 눈에 보이기만 할 뿐, 잡히지 않았다. 지한은 어이가 없었다. 진즉에 알았더라면 스승을 피해 다니는 수고로운 짓은 하지 않았을 것이었다.

그리고 그즈음 영선에게서 협박 문자를 받았다.

엄마가 집에 온다는 연락은 이미 받은 뒤였다. 그가 엄마에게 먼저 연락한 건 스승의 기억스크린을 훔친 뒤였다. 과거의 기억을 확인한 그는 엄마를 찾아갔다. 아들의 방문만으로도 한껏 들떠 있던 그녀에게, 그는 기억을 잃은 뒤 처음으로 반말을 했다. 스승의 기억스크린에서 엄마에게 반말하던 어린 자신을 봤기 때문이다.

엄마는 아들의 반말이 무엇을 의미하는지, 누구보다 빠르게 알아차렸다. 설마, 싶어서 울컥 쏟아지려는 눈물을 몰래 훔치기도 했고, 아들이 돌아갈 때는 손을 꼭 잡아보기도 했다. 모자의 교류가 비로소 다시 시작된 순간이었다.

그날 그는 엄마에게 집 주소를 알려주었다. 그리고 어제, 엄마가 찾아오겠다는 연락을 해 온 것이다. 어쩌면 엄마가 영선과 마주칠 수도 있다고 생각은 하고 있었다. 아니, 실은 그래서 엄마에게 오래전 자신의 가족도 살았던 그 아파트의 주소를 보냈다. 스승과 다시 만나기 전이었다. 행여나 자신이 스승에게 기억을 빼앗기게 되더라도, 엄마가 외롭지 않기를 바랐다.

스승의 기억스크린을 통해 본 과거의 엄마는 오래전 그 아파트에서 가장 행복해 보였다. 그러고 보니 함께 살던 때에도 엄마는 불쑥불쑥 그 시절을 떠올리곤 했다. 그때는 그가 모르는 기억이었기 때문에 와닿지 않았지만 이제는 그곳이 영선의 가족과도 친밀하게 교제하며 살던 곳이라는 것을 알 수 있었다. 돌아보면 지한과 영선의 가족은 닮은 부분이 많았다.

엄마들은 남편을 잃었고, 스스로 집안을 먹여 살렸다. 자식들은 어느 날 갑자기 중요한 기억을 잃었다. 그렇게까지 닮은 운명으로 살아갔다는 게 신기할 정도였다. 그래서 지한은 엄마들이 다시 만난다면, 지금까지의 삶보다는 조금 덜 외롭지 않을까 생각했다.

그들은 서로의 이름을 부를 정도로 친했다. 지한의 엄마는 영선의 엄마를 '지영아' 하고 불렀고, 영선의 엄마는 지한의 엄마를 '서은숙' 하고 불렀다. 스승의 기억스크린을 통해 본 그 부분은 선명도를 많이 잃은 상태였으나, 알아보지 못할 정도는 아니었다. 그토록 사소한 기억이, 시간이 꽤 지난 지금까지도 알아볼 정도의 형태로 남아 있다는 건, 그에겐 좀 신기한 일이었다.

그리고 영선의 협박에 못 이기는 척 달려온 지금, 그는 엄마들이 나누는 대화를 통해 그들의 관계를 보다 선명하게 알 수 있었다.

"진짜 우리 여기서 처음 만났을 때 엄청 놀랐는데. 어떻게 도시에서 다시 만나느냐고."

엄마들은 고향 동창이었다. 정확히는 중학교 동창이었는데, 영선의 엄마는 고등학교 때부터 서울에서 살았고 지한의 엄마는 스무 살이 돼서 서울에 왔다. 그리고 결혼 후 이 아파트에서 우연히 다시 만난 것이었다.

그 이야기를 하자 비로소 두 사람에게서 그 시절의 기억스크린이 보였다. 그만큼 잊고 지냈다는 뜻이기도 했다. 사는 게 바빠서, 때론 버거워서. 그들은 한동안 잊고 지냈던 그 시절은 서로를 만나 회복되고 있었다.

엄마들의 이야기를 가만히 듣던 영선은 지한이 오기 전 엄마가 던진 질문을 곱씹었다.

'근데 걘 왜 나한테 그렇게 낯설게 굴었지? 쟬 찾아왔으면 나를 몰랐을 리가 없잖아.'

영선도 지한의 엄마를 기억하고 있었다. 어린 시절의 기억이었으나, 그만큼 가깝게 지낸 사이였다. 그런데 처음 영선을 찾아왔던 날, 그는 영선의 엄마를 전혀 알아보지 못하는 눈치였다. 오로지 영선만을 아는 것 같았는데, 어쩐지 앞뒤가 맞지 않았다. 그럼에도 어릴 때였으니, 자신의 엄마를 기억하지 못한다고 해도 이해가 가지 않는 건 아니었다.

"방 좀 보여줘."

저녁 식사가 끝났을 때, 지한이 영선에게 말했다.

영선은 화들짝 놀랐다. 놀란 건 엄마들도 마찬가지였다.

"방에 사진첩 같은 것도 있나?"

그는 자리에서 일어나며 물었다. 그러면서 대답도 듣지 않고 그녀의 방 쪽으로 걸어갔다.

"내가 알려줄게!"

마치 여러 번 와본 것 같은 자연스러운 행동이어서, 영선은 엄마들의 눈치를 살피며 그에게 소리쳤다. 물론 그녀는 그가 자신의 기억을 읽어 방의 위치를 이미 알아냈다는 것을 알고 있었다.

"여기야?"

영선의 방 앞에 선 그가 뒤늦게 모른 척이라도 하듯이 물었다.

태연한 그의 태도에, 영선은 눈을 마주하면 안 된다는 사실조차 잊은 채 그를 쩨려보았다.

"들어가도 돼?"

이를 꽉 문 채 대답도 하지 않는 그녀를 빤히 보며, 그는 웃음을 참고서 다시 물었다.

영선은 그가 이미 알고 있는 서랍장을 떠올렸다. 이제는 그 안에 없는 수면유도제도 떠올렸다.

"구경 좀 시켜줘. 앨범도 좀 보여주고."

그녀가 망설이는 사이 지영이 다가와 말했다.

"그럼. 그래야지."

영선은 엄마들의 눈치를 살피더니 애써 미소를 지으며 말했다. 그러면서도 매서운 눈빛으로 그를 돌아봤다.

영선은 지한을 방에 들인 뒤 문을 닫자마자 걸어 잠갔다. 그가 어리둥절한 표정을 지었다.

"문은 왜 잠가?"

"이제부턴 허락받고 봐."

영선이 그의 눈치를 살피며 말했다. 그의 시선이 수면유도제가 들어 있던 서랍장에 닿았다. 영선도 그의 시선이 향하는 곳을 보고 있었다.

"앨범 보여줘. 아줌마도 보여주라고 하셨잖아."

그는 곧 시선을 돌려 영선을 보며 말했다.

갑자기 왜 사진첩을 보려는 걸까. 영선은 그의 의도를 알 수 없어 답답했다.

그는 그 틈에 영선의 얼굴을 보려고 했지만, 그녀는 잽싸게 그의 등 뒤로 숨었다. 그는 생각지도 못한 반응 속도에 웃음을 터뜨렸다.

"허락받고 보라고!"

영선은 얼굴이 새빨개진 채 소리쳤고, 그는 웃음을 참으며 침대에 걸터앉았다.

"여기 앉아서 딱 앞만 보고 있을게. 그럼 되지?"

"앨범을 보려는 이유 먼저 말해."

영선은 그의 뒤통수를 째려보며 쏘아붙였다. 그러면서도 자꾸만 그의 얼굴이 보고 싶어서 고개를 요리조리 움직였다. 하필 눈을 통해 기억을 읽는다고 하니 불편한 점이 한두 가지가 아니었다. 어쨌든 회색빛의 그의 눈동자를 보는 건 어쩐지 기분 좋은 일이었는데……. 이렇게 된 이상 앞으로도 그의 얼굴을 마주 보는 건 힘들 것 같았다.

"내가 기억이 없어."

갑작스러운 그의 말이 너무 담담해서, 영선은 그가 자신을 기억거래자라고 밝힐 때보다도 더 비현실적인 기분에 사로잡혔다.

"뭐?"

분명 기억거래자라고 했는데 기억이 없다니, 어딘가 이상한 조합이었다.

"어릴 때 기억은 죄다 없어. 뭐 좀 알게 된 것도 있긴 한데,

진짜 내 기억이라기보단 타인의 기억을 통해 내 기억을 읽은 정도?"

영선은 머리가 더 복잡해지는 것을 느꼈다.

"도대체 그게 무슨 소리야?"

더는 참을 수 없었다. 그녀는 그의 앞으로 갔고, 그의 눈을 바로 보며 다시 말했다.

"도대체 무슨 소리냐니깐?"

"너, 이렇게 마주 보면……."

그가 당황한 기색을 보였다. 그녀는 그러거나 말거나 그의 앞에 버티고 서 있었다.

"그냥 모른 척할까, 아니면 피해볼까 했는데, 더는 안 되겠어."

안 그래도 의아한 게 한둘이 아니었다. 13년 만에 찾아온 것도 이상한데, 자신의 엄마도 기억하지 못하던 이지한. 그가 정말 자신이 알던 지한이 맞는 건지도 때때로 의심스러웠다. 그러나 그의 말대로 정말 기억이 없는 거라면, 이 모든 것들이 한번에 이해가 될 것도 같았다.

"말 그대로야. 기억이 없어. 어린 시절 기억 전부 다."

그의 말에 영선은 그가 찾아와서 했던 말들을 떠올렸다.

'길에서 봤어. 네가 날 기억하고 있는 게 이상해서 널 찾아왔어. 그땐 네가 내 동창이라는 걸 몰랐거든.'

분명 그렇게 말했다. 그때도 이상했지만 그가 수면유도제

220알에 대해 말하는 바람에 잊고 있던 말이었다.

'길에서 봤다는 건 우연히 봤다는 거고, 이상했다는 건 기억을 잃은 채 살았으니까, 기억을 읽는 사람이니까…….'

어쩐지 그의 말이 이해되는 기분이 들었다. 심란한 기분을 애써 삼키며 사진첩을 꺼냈다.

"무슨 사진이 보고 싶은데?"

"더 안 물어봐?"

영선은 놀란 눈으로 묻는 그에게 고개를 끄덕이며 사진첩을 내밀었다. 늘 의문투성이인 남자였다. 묻는다고 해서 다 알 수 있는 사람이 아니라는 걸, 이제는 알 것도 같았다.

그가 사진첩을 받으려는 순간 두 사람의 손이 닿았다. 그런데 닿은 그의 손이 너무나 뜨거웠다.

"너, 왜 이렇게 뜨거워?"

대뜸 그의 이마에 손을 얹었다. 이마도 마찬가지였다.

"잠깐만 기다려."

영선은 다급히 밖으로 나갔고, 그는 순식간에 벌어진 일에 멍하니 눈만 깜박거리고 있었다.

'기분이 왜 이러지?'

그녀의 손이 이마에 닿자, 그는 온몸에 소름이 돋는 것을 느꼈다. 소름은 싫거나 무서울 때 돋는 게 아닌가 싶다가도, 이마에 닿은 그녀의 손이 유난히 보드라웠다는 것을 깨달았다. 그녀의 손이 이마에서 떨어지는 순간이 좀 아쉬웠다는 걸, 인정하지 않을 수 없었다.

그는 몸이 좀 으슬으슬하긴 했지만 열이 난다고는 생각하지 못하고 있었다. 제 이마를 짚으며 그가 속으로 중얼거렸다.

'이게 뜨거운 건가?'

어쨌든, 지금은 그녀의 방에 들어온 목표를 달성해야 했다. 그는 앨범을 펼쳤다.

'서찬수.'

영선에게 이름을 물어볼 수도 있었지만, 일단 모습을 확인하고 싶었다. 앨범을 몇 장 넘기지 않았는데 그 남자의 얼굴이 보였다. 그녀의 어린 시절 사진들 사이에, 지한이 스승의 기억스크린을 통해 본 서찬수가 있었다. 기억 속 얼굴은 선명하지 않았지만 사진을 보니 분명하게 알 수 있었다. 같은 윤곽의 얼굴이라는 걸. 그리고 그 윤곽이 왜 그렇게 눈에 익었는지도 알 것 같았다.

'서로 가깝게 지냈으니까 나도 본 적이 있을 거야.'

단, 스승의 기억스크린 속 자신의 기억에 없는 이유는 설명하기 어려웠다. 그만큼 존재감이 없었거나 본 적이 몇 번 없기 때문일까. 어쨌든 기억이 저장되지 않는 이유는 많았다.

머지않아 방문이 열리고 영선이 돌아왔다. 그는 사진 속 서찬수를 보다가, 고개를 들어 그녀의 얼굴을 빤히 보았다. 그녀는 잽싸게 손바닥으로 눈을 가렸다.

"그만 보고, 일단 해열제부터 먹어."

그녀가 물컵과 약을 내밀었지만, 그의 시선은 그녀의 코와 입술에서 떨어질 줄을 몰랐다. 실은 눈을 가리자 모든 것이 보였다. 그녀가 서찬수와 꽤 닮았다는 것을.

'눈만 안 닮았구나.'

눈이 닮지 않아서, 스승의 기억스크린에서 서찬수의 윤곽을 보고도 영선과 닮은 사람이라고는 생각조차 하지 못했다.

그가 컵을 받지 않자, 영선은 눈을 가린 손을 살짝 들어 그를 봤다. 그가 자신의 코와 입술 근처를 보고 있다는 걸 곧 깨달았다.

'왜 그러지?'

영선은 천천히 눈에서 손을 뗐다.

"이지한, 일단 약부터……."

그녀가 그 말을 마치기도 전에, 그가 눈을 가리고 있던 그녀의 손을 잡아 내렸다.

한 손엔 물컵과 약을 들고, 다른 한 손은 그에게 잡힌 채, 영선은 그와 눈을 마주해야 했다. 그리고 처음으로 느낄 수 있었다. 그가 자신의 기억을 읽고 있다는 것을. 영선이 기억을 읽는 사람의 눈을 처음으로 자세히 본 순간이었다.

심장이 빠르게 뛰기 시작했다. 그가 손을 잡고 있어서인지, 아니면 기억을 읽히고 있다는 불안감 때문인지는 알 수 없었다.

"서찬수."

그 이름이 그의 입에서 나와서, 영선은 당황했다.

"뭐?"

그러나 그 순간 그녀의 기억스크린에 보이는 것은 없었다.

"누군지 알아?"

그가 눈시울이 붉어진 채 물었는데, 오히려 묻고 싶은 쪽은 영선이었다.

"넌 어떻게 아는데."

그는 두 사람의 이름을 나란히 생각했다. 서영선, 서찬수. 그는 잡고 있던 영선의 손을 자신의 품으로 잡아당겼고, 영선은 균형을 잃고 그에게 안기고 말았다. 물컵이 침대 위로 떨어진 건 당연한 수순이었다.

"야! 잠깐만."

영선은 그에게 안긴 것보다 침대 위에 쏟아진 물에 정신이 팔려 있었다.

"물 좀……."

그녀는 그에게서 벗어나려 했으나, 그는 더더욱 세게 영선을 끌어안을 뿐이었다.

"야, 너 왜 이러는데."

영선은 그제야 자신이 그의 다리 위에 앉아 있다는 것을 깨달았다. 백수로 산 지 2년, 영선의 몸무게는 이전보다 무려 5킬로그램은 더 찐 상태였다.

"너 이러다 다리 나가. 이것 좀 놓고 일단 약 좀……."

그는 울고 있었다. 그녀가 놓으려고 할수록 더욱 꽉 안으면서, 갑자기 쏟아진 눈물을 하염없이 흘리는 중이었다.

영선은 포기하듯 그의 어깨에 턱을 기댔다.

"너 진짜 갑자기 왜 이러는데. 서찬수, 그 이름은 또 왜."

그가 흐느끼고 있었다.

"너, 울어?"

갑자기 사라진 지난밤부터 하루 사이, 어떤 일이라도 있었던 걸까. 영선은 그의 등을 가만히 토닥이기 시작했다.

"내가 너의 기억을 지웠어."

그녀의 손이 멈췄다. 그는 그제야 그녀를 안은 팔에 힘을 풀었고, 몸을 세워 그녀의 눈을 바로 봤다.

그가 눈물을 흘리며 말했다.

"내가 잘못했어. 다 내 잘못이야."

일곱 번째 인터뷰

A. 저도 궁금한 게 있어요.

Q. 네, 말씀하세요.

A. 만약, 기억을 되찾을 수 있다면 어떻게 하시겠어요?

Q. 아……. 마치 스물다섯 살에 서영선 씨가 기억거래자를 만났을 때와 비슷한 상황 같네요. 잠깐, 10년 전이라고 하셨죠? 10년 전에 스물다섯 살이셨어요?

A. 네.

Q. 저랑 동갑이시네요.

A. 네. 반갑습니다.

Q. 저도요. 저라면, 글쎄요. 잘 모르겠습니다. 아까 서영선 씨의 말씀처럼, 원래 없었다고 생각하면 또 없는 채로 살아지잖아요. 이제 와 찾는 게 도움이 될지 확신이 서지 않아요.

A. 어딘가 허전할 땐 없으세요?

Q. 아까 말씀하신 것처럼요? 어쩐지 허전했다던.

A. 네.

Q. (한숨을 내쉬며) 솔직히 말하면, 있습니다. 근데 아까 그러셨잖아요. 그게 사라진 기억 때문인지는 모르겠다고.

A. 이제 와 생각해보니, 반은 사라진 기억 탓이고, 반은 다른 것 때문이었던 것 같아요.

Q. 나머지 반은 무엇이었나요?

A. 다 커서 그런 시선을 처음 느껴봤어요.

Q. 시선이요?

A. 네. 그 애가 찾아온 날, 날 보던 시선이 지금도 잊히질 않아요. 끈질긴 시선으로 봤거든요. 나를 기억하지도 못했으면서.

Q. 더 자세히 들을 수 있을까요?

A. 자기를 기억해달라는 것 같기도 하고, 어쩐지 절박해 보였어요. 정확히 뭐라고 표현해야 할진 모르겠네요.

Q. 궁금하네요. 어떤 시선이었는지.

A. 그래서 지금도 제 마음이 허전한가 봐요. 스물다섯 때, 그 애가 다시 저를 찾아오기 전으로 돌아간 것처럼 그래요.

그리고 한동안 인터뷰이는 말없이 기자를 보고 있었다.

Q. 혹시, 절 계속 보고 계신 건가요?

A. 이제야 알 것 같네요. 그 시선의 의미가 뭐였는지.

Q. 네?

A. 비로소 너를 찾았다는 눈빛. 그래서 눈을 뗄 수 없는 사람이 있죠.

Q. 아, 그걸 갑자기 깨달으신 거군요. 저도 궁금하네요. 저는 아주 가까이에서 봐야 겨우 형태만 조금 보이는 정도라.

A. 그런 눈빛은 오래오래 잊히지 않아요.

Q. 아……

A. 그 후로 10년이 지났지만 비슷한 시선조차 느껴본 적이 없어요.

Q. 그래도 그런 눈빛을 기억할 수 있다는 건 행운 아닐까요? 부럽습니다.

A. 부러워할 거 없어요.

Q. 네?

A. 지금 저를 봤다면, 그게 어떤 눈빛인지 바로 알 수 있었을 테니까요.

Q. 그게 무슨……

A. 오랜만이야, 이지한.

7

너의 기억 속 나

지난 이틀 새, 영선은 몇 번이고 710호의 문을 두드렸다. 복도 너머 주차장엔 그의 차가 그대로 있었지만, 집 안에선 어떤 대답도 없었다.

그러다 그에게서 연락이 온 건 자정이 지난 어젯밤이었다. 영선은 연락을 받자마자 그의 집으로 달려갔다. 초인종을 누른 뒤 초조하게 발끝만 보고 있던 그녀와 달리, 문을 연 그의 얼굴은 이상하리만큼 고요했다.

"들어와."

그는 눈을 피하며 안으로 들어갔고, 영선은 못내 억울했다.

그날, 그녀에게 죄를 고백한 그는 이내 자신의 집으로 돌아갔다. 심상치 않은 분위기에 지한의 엄마조차 그를 따라가지 못했을 정도였다. 그래서 그 폭탄 같던 고백에 혼란스러웠음에도, 영선은 그가 돌아간 이유를 둘러대느라 정신이 하나도 없었다.

'민망해서 저러는 거야, 뭐야?'

다시 만나면 따져 물으려고 했는데 그럴 수 없었다. 선수를 치듯 울적한 표정을 짓는 탓에 영선은 말문이 막히고 말았다.

"뭐 마실래?"

그가 냉장고로 가며 물었다. 영선은 자연스레 그가 서 있는 냉장고로 다가갔다.

'그래봤자 맥주밖에 없으면서.'

그러나 그의 냉장고 안은 온갖 음료와 과일, 반찬과 먹을 것들로 가득했다. 영선은 그의 엄마가 다녀갔다는 사실을 떠올렸다.

그 후로도 엄마들은 자주 연락을 하고 있었다. 덕분에 영선도 자신의 엄마가 이전보다 한결 즐거워 보인다고 생각하는 중이었다. 그건 좋은데, 그가 자신의 기억을 빼앗았다는 사실은 좀처럼 소화가 되지 않았다. 영선은 오렌지주스를 꺼낸 뒤 소파로 가서 앉았고, 그는 오렌지주스 바로 옆에 있던 자몽주스를 꺼낸 뒤 냉장고 문을 닫았다.

영선의 예상과 달리 이 모든 것을 채운 사람은 지한이었다. 그는 지난 이틀 사이 조금 평범하게 살아봤다. 집을 치웠고, 직접 마트에 가서 장을 보았고, 엄마를 만나 데이트를 했다. 그리고 수면유도제를 사 들고 집으로 돌아올 때 영선이 어떤 풍경을 보며 걸었나 생각했다. 그렇게 이틀을 살다가, 그는 깨달았다. 자신이 영선의 일상을 망가뜨렸다는 것을.

그들이 처음 그 집에서 마주 앉았던 날처럼, 그는 1인용 소파로 가 앉았다. 테이블 위에는 영선의 기억스크린이, 그 옆에는 스승의 기억스크린이 있었다. 그는 그중 하나를 들어서 유심히 봤다.

영선은 그가 학교에서 봤던 것과 유사한 행동을 하고 있다는 것을 깨달았다.

"뭘 보는 건데?"

그녀가 쏘아붙이듯이 물었다.

"기억스크린."

영선은 눈이 휘둥그레진 채, 처음 듣는 그 단어를 되뇌었다.

'기억스크린?'

지한은 지난 이틀 중 하루를 엄마의 집에서 보냈다. 엄마가 퇴근하기를 기다렸다가 근사한 저녁을 함께 먹었고, 영화관에도 들렀다. 그가 자고 가겠다고 하자, 엄마는 떨 듯이 기뻐했다.

그들이 나란히 누워 잠을 청하려던 그 밤, 은숙은 아들에게 어린 시절의 이야기를 들려주었다.

"너희 둘이 꽤 친했었어."

불현듯 들려온 목소리에, 지한은 달빛을 받은 엄마의 콧등을 보았다.

"영선이가 준비물을 놓고 오면 네가 대신 빌려다 주기도 했어. 영선이 엄마가 워낙에 바빴으니까 애가 자주 챙겨가지 못했거든. 넌 알았던 거지. 영선이가 가여운 아이라는 걸."

불현듯 은숙은 일찍 세상을 떠난 영선의 아빠 찬수를 떠올렸다. 그리고 곧 그녀의 기억은 정신없이 길을 헤매는 어떤 순간으로 향했다. 지한은 그 기억과 찬수의 연관성을 알 수 없어 의아했다.

"엄마……."

은숙은 아들의 말도 듣지 못한 채 그 시절 아들과 영선에 대한 기억에 잠겨 있었다.

"또 여덟 살 때였나? 너희가 막 초등학교에 입학했을 때니까. 어떤 남자애가 영선이 치마를 들췄나 봐. 네가 그 남자애를 때려서 학교에 불려간 적도 있었어."

두 사람은 동시에 웃음을 터뜨렸다.

"엄마도 이사 갈까?"

웃음이 가라앉을 즈음, 은숙이 말했다. 지한은 그녀가 영선의 동네를 말하고 있다는 걸 바로 알았다. 은숙의 기억스크린에 인근에 집을 얻고, 새로운 가게를 차리는 상상 기억이 보였다. 지한은 고개를 끄덕였다.

"좋은 생각이야."

"그런데 좀 걱정되네. 가게도 이제 자리 잡았는데, 그 동네로 가려면 옮겨야 하니까……."

"혹시 영선이네 아줌마랑 같이 하고 싶은 거야?"

그가 조심스레 물었다. 그녀의 기억스크린에 지영이 보인 탓이었다.

"어떻게 알았어? 근데 아직 지영이한텐 말도 못 했어. 안정적인 직장이 있는데 관두고 나랑 일하고 싶을까?"

그는 비로소 시작된 변화에 마음이 편안해지는 것을 느꼈다. 어쩌면 영선과의 관계는 틀어질 수도 있지만, 엄마들의 삶은 서로에게 닿는 쪽으로 나아갈지도 모른다고 생각했다. 그것이 결국 영선 또한 편안하게 하지 않을까 생각한 그였다.

'나만 빠지면 돼.'

물론 그가 생각하는 그림에 자신의 자리는 없었다.

"이사 비용은 다 내가 댈게."

그의 말에 은숙의 눈이 휘둥그레졌다.

"이사 비용? 이삿짐 차 부르는 거?"

그는 웃음을 터뜨렸다. 아무리 돈을 많이 보내왔다지만 상상조차 할 수 없는 것이 당연했다. 자기 아들이 스물다섯에 이미 어마어마한 자산가가 되었다는 것을. 은숙이 일을 하지 않아도 평생을 살 수 있을 정도라는 것도.

다만 그가 기억거래자로 살면서 확실히 깨달은 것은, 돈이 삶의 전부는 아니라는 것이었다. 그는 충분한 부가 있었고, 저택에 가까운 단독 주택이 있었다. 그런데도 하루하루 시간을 흘려보냈을 뿐, 삶을 살아내고 있다는 느낌을 받은 적이 없었다.

그런 점에서 영선은 삶을 살아내고 있는 쪽이었다. 삶을 멈추고 싶다는 강렬한 기분 또한 살아있음의 반증이었다. 잘 살고 싶은데 그럴 수가 없어서 견디기 힘든 것이었다. 그는 그녀가 누구보다 살기를 원하는 사람이라는 것을 알고 있었다. 아직 찾지 못한 꿈도 꿈이었다. 아직 꿈조차 꿔본 적 없던 그는 그것이 강렬한 생의 욕구라는 것을 알고 있었다. 그래서 그녀의 수면유도제가 그토록 불쾌하고 못마땅했다. 차라리 솔직해지라고, 너무나 잘 살아내고 싶다는 마음을 숨기지 말고, 그 힘의 방향을 바꾸라고 말한 것이었다.

만약 다시 살 기회가 주어진다면, 그는 기억거래자가 되고 싶지 않았다. 차라리 남들처럼 꿈을 찾아 헤매고 싶었다. 누군가의 기억을 읽는 괴상한 능력을 숨긴 채 살아가고 싶었다. 엄마와 영선, 영선의 엄마는 그런 삶을 이미 살고 있었고 앞으로도 그렇게 살아갈 수 있는 사람들이었다.

그래서 그는 그 꿈에 자신이 낄 수 없다고 생각했다. 그녀에게 지은 죄를 보상하고 나면, 떠나주겠다고 결심했다. 대신 외로웠던 자신의 엄마는 이전처럼 그들의 삶 가운데 존재할 수 있도록 부탁하고 싶었다.

엄마의 집에서 돌아온 지한은 곧바로 영선에게 연락했다. 영선은 역시나 주저 없이 달려왔다. 그래서인지 초인종 소리를 들은 순간부터 가슴이 먹먹했다. 그리고 그녀와 마주 앉은 지금도, 그녀의 눈을 바로 보기 힘들었다.

그는 지난 이틀간 영선의 행적을 잘 알고 있었다. 차에서 내려 본 경비의 기억을 통해, 또 지나가던 사람의 기억을 통해, 그녀가 주차장을 기웃거렸고, 누군가를 찾아서 두리번거리는 모습을 이미 본 뒤였다.

영선은 말이 없는 그를 가만히 볼 뿐이었다. 기억스크린이라는 것에 대해 듣고부터 어쩐지 정신이 몽롱했다. 멍하니 있던 그녀는 문득 그의 상태를 걱정했다.

'아픈 건 좀 나았나.'

해열진통제조차 먹지 않고 돌아간 그가 못내 마음에 걸렸다. 행여나 집 안에서 정신을 잃었을까 봐 정신 나간 사람처럼 그의 집 현관문을 두드렸는데. 어쩐지 가라앉은 듯한 그가 영 신경 쓰였다.

'내 기억을 가져간 사람을 왜 이렇게까지 걱정하는 건데.'

그러나 마음과 달리 그녀의 신경은 온통 그를 향해 있었다.

지한은 내내 고개를 숙이고 있다가 비로소 고개를 들었다.

그리고 영선이 마시던 주스를 턱 아래로 줄줄 흘리는 모습을
봤다.

"야, 너."

그는 영선의 턱을 가리켰고, 영선은 그제야 자신의 턱이 축
축하다는 것을 깨달았다.

"으악!"

"화장실에 가서 닦고 와. 여긴 내가 치울게."

그가 티슈를 건넸고, 영선은 곧장 화장실로 가다가, 그의 집
이 자신의 집과 구조가 반대라는 것을 깨달았다.

'여긴가?'

무심코 방문을 열었는데, 영선은 눈이 휘둥그레지고 말았다.
벽면 가득, 심지어 문 위의 공간까지 짜 맞춘 듯한 빼곡한 책장
이 보였다. 그런데 책장은 텅 비어 있었다. 보통의 책장보다 높
이는 한참 높았고 간격은 한참 좁았다. 폭이 너무 좁아 책이 과
연 꽂히기는 할까 싶은 정도였다.

'이렇게 생긴 책장이 있나?'

영선은 화장실에 가려던 것도 잊은 채 책장에서 눈을 떼지
못했다. 그녀의 눈에는 보이지 않았지만, 몇 개의 칸을 제외한
모든 칸에는 기억스크린이 수납돼 있었다. 지한이 기억을 거래
한 날짜 순서대로 왼쪽 책장의 위부터 꽂은 것이었다.

그는 방 안을 보며 얼어붙은 영선을 보고 있었다. 그러면서

기억스크린을 일일이 가져온 날들을 떠올렸다. 기억스크린을 수납하는 내내, 그는 기가 찼다. 기억스크린을 수거한 순서가 조금도 헷갈리지 않아서였다. 그리고 지난 이틀 사이, 그는 마지막으로 하나의 기억스크린을 수거했다. 외면하고 싶었던, 살인자의 기억스크린이었다.

"화장실은 옆이야."

그가 마지막 기억스크린에 시선을 둔 채 말했다. 영선은 놀라서 그를 돌아봤다.

"너희 집이랑 구조가 좀 다르지?"

"아, 좀 헷갈렸네."

그녀는 머쓱한 얼굴로 중얼거렸다. 그가 화장실 문을 연 뒤 불을 켜주었고, 영선은 안으로 들어가 잽싸게 문을 닫았다. 거울을 보니 주스가 흰색 티셔츠까지 흐른 상태였다.

"헐."

티셔츠에 묻은 주스를 닦으려고 다급하게 물을 틀며 거울을 들여다봤다. 거울에 비친 자신의 눈을 보다가 문득 깨달았다. 그와 눈을 너무 자주 마주쳤다는 것을.

'뭐야, 다 읽은 거야?'

지난 이틀, 그를 찾아 헤맸던 시간이 떠올랐다. 그가 했던 말도 떠올랐다.

'네가 날 기억하고 있는 게 이상해서 널 찾아왔어.'

분명 '이상해서' 찾아왔다고 했다. 영선은 물을 틀어둔 채로 화장실 문을 열었다. 그에게 물을 말이 있었다.

그가 문 앞에 서 있었다. 손에는 티셔츠를 들고 있었는데, 영선은 지금 갈아입을 옷이 중요하지 않았다.

"뭐가 이상했는데?"

영선은 그의 눈을 피하지 않았고, 그도 그녀의 말뜻을 이내 알 수 있었다.

"네 기억에 내가 있어서. 난 기억이 없었으니까."

그렇다면, 이제는 기억이 있다는 뜻일까.

"지금은?"

"내 기억을 훔쳐 간 사람의 기억스크린을 훔쳐 왔어."

영선은 멍하니 그를 볼 수밖에 없었다.

"내 기억을 읽어서 이제 알아. 내가 너의 기억을 훔쳤다는 것도, 그래서 알 수 있었어."

영선은 그가 자신을 소개하던 그 단어를 되뇌었다.

'기억거래자.'

혼란스러웠다. 그리고 다시 테이블을 봤다. 그는 기억스크린 이라는 것이 그 위에 있다고 했다.

"그게 저기 있어?"

읽었다는 기억스크린이 저기 있느냐고, 그녀가 테이블을 가리키며 묻자 그는 고개를 끄덕였다.

"그것도 있고, 네 것도 있고."

영선은 고개를 갸웃거렸다.

"내 거?"

그는 고개를 끄덕였다.

"내가 나도 모르는 사이에 훔친, 너의 기억스크린."

그 말을 듣는 순간, 영선은 자신도 모르게 그의 눈을 피했다. 그가 자신의 기억을 훔쳤고 또 훔칠 수 있는 사람이라는 사실을 새삼 다시 실감한 탓이었다.

"자, 이거. 이거 쓰면 내가 네 기억을 못 읽어."

지한은 불안해하는 영선에게 선글라스를 건넸다.

"진짜야?"

의심스럽다는 듯 물으면서도, 영선은 잽싸게 선글라스를 썼다.

영선은 그가 자신의 기억을 읽는다는 것이 여전히 불만스러웠다. 하지만 무턱대고 그를 미워할 수만은 없었다. 그는 타인의 기억을 읽고 싶어 읽는 것이 아니었다. 그렇게 생각하면 그가 안쓰럽기도 했다. 평소 농도가 짙은 선글라스를 쓰는 것만 봐도, 기억을 읽는다는 게 얼마나 고단한 일인지 알 수 있었다. 그러니 자신의 기억이라고 읽고 싶을 리가.

지한의 생각은 조금 달랐다. 그녀의 예상대로, 그에게 기억을 읽는 일은 의뢰만으로도 넘치게 고단한 일이었다. 그러나 실은, 영선은 예외였다. 요즘 들어 그는 궁금해졌다. 영선은 어떤 아이였을까. 지금처럼 화도 잘 내고, 감정 표현을 잘하는 아이였을까. 그가 알고 싶은 것에 비해 되찾은 기억은 너무나 적었다. 스승의 기억 속 지한의 기억은 일부에 불과했다. 행여 기억을 모두 되찾는다고 해도, 그의 호기심을 완전히 해결해준다는 보장은 없었다.

그렇다고 방법이 없는 건 아니었다. 그는 영리하고 젊은 기억거래자였다. 타인의 기억을 통해 다양한 것을 추측해낼 수 있었다. 엄마의 기억, 영선의 기억, 영선 엄마의 기억까지도 빈틈을 메우도록 도와주는 기억이었다. 그런 점에서 그녀에겐 끝까지 선글라스를 권하지 않을 생각이었으나, 자신의 정체를 아는 그녀가 불안해할 테니 어쩔 수 없었다.

그는 영선에게 갈색 서류 봉투를 내밀었다. 봉투에는 종이 뭉치가 들어 있었다. 자신의 재산 내역이었다. 그녀는 그것을 보면서 어리둥절한 표정을 지었다.

"네가 사용할 수 있게 하고 싶은데."

읽기 힘들 정도로 외국어가 빼곡한 서류였다.

"해외 계좌랑 부동산 내역이야."

그러나 숫자는, 영선도 분명하게 읽을 수 있는 것이었다.

"뭐가 이렇게 많아?"

"기억거래를 하면서 돈을 많이 벌었어."

그제야 영선은 그가 자신을 찾아와서 했던 말들을 이해할 수 있었다.

"그래서 물은 거야? 돈은 많이 들어도 되니까 뭐 하고 싶은 거 없냐고?"

"기억을 거래하고 돈을 받아왔어. 나한테는 그게 익숙했어."

"하지만 난 거래를 한 게 아니잖아. 네가 훔쳤다며!"

물론 그녀의 말은 옳았다. 실은 그도 알고 있었다. 그녀에게 저지른 실수를 돈으로만 보상해선 안 된다는 것을.

"얼마 전 초등학교에서 네 기억스크린을 수거했어."

영선은 이틀 전, 그가 한 말을 떠올렸다.

'내가 너의 기억을 지웠어.'

그때 그는 울고 있었다.

그가 사라진 시간 동안, 그녀는 그의 말을 이해하기 위해 몸부림을 쳤다. 그는 기억을 읽는다고 했고, 자신의 기억을 지웠다고 했다. 다 자신의 잘못이었다는 말 속엔 분명 깊은 죄책감이 묻어 있었다. 영선은 그가 이번에도 영영 사라지는 건 아닐까 불안했다.

그러나 곧 불안은 점차 믿음으로 바뀌었다. 돌연 주차장에서 사라진 그날처럼, 그가 돌아올 것도 같았다. 그녀의 생각은 그가 기억을 읽고, 지우고, 거래하는 사람이라면 그만의 은밀한 생활이 있을 것이라는 데에 이르렀다. 그는 알면 알수록 더 모르겠는 존재였지만, 그의 말이 사실이라면 그의 행동에 거짓은 없었다. 그래서 이제는 적어도, 그가 거짓말을 하고 있다는 생각은 들지 않았다.

"아까 네가 잘못 들어간 그 방 책장에, 내가 거래했던 기억스크린들이 꽂혀 있어."

영선은 놀라서 고개를 돌려 방문을 봤고, 그는 다시 테이블 위로 시선을 옮겼다.

"그리고 여기엔, 너희 아버지와 관련된 기억스크린이 놓여 있어."

그녀는 놀란 눈으로 그를 돌아봤다. 그녀가 가장 궁금해하던 이야기였다.

'설마 했는데.'

그녀를 똑똑히 마주 보며, 그가 천천히 입을 열었다.

"너한테 중요한 기억을 가져갔던 것 같아. 서찬수, 너희 아버지와의 기억."

영선은 멍하니 그의 말을 들었다. 어쩐지 실감이 나지 않았다. 충격을 받았다는 말로는 형언할 수 없는 감정이 그녀를 사로잡았다.

이윽고 지한이 일어나 서재로 향했다. 그녀는 선글라스를 내려두고서, 그를 따라 서재로 들어갔다.

지한은 품에 안고 있던 영선의 기억스크린을 책장에 꽂았다. 스승에게서 가져온 기억스크린 또한 그 근처에 꽂아두었다.

"그래서, 내 기억은 어떻게 되는 건데?"

영선은 책장에 무언가를 꽂는 그의 모습을 보며 물었다.

그의 눈엔, 그녀의 뒤로 형형색색으로 빛나는 기억스크린들이 보였다.

"마음 같아선 돌려주고 싶어."

"돌려줄 수 있다는 거야, 없다는 거야?"

"이렇게, 손 내밀어봐."

그가 그녀에게 손바닥을 보여주며 말했다. 영선은 어리둥절해하면서도 천천히 그를 향해 손바닥을 내밀었다.

"손바닥을 통해서도 기억을 읽는 건 아니지?"

그는 자신도 모르게 웃음을 터뜨렸다.

"손금으로 읽냐는 뜻이야?"

그녀는 머쓱해서 입술을 깨물 뿐이었다.

"아버지랑 너는 네 작은 침대에서 같이 자기도 하고, 놀이공원에 놀러 가기도 했어. 네가 노란색 풍선을 갖고 싶다고 해서 사주셨는데, 사자마자 놓치는 바람에 풍선이 날아간 적도 있네. 넌 막 울었어."

그는 영선의 손바닥에 한 기억스크린을 올리며 말했다. 영선은 무엇이라도 보기 위해 눈에 힘을 줘 자신의 손바닥을 보았다.

그가 또 다른 기억스크린을 손바닥에 얹었다. 영선에게 꼭 읽어줘야만 하는 그 기억스크린이었다.

"아홉 살 때, 우린 같은 반이었어."

영선은 고개를 끄덕였다.

"우린 2학년 5반 교실에서 앞뒤로 앉아 있었어. 주변이 어수선한 걸 보니 쉬는 시간이었던 것 같아. 하지만 우리는 둘밖에 없는 것처럼, 서로에게만 집중하고 있었어."

그녀는 그 시절, 교실의 풍경을 어렴풋이 떠올렸다. 그날의 분위기가 생생히 느껴지는 것만 같았다.

그는 최대한 섬세하게 그날을 읽어내려 노력했다.

스승의 말처럼, 기억스크린은 주인의 기억체계와 긴밀하게 연결돼 있었다. 온전히 읽기는 어렵겠지만, 최대한 섬세하게 들려준다면, 주인의 기억체계와 연결되어 어떤 감각이 회복될 수도 있었다.

"우린 눈싸움을 했는데."

영선도 기억하고 있었다. 그 무렵 둘은 눈싸움을 자주 했다.

"내가 이긴 거야. 그래서 나도 모르게 손뼉을 쳤어. 그때 네 기억스크린이 밖으로 나왔던 거 같아."

영선은 혼란스러웠다.

"손뼉을 치면 나온다고?"

그도 혼란스럽기는 마찬가지였다.

"눈을 마주치고 10초. 지금까지는 집게와 엄지손가락을 부딪치는 소리로 기억스크린을 빼냈어. 왜 박수 소리로 네 기억스크린이 나온 건지는 나도 몰라."

영선은 그의 말을 어디까지 믿어야 할지 알 수 없었다.

"그러니까, 너도 모르게 그랬다?"

그는 천천히 고개를 끄덕였다.

"그땐 기억거래의 방식이나 원리를 전혀 모를 때였어."

아홉 살의 지한은 그것을 보면서도, 그것이 자신이 한 일이라 생각하지 못했다. 마치 3D 영화처럼, 그는 어릴 때부터 그것을 상상이라 생각하며 즐겼다. 그녀의 기억스크린 속, 그는 신기하다는 듯 해맑은 표정을 짓고 있었다.

"기억거래에 대해서는 언제부터 알았는데?"

"열다섯 살."

열다섯 살, 그는 스승에게 기억을 빼앗겼다. 그리고 많은 돈을 벌었다. 기억거래자가 된 후, 최근 스승의 기억을 빼앗을 것을 제외하곤 단 한 건의 거래 실수도 없었다. 그에게 기억거래란 유일하게 그의 의지로 완벽히 제어할 수 있는 일이었다. 기억이 없기 때문에 누구도 믿을 수 없던 그가 유일하게 믿을 수 있는 일이기도 했다.

그랬는데, 그마저도 온전하지 않았다는 것을 영선과 마주치면서 알았다. 그래서 영선과의 조우는 그에게 이상한 일 정도가 아니라 충격적인 일이었다. 살인자의 기억까지 지워줄 정도로 냉철하게 임했던, 기억거래자로 사는 삶에 절망을 안겨 준 사건이었다.

그는 다시 다른 기억스크린을 찾기 위해 자리를 옮겼다. 곧 매서운 눈빛으로 또 하나의 기억스크린을 꺼냈다.

"이건 내가 지워준 살인자의 기억."

차마 보지는 못하고, 그는 그 기억스크린을 다시 책장에 꽂았다.

'살인자의 기억스크린이라고?'

영선은 당황했다. 그녀는 이해할 수 없다는 표정으로 물었다.

"왜 그런 기억까지 거래한 건데?"

그는 대수롭지 않은 척하려 했으나, 끝내 자신을 고통 속으로 밀어 넣었던 그 기억을 떠올려야 했다.

살인자는 어린아이를 대상으로 칼을 휘두른 젊은 남자였다. 지한이 기억을 통해 본 것만 해도 세 번이 넘었다. 힘이 약한 아이들만 유괴해 죽인 남자. 그의 기억을 지워달라고 요청한 건 그의 부모였다. 돈이 좀 있는 사람들이었고, 기억을 지우면 아들이 더는 살인을 저지르지 않을 거라고 믿었다. 그들의 바람이 현실이 되었는지는 알 수 없었다. 지한은 그날 이후 그의 기억스크린조차 다시 본 적이 없었다.

'하지만 이미 죽은 아이들은 어떡하지.'

지한은 처음으로, 거래에 의문을 제기했다. 당시 살인자의 기억이라는 이유로 나서는 기억거래자가 없었다. 그 또한 처음에는 수락하지 않았다. 그러나 해외에서도 거절당하자 다시 지한에게 거래 순서가 돌아왔다. 본부는 이례적으로 그들에게 받기로 한 의뢰 비용을 공개했다. 성사만 시켜주면 최소한의 수수료만 뗀 뒤 모든 금액을 지급하겠다는 조건이었다. 지한은 복잡하게 생각하지 않고 거래를 수락했다.

그러나 막상 살인자와 마주했을 때, 그 눈빛을 본 지한은 곧바로 거래를 시작할 수 없었다. 그는 평소와는 다르게 의뢰인에게 말을 걸었다.

"살인의 기억을 전부 떠올려요."

귀찮게, 일일이 찾게 하지 말라는 의미였다.

그는 비열한 눈빛으로 지한의 눈을 뚫어질 듯 쳐다봤다. 곧이어 지한은 그가 칼로 잔혹하게 어린아이를 살해하는 장면을 봤다. 거래가 시작된 것이었다. 그러나 그대로는 거래를 진행할 수 없을 것 같았다. 결국, 그가 택한 방법은 살인자가 그 순간 떠올린 기억스크린을 통째로 꺼내버리는 것이었다. 도저히 더 읽을 수 없는 기억이었다.

기억은 순식간에 모두 지워졌다. 어쨌든, 거래는 성사된 것이었다.

'더러운 새끼.'

다시는 보고 싶지 않은 눈이었다.

살인마의 기억스크린을 수거한 뒤부터 한동안 그는 잠을 이루지 못했다. 짧게나마 잠들 때도 지독한 악몽에 시달렸다.

"생각이 짧았어. 후회해."

그가 후회하는 건 살인자의 기억스크린을 지워준 것만이 아니었다. 실수였다고 해도, 기억에 없다고 해도, 영선의 기억스크린을 빼앗아버린 것도 그는 후회하고 있었다.

"정말 미안해."

그러나 영선은 자신의 기억스크린을 빼앗은 것보다, 그가 살인자의 기억을 지워주었다는 것을 더 이해할 수 없었다. 그녀는 그를 한동안 노려보다가 먼저 방을 나왔다.

'제정신으로 할 수 있는 일이야? 그런 주제에 날 협박해?'

영선은 그가 기억거래자라는 사실을 대수롭지 않게 생각한 것을 후회했다.

"내일, 우리 엄마 출근한 다음에, 내 수면유도제 갖다 놔. 우리 집 앞에."

현관에 서서 서재를 향해 소리쳤다. 더는 내 인생에 개입하지 말라는 듯, 그녀는 거칠게 현관문을 닫았다.

영선이 나가자마자, 지한은 또다시 시작된 극심한 두통으로 인해 바닥에 주저앉았다.

두통이 가까스로 멈췄을 때, 그는 등을 벽에 기대고서 서재 바닥에 앉아 있었다. 영선이 나가면서 떨어뜨린 기억스크린이 바닥에 뒹굴고 있었다. 그는 차마 몸을 일으키지 못한 채 기어가 기억스크린을 집었고, 다시 차분히 그녀의 기억을 읽기 시작했다. 그녀의 기억스크린이 전보다 더 선명해져 있었다.

그는 힘겹게 몸을 일으켜 책장에 꽂았던 스승의 기억스크린도 다시 꺼냈다. 선명해진 영선의 기억스크린을 토대로, 스승의 기억스크린 속 자신의 기억을 다시 볼 생각이었다.

그런데 놀라운 일이 벌어졌다. 스승의 기억스크린 속 찬수의 모습이 전보다 더 선명해져 있었다. 초등학교에서 영선이 가까워지자 그녀의 기억스크린이 생명을 되찾던 순간을 떠올렸다.

'하지만 여기엔 서찬수가 없는데.'

스승의 기억스크린 속 서찬수의 모습은 눈동자가 보일 정도로 선명해진 상태였다.

'말도 안 돼.'

그리고 그의 눈동자를 본 순간, 찬수의 기억이 읽히기 시작했다.

'이게 뭐지?'

생각조차 해본 적 없는 일이었다. 기억 속에 있는 사람의 기억을 읽을 수 있을 줄은.

그의 기억스크린엔 영선에 관한 기억이 가득했다. 그 사이엔 지금보다 한참은 젊은 스승의 기억도 있었다. 스승이 찬수에게 말했다. 기억거래자가 되라고, 그러지 않으면 계속해서 혼란스러운 삶을 살게 될 거라고. 찬수를 제자로 삼으려 했다던 스승의 말은 사실이었다.

그는 다급히 화장실로 가 자신의 눈을 봤다. 그의 눈빛은 찬수의 눈빛과 꼭 닮아 있었다. 문득 스승의 눈동자를 떠올렸다. 스승의 눈동자를 제대로 본 건 지난번 기억을 빼앗을 때가 처음이었다.

'그 영감탱이도 이런 눈빛이었나.'

기억스크린을 읽기 위해 집중하던 때였다. 눈동자를 자세히 보려 한 게 아니다 보니 눈동자의 색깔에는 관심조차 없었다.

그제야 지한은 자신의 눈동자가 조금은 독특하다는 것을 깨달았다. 얼핏 회갈색 같지만, 자세히 보면 회색에 더 가까운 눈동자. 색깔뿐 아니라 빛깔 또한 일반적인 눈빛과는 분명 다른 데가 있었다. 이런 눈동자를 갖고도 표면적으론 특별히 다를 게 없다고 무감하게 착각하며 살아왔다.

그는 처음으로 생각했다. 어쩌면 기억거래자들은 모두 자신의 특별한 능력에 매몰되어 진짜 모습은 조금도 알지 못한 채 살아가는지도 모른다고. 거울 속 진짜 자신과 마주한 그는 결코 그렇게 살다가 죽고 싶지 않았다.

찬수의 기억을 다시 읽기 시작했다. 두 사람은 영선의 침대로 보이는 작은 사이즈의 침대에 누워 있었다. 찬수는 딸에게 기억거래자에 관한 이야기를 들려주었다.

'아주 오래전부터 기억을 읽는 사람들이 있었어. 상대방의 눈을 보면서 기억을 읽는 사람들. 그 능력을 갖고 사는 건 아주 힘든 일이었지. 알고 싶지 않은 것도 알게 되거든.'

그의 정체를 모르는 사람이 들었다면 마치 오랜 이야기를 들려주는 듯 보였겠으나, 지한은 그가 자신의 신세를 딸에게 털어놓았다는 것을 알 수 있었다. 그는 자신의 딸을 꼭 끌어 안고 있었다. 영선은 아빠의 팔에 한 아름 안길 만큼 작은 여자아이였다.

'아빠도 본 적 있어?'

영선은 졸린 눈을 비비며 아빠에게 물었다.

'지금도 세상 어딘가에 기억거래자가 있지.'

그는 천천히 고개를 끄덕이며 대답했다.

'기억거래자?'

'응. 기억을 읽는 사람을 그렇게 불러.'

서찬수는 재차 묻는 딸을 끌어안으며 다시 한번 답했다.

'기억거래자……'

영선은 눈이 거의 다 감긴 채 중얼거렸다.

이 기억은 지한이 빼앗은 기억스크린 속에는 없었다. 영선이 너무 어렸던 탓인지, 잠결이어서 그런지, 기록되지 못한 기억

중 하나였다. 그녀가 아홉 살이 된 무렵에 무의식으로 깊숙이 스며든 듯했다. 이런 기억은 언제고 의식으로 떠오를 수 있었지만, 아무래도 아홉 살에 기억을 빼앗기면서 그녀의 기억체계에서 영영 사라진 듯했다. 자신이 기억거래자라고 밝혔을 때도, 그녀의 기억스크린엔 무엇도 떠오르지 않았으니까.

그는 결심했다. 모든 것을 되돌리겠다고. 그리고 스승에게 영선의 아버지인 찬수의 이야기를 들어야겠다고.

그렇게 곧장 스승의 기억스크린을 챙겨 집을 나섰는데, 문을 열자 맞은편 벽에 기대 쪼그려 앉은 채 무릎 사이에 얼굴을 묻은 영선이 보였다.

"너, 왜 아직……."

그의 목소리에 영선이 고개를 들었다. 영선의 얼굴은 눈물범벅이 된 상태였다.

"영선아."

당연히 집으로 돌아간 줄만 알았는데. 그는 영선의 앞에 쪼그려 앉았다.

"왜 울고 있어?"

분명 화를 내며 나갔던 그녀였다. 눈빛에는 여전히 분노가 어려 있었다.

"네가 불쌍해서."

분명 눈은 화가 나 있는데, 그녀의 말은 그렇지 않았다.

"내가 불쌍하다고?"

"그 모든 무게를 혼자 감당하며 산 거잖아. 누구한테 말도
못 하고."

현관문을 거칠게 닫고 나오자마자, 영선은 왈칵 눈물을 쏟고
말았다. 그토록 당당한 척 자신을 찾아왔던 그가, 지워준 살인
자의 기억까지 끌어안은 채 버거운 삶을 살았다는 걸 인정하
지 않을 수 없었다.

그렇게까지 하면서 쌓은 거대한 부를 그녀에게 주려고 했다.
실수로 기억을 빼앗은 대가라기엔 너무 많은 돈이었다. 그만큼
그는 괴로워하고 있었고, 그녀는 이미 그의 진심을 전부 느낀 뒤
였다. 평생의 숙제 같았던 사라진 아빠의 기억, 그것을 가져간
기억거래자. 그게 13년 전 그녀가 그토록 좋아했던 이지한이었
다는 사실은 그럼에도 도무지 쉽게 받아들일 수 있는 일이 아니
었다. 영선은 목구멍까지 차오른 눈물을 쏟아내며 주저앉았다.

"대체 왜 이렇게 다 꼬인 건데……."

사실 그녀는 기억에도 없는 아빠보다, 지한이 자신을 찾아
왔다는 사실이 더 중요했다. 그가 다시 자신의 삶으로 들어왔
다는 사실만으로도 체증처럼 막혀 있던 일상이 어디론가 흘러
갈 것만 같았다. 그를 만난 이후, 그녀의 마음속에선 자꾸만 희
망이 피어났다. 그토록 그를 기다렸다는 걸 그가 돌아온 뒤에
야 알았다. 그런데 어째서 그는 잃었던 시간 속에서 돌아온 추

억이 아니라, 자신의 시간을 잃게 만든 사람이었던 걸까. 너무 가혹한 운명이었다.

그 모든 게 서러워서, 그녀는 울고 또 울었다. 지한은 차마 그녀를 위로하지 못하고 그 앞에 앉아 있었다.

울음이 잦아들 즈음, 영선은 고개를 들어 그를 째려봤다.

"꼴 보기 싫어."

그는 미안한 마음에 손을 뻗어 눈물을 닦아주었다. 그의 손이 얼굴이 닿자 영선은 마음이 녹아내리는 것을 느꼈지만 오히려 더 냉랭하게 굴었다.

"수작 부리지 마. 절대 용서 안 해."

지한은 천천히 고개를 끄떡였다.

"용서하지 마."

그는 그녀의 원망을 평생 들어도 좋으니, 그녀가 차라리 자신의 앞에서 울었으면 싶었다. 다 갚을 때까지, 얼마든 그녀의 비난을 받을 준비가 돼 있었다.

마주한 그의 눈빛이 너무나도 따뜻해서, 영선은 다시 더 크게 엉엉 울었다. 그리곤 알아들을 수 없는 발음으로 중얼거렸다.

그는 그녀가 정확히 뭐라고 하는지 알 수 없었지만, 대강 이해했다. 요약하자면 이런 뜻이었다.

너 이 새끼, 다 용서할 때까진 아프지도 마. 사라지기만 해. 절대 용서 안 해.

영선은 며칠째 멍하니 있었다. 최근 서류를 넣었던 한 회사에서 합격 연락이 왔다. 그래서 오늘 면접을 보러 가야 했지만, 준비조차 하지 않고 있었다.

'너한테 갚아야 할 빚이 있어.'

잊고 있던 말을 떠올렸다. 그는 전부를 말하지 않았을 뿐, 처음부터 사실을 말하고 있었다.

문자가 왔음을 알리는 진동이 울렸지만 그녀는 확인하지 않았다. 며칠 새, 지한에게서 계속 문자가 왔다. 한 번만 만나달라, 같이 갈 곳이 있다……. 누가 보면 구애인 줄 알겠다 싶게 절절한 멘트였으나, 영선은 아직 그를 마주 볼 자신이 없었다.

영선은 뒤늦게 면접에 갈 준비하며 오랜만에 힐을 꺼내 신었다.

"상담을 전공했는데 왜 대학원에 안 갔어요?"

면접관의 질문에 영선은 잠시 고민했다. 이 회사는 상담과는 무관한 곳이었다.

"적성이 아닌 것 같아서요."

길게 대답할 필요가 없다고 생각해 짧게 답했다. 그러나 면접관은 그녀의 이력서 중 그 부분에 가장 큰 홍미를 느낀 눈치였다.

"앞으론 상담 쪽이 꽤 잘될 거예요. 정신 건강에 대한 관심이 늘어서."

영선은 어이가 없었다.

'그러니까 여기 못 붙어도 섭섭해하지 말고 대학원에 가라 이건가?'

무의미한 문답을 몇 차례 더 주고받다 보니 면접이 끝났다. 영선은 또 기운만 뺐다고 생각하며 그 회사를 나왔다.

대학에 진학할 때만 해도 그녀의 꿈은 상담사였다. 상담사가 되기 위해선 자신의 내면을 들여다볼 줄 알아야 했고, 내담자로서의 경험도 계속해서 쌓아야 했다. 그러나 배우면 배울수록, 상담을 거듭할수록 영선은 좌절했다. 기억의 일부가 없는 영선에게 내담자 체험이란 극도로 어려운 일이었고, 끝내는 스스로 지쳐 상담사의 꿈을 접었다.

면접을 마치고 돌아오는 길, 아파트 단지에 들어서자 그녀는 구두를 벗었다.

'차라리 맨발이 낫겠다.'

뒤꿈치의 살이 벗겨진 채 빨간 흉터가 나 있었다.

'그럼 그렇지.'

지한에게 수면유도제를 들킨 이후, 어쩐지 마음이 조급해져 넣은 이력서였다. 연락을 받은 뒤에야 영선은 다시 구인 공고를 확인했고, 자신이 왜 이 회사에 이력서를 넣었는지 알 수 없어서 의아했다. 그럼에도 차라리 취직해 정신이 없이 사는 게 낫겠다 생각했을 정도로, 지한의 정체를 알게 된 건 그녀에게 큰 충격이었다.

영선은 맨발로 단지 안을 걷기 시작했다.

멀리서 보던 경비가 맨발로 걷고 있는 그녀를 보며 중얼거렸다.

"이제 아예 정신이 나갔나?"

오늘은 어쩐 일로 멀쩡한 몰골로 외출하나 했는데, 역시 뭐가 잘 안된 눈치였다. 영선은 누가 봐도 면접에서 떨어진 것 같은 표정으로 단지 안을 떠돌았다.

머지않아 누군가 그녀의 앞을 가로막으며 섰다. 그녀는 발만 봐도 앞에 선 사람이 누구인지 알 것 같았다.

"왜."

영선은 고개를 들지도 않고 물었다. 곧 그의 목소리가 들렸다.

"답이 없길래."

지한은 영선에게 선글라스를 내밀었고, 영선은 그것을 쓴 뒤에야 고개를 들었다. 그가 자신의 신발을 벗어서 그녀의 앞에 내밀었다. 다행히 그는 양말을 신고 있었다.

"이거 신어. 일단 올라가자."

하지만 그녀는 그를 상대할 기분이 아니었다.

"됐어."

영선은 그대로 그를 지나쳐 걸었다. 그는 신발을 들고 따라와 영선의 앞을 다시 가로막았다.

"업어줄까?"

당황스러웠다. 그녀는 무심하게 손에 들고 있던 구두를 다시 내려놓고 발을 집어넣었다.

"됐지? 이제 신경 쓰지 마."

그러나 구두에 뒤꿈치가 닿자, 그녀는 자신도 모르게 인상을 썼다. 그는 그녀의 앞에 쪼그려 앉으며 그녀의 발에서 구두를 벗겼다.

"그냥 내 거 신어. 오늘 처음 신은 거라 냄새도 안 나."

그가 영선의 발을 손으로 잡았고, 그녀는 화들짝 놀라며 소리쳤다.

"알았어! 내가 신을게!"

그러나 그가 '냄새'라는 단어를 말한 순간, 그녀의 마음에 걸린 건 그의 신발이 아닌 자신의 발이었다.

영선은 잽싸게 그의 신발에 발을 넣었고, 그는 영선의 구두를 들고 자리에서 일어났다. 영선이 신발을 달라는 듯 손을 내밀었다. 그는 그 손을 덥석 잡으며 물었다.

"예쁘게 입은 김에, 나랑 어디 좀 갈래?"

영선을 태운 지한의 차가 유유히 아파트 단지를 빠져나갔다. 주변에 가게가 보이기 시작하자, 그는 차를 세운 뒤 영선이 신을 만한 뮬을 사 왔다. 평소와 달리 그녀는 시종일관 조용했다. 그는 그런 그녀가 신경 쓰여 정신을 반쯤 놓은 채 운전하는 중이었다. 그가 어색한 분위기를 깨보려 물었다.

"네가 말한 대로 가져다 뒀는데, 봤어?"

물론 영선은 그게 무엇인지 알고 있었다. 수면유도제. 지난번 그에게 수면유도제를 가져다 두라고 큰소리를 쳤던 그녀였다.

영선은 고개를 끄덕였다.

"응."

영선은 그것을 그대로 서랍에 넣으려다가, 죄다 한꺼번에 변기통에 넣으려다가, 변기가 막힐까 봐 열 알씩 나눠 넣은 뒤 물을 내렸다. 그러나 그에게 그 모든 걸 구구절절 말하지 않았으므로, 그녀는 짧게 대답하고 말았다.

그녀는 어느새 선글라스를 벗고 있었다. 멍하니 있다가 불쑥 지한을 흘끗거리곤 했다.

"왜?"

그녀의 시선을 느낀 그가 물었다.

영선은 그의 세계를 이해하기 위해 머리를 굴리는 중이었다.

"기억거래는 어떤 사람들이 의뢰하는 거야?"

지한은 그 질문을 듣고서야 그녀가 조용했던 이유를 조금 알 것 같았다. 그는 지금껏 만난 의뢰인들을 떠올렸다.

"대부분은 보통 사람들이야."

그의 대답은 의외였다.

기억거래 의뢰인은 다양했다. 다이어트 이전의 기억을 지워 달라는 여자도 있었고, 어떤 사람은 벌에 대한 공포증이 생겨난 어린 시절의 기억을 지워달라고 했다. 보통의 사람들이었다. 특징이 있다면 낭비할 만큼의 돈은 있는 사람들이라는 점이었다. 그가 생각하는 의뢰인의 정의는 그 정도였다. 솔직히 말해, 도대체 왜 그런 기억을 지우는 데 돈을 쓸까 싶은 부류들이 많았다.

그의 이야기를 들은 영선은 웃음을 터뜨리고 말았다.

"벌에 쏘인 기억을 지워달라고 한 거야? 근데 그건 좀 위험하지 않나? 어쨌든 쏘인 기억이 있으면 조심할 순 있잖아."

그가 고개를 끄덕였다.

"그렇기도 하고. 그 기억을 지움으로써 추억도 사라졌지."

그 의뢰인은 벌에 쏘이고, 쏘일 뻔한 기억은 모두 지웠지만, 가족과 함께 간 캠핑의 기억을 잃었다. 꽃 축제에 갔을 때도 벌을 본 유사 기억이 있어, 마찬가지로 지웠다. 그 사람이 기억을 지워서 벌 공포증을 이겨냈는지는 알 수 없었다. 지한이 아는 건 그 사람이 그 기억을 잃기 위해 사용한 금액뿐이었다.

차가 신호에 걸려 섰다. 한참을 설명하던 지한이 무언가 궁금하다는 표정으로 문득 영선을 쳐다봤다.

"선글라스는 왜 안 써?"

그녀는 어떤 기색도 없이 빤히 지한에게 시선을 맞췄다.

"내 눈 봐봐."

"뭐?"

갑작스러운 영선의 요구에 그는 당황했다. 영선의 눈빛은 비장했다.

"잘 읽으라고."

그녀는 그가 들려준 어린 시절의 이야기를 멋대로 상상했다.

"네가 말한 거 다 믿기로 했어. 나도 노력하는 중이야. 네가 말한 걸 내 기억으로 만들기 위해서."

그러나 지한은 황당한 마음에 코끝을 긁적였다.

"그건 기억 왜곡 같은데……."

영선은 매서운 눈빛으로 그를 쩨려봤고, 그는 잽싸게 입장을 번복했다.

"와우. 너 상상력이 뛰어나다. 그렇지. 뭐, 어쨌든 좋은 상상은 좋은 거니까."

"기억은 없어도 분명 내 몸이 기억하는 게 있을 거야. 내가 주인이잖아. 자꾸 생각하다 보면 뭔가 더 기억이 날 수도 있고."

물론 영선의 말엔 일리가 있었다. 그러나 근거 없는 상상은 아주 좋은 것만은 아니었다.

"맞아. 그럴 수도 있지. 시도는 진짜 좋은데, 자연스러운 게 더 나아. 그냥 내가 들려준 내용을 토대로 놀이동산 갔을 때의 감각 같은 걸 자연스럽게 떠올려봐. 억지로 믿으려 애쓰는 건 오히려 방해가 될지도 모르니까. 근데, 무엇보다, 계속 그러고 있으면 정신이 하나도 없을 텐데?"

그의 말은 사실이었다. 영선은 차에서 오는 내내 그 생각뿐이었고, 그래서 유독 말이 없었다. 무언가를 끊임없이 상상하는 데는 생각보다 많은 집중력이 필요했다.

그녀가 상상을 멈추자, 상상으로 가득했던 기억스크린은 뒤로 밀려났다. 지한이 무심코 웃음을 터뜨렸다.

"또 내 기억스크린 봤어?"

영선이 매서운 눈으로 물었다. 영선의 입에서 나온 '기억스크린'이라는 단어에, 그는 또다시 웃음을 터뜨렸다.

"아까는 보라며."

"내가 생각을 해봤는데. 어차피 넌 이미 너무 많은 걸 봤겠더라?"

영선이 무안한 듯 지한을 흘끗 보더니 말했다. 그 순간 영선의 기억스크린에 샤워를 하는 모습, 코를 파는 모습 등이 떠올랐다. 그는 화들짝 놀라며 고개를 돌렸다.

그러나 영선은 이미 충분히 각오한 뒤였다.

"이런 거, 다 봤지?"

그는 차마 대답하지 못한 채 앞만 보고 있었고, 영선은 그를 째려보며 중얼거렸다.

"애초에 안 만났어야 해. 나쁜 자식."

어린 시절부터 자신의 기억을 무수히도 읽었을 그가 어쩐지 얄미웠다. 그녀는 가는 내내 씩씩거렸고, 그는 계속해서 그녀의 눈치를 살펴야 했다.

여덟 번째 인터뷰

두 사람 사이에 한동안 침묵이 흘렀다.

Q. 혹시 저를 아세요?

A. 눈이 좀 나아지길 바랐는데.

Q. 네?

A. 네가 정신을 차렸을 때, 기억이 하나도 없었어. 넌 혼란스러
워했고, 그래서 네 앞에 있을 수 없었어.

Q. 서영선 씨, 그게 무슨 말씀이신지.

A. 오랜만이야.

Q. …….

A. 10년이면 시간은 충분히 줬다고 생각했는데, 아니었나?

Q. 도대체 그게 무슨……. 그러니까, 그러니까 서영선 씨 말씀
은…….

A. 몰라도 괜찮아. 이제부터 내가 알려줄 거니까.

기자가 녹음 정지 버튼을 눌렀다.

A. 일시 정지로 누르라니까.

Q. (당황하며) 아, 아니, 그게 아니라, 지금 그게 중요해요?

A. 눈도 잘 안 보이면서. 파일이 나뉘면 헷갈릴 거 아니야.

Q. (한숨을 쉬며) 하아······. 지금 제가, 좀 황당해서 그러는데요.

A. 우리가 동갑인 건 알았잖아.

Q. 같은 나이인 사람이 한두 명도 아니잖아요.

A. 궁금하지 않아? 너의 스물다섯. 그때 어떤 일이 있었는지.
네가 왜 각막에 손상을 입었고, 평범한 척 살아가고 있는지.

Q. 평범한 척이라고요?

A. 정말 본인이 평범하다고 생각해요? 눈이 아예 안 보이는 건
아니잖아요.

Q. ······.

A. 당황한 거 같네?

Q. 제가 특별하다고 생각한 적은 없어요.

A. 가까이서 누군가의 눈을 볼 때는?

Q. ······.

A. 뭔가 이상하진 않았어?

Q. (답답하다는 듯) 눈이 안 보이니까 상대를 느낌으로 알아차
려야 하는 순간이 많았어요. 때때론 어떤 장면이 상상되기
도 했고요. (아차 하며) 잠깐만요. 아니, 내가 왜 이런 말을
그쪽한테······.

A. (말을 끊으며) 상상이 아닐지도 몰라.

Q. 네?

A. 어쩌면 네가 그 흐린 시야로도 기억을 읽고 있었는지도 모르지.

8

잃어버린 기억의 조각

두 사람이 도착한 곳은 서울에서 세 시간 거리에 있는 호스피스 병원이었다. 차에서 내린 영선은 어리둥절한 얼굴로 두리번거렸다. 그는 아랑곳하지 않고 말없이 앞장서 걷기 시작했다. 영선은 힘없이 걷는 그의 뒷모습을 물끄러미 보다가, 초등학교에 함께 갔던 날을 떠올렸다.

'그날도 저랬지.'

그만이 알아볼 수 있는 뭔가를 찾으러 가던 모습. 설마 오늘도 기억스크린을 찾으러 온 건가 싶어, 그녀는 잠자코 그를 따라갔다.

그는 한 1인 병실 앞에서 걸음을 멈췄다. 환자의 이름난에 '이동훈'이라고 적혀 있었다. 영선은 고개를 갸웃거렸다.

"여기야?"

지난밤 그는 스승의 기억스크린을 들고 산장을 또 찾아갔었다. 그에게 소원대로 기억스크린을 보여준 뒤 서찬수에 관해 물을 생각이었다. 그러나 산장에 거의 도착했을 즈음, 반대편에서 스승이 탄 택시가 지나갔다. 그는 곧바로 차를 돌렸고 스승을 따라 이 병원까지 왔었다.

그를 따라간 병실에는 이동훈이라는 남자가 있었는데, 보호자 이름이 '이원후'였다.

'설마⋯⋯.'

스승에게 정말 아들이 있었던 걸까, 하며 처음엔 헛다리를 짚었다. 그러나 병실에 누워 있는 이동훈을 보는 순간, 지한은 그가 누구인지 분명히 알 수 있었다.

그는 조심스럽게 병실 문을 열었고, 영선은 문 안의 남자를 봤다.

'낯이 익은데?'

햇살이 쏟아지는 병실 안, 살갗만 남았다고 해도 무방할 것 같은 중년의 남자가 거친 숨을 쉬며 잠들어 있었다.

"누구야?"

영선이 그에게 물었다. 지한이 뜸을 들이는 사이, 병실 앞을 지나가던 간호사가 지한과 영선에게 말을 걸었다.

"누구시죠?"

영선은 뭐라고 답해야 할지 몰라 지한과 간호사를 번갈아

볼 뿐이었다.

"이분 딸이에요."

지한이 간호사에게 말했다. 영선은 잠시 눈이 휘둥그레졌지만, 그가 지난번 학교에서처럼 둘러대는 것이라 생각하며 애써 고개를 끄덕였다.

"연락을 드디어 받으셨군요! 환자분이 1인실에 입원하셔서, 보호자분께서 꼭 오셔야 했거든요. 아, 1인실에 입원했다는 건 임종이 얼마 안 남았다는 뜻이에요. 이원후 씨랑 연락이 안 돼서 걱정하던 중이었어요."

예상치도 못한 심각한 상황이었다. 사색이 된 영선을 보며 간호사는 놀랍다는 듯 감탄했다.

"그러고 보니 정말 닮으셨네요!"

간호사의 말에 어색하게 웃는 것도 잠시, 영선은 당황해 물었다.

"제가요?"

간호사는 확신에 찬 얼굴로 고개를 끄덕였다. 그러고 보니, 눈을 감은 남자의 얼굴이 낯이 익었다.

'어디서 봤더라?'

영선의 기억스크린이 빠르게 회전하기 시작했다.

"네 앨범에서 봤잖아."

영선은 지한이 자신의 방에서 앨범을 보던 날을 떠올렸다.

그리고 그 이름을 떠올렸다.

'서찬수.'

다시 병실 안의 남자와 문 옆에 붙은 이름을 번갈아 봤다.

'말도 안 돼.'

분명 다른 이름인데, 그녀 역시 그가 찬수라는 것을 알 수 있었다.

그 밤, 지영과 은숙이 병원에 도착했다. 여전히 믿기지 않는다는 듯 멀찍이 서 있는 영선과 달리, 지영은 찬수의 얼굴을 매만지며 눈물을 터뜨렸다.

"여보!"

영선은 조금의 눈물도 흘릴 수 없었다. 그가 자신의 아빠라는 걸 조금도 실감할 수 없었다. 지한은 그런 그녀를 안쓰럽게 보고 있었다.

찬수는 다음 날 늦은 오후에야 잠깐 의식이 돌아왔다. 그러나 그는 눈을 뜨지도, 말에 반응하지도 않았는데, 간호사는 들을 수 있는 상태이니 말을 해도 괜찮다고 알려주었다.

지영은 또다시 눈물을 터뜨렸다. 죽은 줄만 알았던 남편을 이제야 찾았는데, 그는 산송장이나 다름없는 상태였다. 지영은 남편에게 엉뚱한 이름을 붙이고 아들로 입적시킨 이원후를 고소하겠다고 했다. 놀랍게도 지영은 이원후를 기억하고 있었다.

"자꾸 남편을 찾아오던 사람이었어. 그 사람이 누구냐고 물어보면 돈을 빌려달라고 찾아오는 사람이라고, 절대 문을 열어주지 말라고 해서 경계했거든. 정확히 기억해. 이름이 이원후라고 했어. 근데 하루가 멀다고 찾아오던 사람이, 그 사람 장례식에는 코빼기도 비치지 않더라고. 얼마나 괘씸하던지. 그 후론 본 적도 없었어. 이런 일을 꾸몄을 줄이야. 생각도 못 했어. 대체 이게 무슨 일이니? 그 사람 정말 미친 거 아니야?"

그러고서 그녀는 남편을 찾아준 지한의 손을 꼭 잡았다.

"정말 고마워. 어떻게 찾은 거야? 응?"

그녀 역시 자신의 남편이 기억을 읽는 사람이라는 것을 꿈에도 모르고 있었다. 그는 우연히 알게 됐다고, 그렇게 말할 수밖에 없었다. 영선은 그런 그를 빤히 쳐다보고 있었다.

"보호자로 등록된 분은 안 오실까요?"

지한은 간호사에게 물었다. 간호사도 골치가 아픈 눈치였다.

"임종이 가까우신 분이라 일단 봐드리고 있긴 한데, 원래는 법적 보호자가 오셔야 하거든요. 분명 어제 오신다고 했는데 안 오시네요."

'어제라고?'

그는 불현듯 병원 직원들의 기억을 읽기 시작했다. 그리고 얼마 안 가, 스승이 병원을 찾아왔다가 도망치는 모습을 볼 수 있었다.

'역시 왔었네.'

스승이 왜 이런 일을 벌였는지 제대로 알기 위해선, 서찬수가 눈을 떠야 했다. 지영의 신고를 받고 찾아온 경찰들 역시 곤란해했다. 스승이 심신미약 상태의 서찬수를 보호한 것일 수도 있고, 전후 관계를 밝힐 만한 증거도 필요하다고 했다. 지영은 목을 놓아 소리쳤다.

"그 사람, 남편이 죽기 전에 우리 집 앞에 자주 찾아왔어요. 그리고 우린 지금도 그 집에 살고요. 그런데도 우리한테 연락 한 번을 안 준 게 고의가 아니라고요?"

서찬수가 사망자로 기록된 게 벌써 십수 년 전이었다. 서찬수의 의식이 온전히 돌아오지 않는 한 사실 관계를 밝힐 방법이 없었다. 물론 지한은 스승이 그의 기억을 지웠을지 모른다는 변수까지 생각하고 있었다.

한바탕 난리를 피운 뒤 세 사람은 집으로 돌아갔다. 병실에는 지한만 남았다. 아무런 준비도 못 한 채 왔으니, 입을 옷과 생필품을 챙겨와야 했다. 지영은 자신이 남을 테니 영선에게 다녀오라고 했지만, 지한은 지영과 영선, 은숙 모두를 택시에 태워 보냈다.

"제가 보고 있을게요."

기억을 읽는 탓에, 그는 여자의 일상에 얼마나 많은 물건이 필요한지를 잘 알고 있었다.

결국 지영도 못 이기는 척 영선과 함께 택시에 올랐다. 물론 그사이 찬수가 의식을 되찾진 않을까 불안했다. 딱 한 번만 그의 눈을 보고 대화할 수 있다면, 지난 세월을 넘어 꼭 묻고 싶었다. 도대체 이게 어떻게 된 일이냐고.

지한은 방의 불을 껐고, 창문에 비친 달빛을 의지해 찬수의 곁에 앉았다.

"아저씨."

영선의 아빠이기도 했지만, 어쩌면 그의 스승이 될 수도 있었던 남자였다.

"무슨 일이 있었던 거예요. 그 영감탱이가 무슨 짓을 한 거죠?"

지한은 스승이 부러 기억을 읽히던 날을 떠올렸다. 분명 이유가 있을 것이었다. 급하게 그의 기억을 빼앗는 바람에 그즈음의 기억스크린이 다 딸려 나왔지만, 사실상 지한이 읽는 데는 한계가 있었다. 그는 스승의 말을 떠올렸다.

'서로 돌려주고, 여기서 마무리하지.'

기억을 돌려주는 일이 정말 가능한 걸까. 지한은 그 가능성에 대해 계속 생각하고 있었다.

'난 시간이 없어. 이제라도 내 기억의 퍼즐을 완벽하게 맞추고 싶어.'

그동안은 스승의 말이 헛소리라고 생각했었다.

그가 영선의 기억스크린을 수거한 건, 어디까지나 자신의 실수로 잃은 그녀의 기억을 보관해야겠다는 사명감 때문이었다. 일단 수거해서 자신이 가져간 그녀의 기억을 간직하려 했다. 돌려줄 순 없어도, 들려줄 순 있을 테니까. 그렇게 해서라도 미약하게나마 그녀의 기억 속 빈 곳을 채워주고 싶었다. 하지만 기억을 완전히 돌려줄 수 있다면, 그것보다 완벽한 보상은 없었다.

　"기억을 돌려주는 게 가능한 거예요? 혹시 아저씨는 알아요?"

　그는 혼잣말인지, 하소연인지 모를 말을 이어갔다.

　"실수로 영선이의 기억스크린을 빼앗은 것 같아요. 기억스크린은 다 수거했는데, 꺼내는 방식과 마찬가지로 정확한 위치에 배치하면 되는 건지, 궁금해요. 그 영감탱이한테 물어볼걸. 물어봤으면 알려주긴 했으려나. 음흉한 영감탱이."

　기억거래자가 되기 위해선 이전의 기억을 잃어야 한다는 둥 거짓말을 아무렇지 않게 했던 그였다. 그러나 서로 돌려주자던 그의 말은 어쩐지 믿고 싶었다. 영선의 기억스크린을 수거하기로 한 것도, 혹시 모를 가능성을 위한 작업이었다. 그러나 지금껏 기억을 돌려준 사례가 없었기 때문에 확신할 수 없었다. 지한은 기억스크린을 잃은 사람에게 부작용이 있는 것처럼, 돌려받는 사람에게도 분명 부작용이 따를 것이라 예상했다.

　꼬리를 물고 생각을 이어가던 중, 문자메시지가 왔음을 알리는 진동이 울렸다. 영선이었다.

우리 다시 출발. 금방 갈게.

거의 동시에, 가까운 곳에서 신음에 가까운 소리가 들렸다.

"가, 가능이야······ 하지."

지한은 놀라서 자리에서 우뚝 서고 말았다. 침대 쪽을 돌아봤지만, 찬수는 여전히 눈을 감고 있었다.

"하지만······ 부작용이 따라."

"의식이, 돌아온 거예요?"

찬수가 천천히 눈을 떴다. 지한은 천천히 그에게 다가갔고, 그는 지한의 눈을 똑바로 마주 봤다.

"맞네. 기억을 읽던 그 아이, 같은 동네 살던."

곧이어 찬수는 팔을 움직였고, 떨리는 손으로 자신의 눈을 문질렀다.

"그 인간에게 기억을 읽히지 않으려고 눈을 감은 채 살았어."

겨우 눈을 다 뜬 그는 손짓으로 물을 좀 달라고 했다. 지한은 그를 부축해 물을 마실 수 있게 도왔다. 목을 축인 그가 말을 이어갔다.

"평생을 스트레스 속에서 살았지. 그날 이후."

지한은 스승의 기억 속에서 봤던 그의 눈동자를 떠올렸다. 분명 같은 눈동자였다.

"그럼, 의식이 계속 있었던 거예요?"

그는 고개를 저었다.

"간암 말기라는 건 들었겠지. 통증이 심해. 통증 완화 주사를 맞으면 정신이 혼미해져."

그의 말끝이 천천히 흐려졌다. 길게 말하기 힘든 듯 그는 천천히 다시 입을 열었다.

"네가 생각하는 방식으로 기억스크린을 돌려줄 수 있는 건 맞아. 하지만 기억스크린을 뺄 때보다 훨씬 더 정밀하게 작업해야 해. 성공 확률은 10퍼센트도 안 된다고 보면 돼."

기억스크린만 존재한다면, 기억을 돌려주는 일은 어렵지 않았다. 그러나 기억스크린이 되돌아갔을 때, 그 안에서 혼선 없이 기능하느냐는 기억거래자가 보장할 수 없는 부분이었다.

"밖으로 나온 기억스크린을 그 기억을 꺼낸 사람만이 만질 수 있듯이, 기억스크린은 기억의 주인만이 돌려받을 수 있어. 하지만……."

기억스크린은 주인에게 돌아가는 순간 어떻게든 변형된다. 기존의 기억과 연동돼야 하므로, 스스로 별개의 기억을 덧붙이거나 왜곡하는 일도 많았다. 그래서 기억스크린을 돌려주는 일은 기억거래자들 사이에선 암암리에 금기시된 일이었다. 그날, 스승이 지한에게 말한 것도 바로 그 작업이었다.

"돌려주지 마."

찬수가 말했다. 지한은 놀란 눈으로 그를 봤다.

"너의 기억에 혼선이 올 거야."

지한은 그날 처음으로 알았다. 기억거래자에게 기억을 돌려주는 일이 기억거래자의 운명을 어떻게 전복시키는지를.

"그 인간이 찾아와 기억거래자가 되어달라고 했을 때, 난 기억거래자에 관한 웬만한 자료를 다 찾아봤어. 많지 않아서 더 샅샅이 뒤졌지. 해외 사례에서 본 적이 있어. 누구에게도 알려지지 않은 사람이었는데, 추적 끝에 어렵게 그 가족과 통화를 한 적이 있었어."

그는 천천히 이야기를 풀어놓았다. 그 기억거래자는 어떻게 알았는지 자신을 찾아와 기억을 돌려달라고 매달리는 의뢰인의 부탁을 들어주었는데, 결국 그 자신이 모든 기억을 잃었다고 했다.

"통화한 사람은 그 기억거래자의 아내였는데, 남편이 기억거래자라는 걸 알고 있었다고 했어. 그 의뢰인을 만난 이후 기억을 잃은 걸 보면서 연관성이 있다고 추측했다고 하더라고. 그래서 어디까지나 추측이지만, 나 역시 연관이 있다고 봤어."

찬수는 그제야 깨달았다. 타인의 기억스크린을 꺼낸다는 건, 단순히 상대의 기억을 지워주는 행위가 아닐 수도 있다는 것을.

"꺼낸 기억스크린은 기억거래자의 일부가 되는 게 아닐까. 기억스크린은 버린다고 해서 버려지는 게 아닐지도 몰라. 기억이라는 건 원래 형태가 없는 거잖아. 그래서 기억거래자의 기억체계가 망가지는 게 아닌가 생각했었다."

그의 얘기를 가만히 듣던 지한은 무언가를 깨달은 듯 고개를 끄덕였다.

"그러니까, 제가 섬세하게만 작업한다면, 영선이에겐 부작용이 없을 수도 있다는 거네요?"

지한은 찬수의 말 덕분에 오히려 주저 없이 결심할 수 있었다. 부작용 없이 기억을 돌려줄 가능성이 있다는 뜻이었으니까.

"아마도…… 그럴 거야. 하지만 성공 확률이 너무 낮은 데다, 나는 권하고 싶지 않다. 나는 네가 기억거래자가 되지 않길 바랐어."

십수 년 전 어느 날 밤, 찬수는 깊은 산속에서 사고를 당했다. 병원에선 사망 진단을 내렸다. 신체가 너무 많이 손상된 상태여서 매장하지 않는 게 좋겠다며, 그의 보호자로 있던 스승이 화장을 강행했다. 그때 화장터로 향한 시신이 누구의 것인지는 찬수 역시 알지 못했다. 그렇게, 영선과 지영은 가족을 잃었다. 모두가 알고 있는 사실은 여기까지였다.

정신을 차렸을 때, 그는 시골 변두리의 한 병원에 있었다. 머리 아래로 몸이 마비되어 있었고, 사고 당시 기억을 잃어 처음엔 스승이 누구인지도 알아보지 못했다. 그는 스승의 눈을 통해, 스승이 자신의 가족이 살던 아파트에 갔었다는 사실을 발

견했다. 그러니까 사고의 순간 외에는 모든 기억이 온전한 상
태였다. 그래서 이상했다. 사고 후 아내와 딸이 찾아오지 않아,
혹시 가족들도 함께 사고를 당한 것인가 생각했다.

그는 스승의 기억 속에서, 여전히 같은 아파트에서 사는 가
족의 모습을 봤다.

"우리 딸이랑 아내는 왜 안 와요?"

"반신불수가 된 너를 버렸어."

스승은 슬픈 얼굴로 말했다. 그렇게 찬수는 슬픔과 비통에
잠겨 긴 시간을 보냈다.

그랬던 그가 기억을 되찾은 건 최근의 일이었다. 한동안 연
락이 없던 스승이 찾아온 날이었다. 그즈음을 기점으로 기억이
돌아왔다. 그는 눈을 감은 채 살기 시작했다. 겨우 되찾은 기억
을 스승에게 읽히지 않기 위해서였다.

그는 오래전 잠든 자신에게 묻던 스승의 질문을 기억해냈다.

'이렇게 사는 것보단 기억거래자가 돼서 사는 게 낫지 않았
겠니?'

그때 알았다. 스승이 자신의 삶을 질투했다는 것을. 스승은
찬수가 가장 소중하게 생각하는 삶을 박살 냈고, 자신의 제자
가 되지 않은 것을 후회하기를 바랐다.

찬수는 지한이 자신과 같은 기억거래자의 운명을 갖고 태어
났다는 것도 알고 있었다. 그 애의 존재를 스승에게 들키고 싶

지 않았다. 그 후 그는 스승에게 지한과 관련된 기억도 읽히지 않기 위해, 의식적으로 그 기억을 감췄다. 기억거래자로 살진 않았어도 기억을 읽는 사람 특유의 감각을 갖고 있던 그였다.

기억을 찾은 뒤, 찬수는 나름의 준비를 시작했다. 그가 자신을 납치하고 유괴했다는 사실을 증언하는 녹음 파일을 만들어 두었고, 최대한 자세하게, 그 고통스러웠던 순간을 표현하고 또 표현했다. 혹시나 모를 상황에 대비해 녹음 파일을 여러 개로 복사해두었다. 언제고 스승은 자신의 기억을 뺏을 수 있는 사람이었다. 더더욱 자신이 한 일을 안다면, 기억을 뺏고도 남을 사람이었다.

찬수는 고민 끝에 지한에게 말했다.

"혹시 모르니 클라우드 비밀번호는 지금 자네가 바꾸는 게 좋겠어."

지한은 급히 노트북을 구해 왔고 찬수는 로그인을 한 뒤 지한에게 그것을 넘겨주었다.

"나조차도 모르게 바꿔줘."

그는 찬수의 말대로 비밀번호를 변경했다. 찬수는 행여나 그의 기억을 통해 비밀번호를 읽지 않기 위해 눈을 감은 채 말했다.

"내가 죽으면 자네가 해줘야 할 일이 하나 있어."

지한 역시 그가 눈을 감은 이유를 알고 있었다. 지한은 비밀번호를 바꾸던 순간을 빠르게 기억 뒤편으로 숨겼고, 곧 다시 눈을 뜬 찬수와 시선을 마주했다.

그는 스승의 만행들을 떠올리고 있었다. 그의 기억스크린이 파노라마처럼 지나갔다.

"정신을 차릴 수 있는 시간이 길지 않아. 잘 봐둬. 이게 진실이니까."

모든 기억을 읽은 지한은 걷잡을 수 없이 눈물을 흘렸다.

"차마, 영선이랑 영선이 엄마한테 연락할 수 없었어. 난 그때 반신불수였고, 그 몸으론 돌아가봤자 누구도 지킬 수 없었으니까……. 그 인간에게서."

그 말을 끝으로 그는 갑작스레 발작을 일으켰다. 놀란 지한은 다급하게 의료진을 불렀다. 곧장 뛰어온 의료진이 그에게 통증 완화 주사를 놓았다. 조금 뒤 그는 겨우 안정을 찾았다.

가쁜 숨을 내쉬던 그가 곁에 있는 지한에게 마지막으로 부탁했다.

"내일은 우리 딸이랑 아내 얼굴을 좀 봐야겠어."

한결 편안해진 그의 얼굴을 보며 지한이 울음을 삼켰다.

"제가 밉지 않으세요? 이렇게 될 줄 알았다면, 제가 미우셨겠죠?"

"일을 이렇게 만든 건 이원후지 네가 아니야."

찬수는 단호한 얼굴로 답했다. 그는 아홉 살 무렵의 자신의 딸과 지한을 떠올렸다. 그에겐 지금의 영선, 지한보다 더 익숙하고 친밀한 기억이었다.

"실수는 누구나 해. 비록 영선이가 어린 시절 나와의 기억을 잃었다고 해도 어쩔 수 없지. 사람은 원래 많은 기억을 잊고 살잖아. 영선이가 지금 어떻게 살든, 그건 그 애의 선택이야. 그게 자의에서 비롯되지 않았다고 해도. 실은 우리 대부분이 타의의 영향을 받는 삶을 살아가잖니. 나는 네가 이 순간을 기억하면 좋겠다. 넌 많은 걸 되찾아줬어. 이렇게 살고 있는 나도, 내 딸과 아내의 잃은 시간도. 그리고……."

지한은 또다시 눈물을 흘렸다. 긴 시간 고통을 견디고도, 누구도 원망하지 않고 자신의 삶을 정리하는 남자를 보며.

"나의 시간도."

*

며칠이 지나 찬수는 평소보다 훨씬 자주 의식을 찾았다. 이내 눈을 떠 가족과 함께 시간을 보냈다. 그사이 지한은 찬수가 말했던 녹음 파일을 백업했고, 변호사를 만났고, 고소 준비를 마쳤다.

찬수가 마지막 부탁을 하며 덧붙인 말은 자신이 세상을 떠난 뒤 고소를 진행해달라는 것이었다. 마지막으로 함께할 시간이 슬프기만 하진 않았으면 좋겠다고 했다. 그래서 지한은 아직 그에게 일어났던 일을 숨기고 있었다.

아내와 딸에겐 그가 직접 그간의 이야기를 대강 둘러댄 상태였다.

"정신을 차려보니 꽤 많은 시간이 지나 있었어. 처음엔 아예 반신불수였고 기억도 없었어. 그래서 못 찾은 거야."

그는 가족과 마지막 시간을 보내기로 결심하고서, 진짜 이야기를 영상으로 남겼다. 그 일 또한 지한이 도왔고, 영상 속엔 자신에게 일어났던 일과 그 일을 모녀에게 말하지 못한 이유, 그리고 그 일을 저지른 스승의 사진과 이름까지 공개돼 있었다. 그것은 그의 유언 영상이자 증언 영상이기도 했다. 그렇게 지한은 그가 떠난 뒤 영선과 지영에게 닥칠, 그리고 어쩌면 자신의 엄마에게도 충격이 미칠 그 사건의 짐을 혼자 지고 있었다.

*

늦은 밤, 며칠 만에 지한이 병원에 들렀다. 지영은 없었고 영선이 찬수의 침대맡에 기대 잠들어 있었다. 잠든 영선의 모습을 처음 본 날이었다. 감은 눈매가 단정했다. 그 눈가에 그의 손끝이 잠시 닿았다 떨어졌다.

'널 또 잊게 된다면.'

비로소 찬수의 일이 다 정리됐고, 그 역시 모든 준비를 마친 상태였다. 남은 것은 영선에게 기억을 돌려주는 일. 그는 마지막으로 영선을 보기 위해 병실에 들렀다. 아직 기억을 돌려주지 않았는데도 아빠와 꽤 편해진 듯한 모습이었다.

그는 마음을 다잡았다.

'시간이 얼마 없어.'

스승이 했던 말을 되뇌었다. 이제 시간이 없는 쪽은 자신이었다. 찬수가 세상을 떠나기 전에, 영선이 아빠를 향한 감정을 온전하게 느끼기를 바랐다. 온전히 기뻐하고 온전히 슬퍼하는 일. 그건 앞으로의 그녀의 인생을 완전히 바꿔놓을 것이었다.

그는 영선에게 겉옷을 덮어준 뒤 병실을 나왔다. 그리고 서둘러 주차장으로 향했다.

"이지한!"

그는 놀랐지만 뒤를 돌아보지 않았다. 지금 영선을 마주하면 마음이 흔들릴 것 같았다. 사실, 이미 그녀의 목소리를 들은 것만으로 심장이 요동치고 있었다. 왈칵 눈물이 나려는 걸 참아야 했다.

그가 조용히 병실을 나가자마자, 영선은 어떤 향을 맡고서 잠에서 깼다. 깜박 잠이 든 지 30분쯤 지났을까. 병실 안의 풍경은 그대로였다. 그런데 어깨에 옷이 걸쳐져 있다는 걸 한발 늦게 깨달았다.

'이지한?'

처음 보는 옷이었지만 향수 냄새가 익숙했다. 언제나 그에게서 나던 향이었다.

며칠째 보이지 않던 그가 비로소 왔다는 반가움에, 그녀는 복도로 뛰어나갔다. 저 멀리 복도 끝으로 사라지는 그의 뒷모습을 본 것도 같았다.

'벌써 가는 건가?'

영선은 그가 사라진 복도 끝으로 달리기 시작했고, 건물 밖으로 나왔을 때 그가 빠르게 주차장 쪽으로 걷는 모습을 보았다. 영선은 자신도 모르게 그의 이름을 불렀다.

"이지한!"

그러나 그는 돌아보지 않았다.

'안 들리나?'

어두운 밤, 영선은 주창의 무수한 차들 사이로 사라진 그를 향해 뛰고 또 뛰었다.

"이지한! 지한아!"

며칠 만에 와놓고는 급히 사라지는 그에게서 익숙한 불안을 느꼈다.

'어딜 가는 거야!'

자신이 잘못 봤을 거라는 생각은 할 수 없었다. 분명 그였다.

그때였다. 그녀는 누군가에게 팔을 붙들렸다.

"서영선, 왜 그래? 괜찮아?"

지한이었다. 영선은 그와 눈을 맞추고 나서야 안도의 숨을 내쉴 수 있었다.

"너 맞네?"

그는 놀란 얼굴로 영선을 보고 있었다.

"근데 왜 대답을 안 해? 내가 계속 불렀잖아!"

"미안, 못 들었어."

그는 뻔뻔하게 대답했다. 영선은 어이가 없었다.

"그렇게 크게 불렀는데 못 들었다고?"

그러나 그녀가 궁금한 건 그게 아니었다.

"집에 가는 거야?"

안부와 같은 질문을 했음에도 그는 버벅거릴 뿐이었다.

"아, 어, 그러니까, 잠깐 어디 좀……."

분명 어색한 대답이었지만 그럼에도 전에 비해 꽤 발전한 대답이었다. 예전엔 모든 답을 질문으로 바꿔버리던 사람이 아니었던가.

"이 시간에? 어딜?"

그러나 돌아온 영선의 질문에 그는 다시 입을 꾹 다물고 말았다.

잠든 영선의 어깨에 옷을 걸쳐줄 때만 해도, 그녀의 얼굴을 보며 겨우 한숨을 돌렸던 그였다. 찬수의 부탁을 준비하느라 며칠이 순식간에 흘렀다. 그는 찬수의 일에 책임감을 느꼈다. 그건 그 누가 부여한 것이 아닌, 단 한 사람, 영선을 위한 마음이었다.

'옷을 걸쳐주지 말 걸 그랬나.'

그는 영선의 기억스크린을 통해 그녀가 자신을 찾아낸 경로를 보고 있었다.

"너 설마……."

영선이 의심스럽다는 듯 말했다. 그 순간, 그녀의 기억스크린에 그가 은밀하고도 문란한 장소에 가 있는 상상이 떠올랐다. 그는 식겁하며 손사래를 쳤다.

"야! 그런 거 아니야!"

물론 영선을 만나기 전까진 밤이면 클럽을 전전하며 살던 때도 있었다. 그러나 그녀의 상상은 그가 발도 들여본 적 없는 더 은밀하고 밀폐된 공간을 향해 있었다. 적어도 그렇게까지 산 적은 없었으니, 어쩐지 억울한 심정이 들었다.

"잠깐 만날 사람이 있어."

그가 마음을 가라앉히고 해명했다. 그러나 그의 말은 영선의 감각을 더 예민하게 만들었다.

"누구?"

자정이 넘은 시간에 만나야 할 사람이라니.

'설마 여자 친구?'

영선은 이번에도 역시나 애먼 상상을 했다. 그는 곧바로 기억스크린을 읽었고, 이내 또다시 소리쳤다.

"아니야! 아니라고!"

그녀는 자신의 상상 역시 읽힌다는 것까지는 정확히 체감하지 못했으므로, 그가 자꾸만 자신의 상상에 발끈하는 것이 좀 당황스러웠다. 그러나 문제는 그게 아니었다.

영선은 앞장서 그의 차 쪽으로 걸었다. 이어진 돌발 행동에 그는 머릿속이 하얘지고 말았다. 분명 상상 기억을 멈췄던 그녀였다. 그가 버벅거리는 사이, 그녀는 차 앞에 서서 어디론가 전화를 걸고 있었다.

"어, 엄마. 어디쯤이야? 아, 거의 다 왔어? 그럼 나 지한이랑 어디 좀 갔다 와도 돼? 어, 좀 전에 왔더라고. 어, 아빠는 잠들었어. 응, 금방 다녀올게."

멀거니 보고 있던 그가 다급히 다가왔다.

"거의 다 오셨대?"

영선은 고개를 끄덕였다. 그는 안도했다.

"그럼, 그때까지 여기 있을 테니까 아줌마랑 같이 들어가."

그러나 그녀는 대답도 하지 않고 보조석의 문고리를 그러쥐었다.

"열어."

"저기, 영선아. 나 혼자 가야 하는 곳인데……."

"그러니까 어딜 가는데 어디라고 말을 못 해?"

때로 여자는 남자의 거짓말을 무서울 정도로 간파하는 능력을 발휘하는 존재였다. 그는 한숨을 내쉬었다. 스스로가 너무 한심해서였다.

'제발 그럴싸한 거짓말이라도 좀 해!'

늘 기억을 읽는 쪽이었기 때문에, 그는 많은 말이 필요하지 않은 삶을 살았다. 머릿속이 복잡했다. 위험한 곳이라 안 된다고 하면 더 난리가 날 것이고, 데려가자니 분명 위험한 곳이었다.

기다리던 영선은 턱으로 보조석 문을 다시 가리켰다.

"안 열거야?"

그녀는 물러설 생각이 없는 듯했다.

그는 그녀를 설득하기로 했다.

"영선아, 다른 게 아니라 정말 같이 갈 만한 곳이 아니라서 그래."

이번엔 통할까 싶어 영선의 눈치를 살폈지만, 그녀는 애써 눈을 피했다.

"위험한 거지? 혹시 말이야, 우리 아빠랑 관련된 거야? 너 우리 아빠 찾은 후로 유독 바쁘잖아."

그녀가 불안한 데에도 이유는 있었다. 영선은 아까부터 궁금해하던 것을 물었다.

"넌 몰라도 돼."

마찬가지로 그가 영선을 데려갈 수 없는 데에도 이유는 있었다. 그는 부러 더 매정하게 말했다. 그녀를 절대 그곳에 데려갈 순 없었다.

"너 대체 왜 이러는 건데? 거길 네가 왜 같이 가? 내 위험에 같이 뛰어들기라도 하겠다는 거야?"

그가 괜히 열을 내며 소리쳤다. 그녀를 화나게 해서라도 데려가지 않으려 했다. 그러나 그의 예상과 달리 그녀는 태연한 얼굴로 대꾸했다.

"아니, 난 위험한 데 가기도 싫고 너 대신 목숨을 걸 생각도 없어."

"뭐?"

예상치 못한 반응에 오히려 당황한 건 그였다.

"하지만 적어도 내가 같이 가면 네가 위험하지 않기 위해 노력하지 않을까 싶어서."

그 순간 할 말을 잃은 그에게, 그녀는 착각하지 말라는 듯 마지막 말을 덧붙였다.

"넌 나한테 갚아야 할 게 있으니까. 안 그래?"

그들이 탄 차가 깊은 밤 한가운데를 유유히 달렸다. 조용한 차 안에서 내내 고민하던 영선이 먼저 입을 열었다.

"근데 말이야. 우리 아빠가 한 말이 다 맞아? 정신을 차렸더니 시간이 많이 지나 있었고, 처음엔 기억도 없어서 못 찾았다는 말. 엄마는 믿기지 않나 봐. 지금은 기억이 다 돌아온 것 같은데 우릴 안 찾아온 것도 이상하고, 이름까지 바뀌어 있고. 아빠는 분명 찾아올 사람이라며, 도대체 무슨 일이 있었던 건지 궁금해하고 있어."

"글쎄, 계속 주무시고 계셔서 기억을 못 읽어서."

그는 애써 모른 척 둘러댔다.

"그랬겠네."

영선은 아차 싶었다. 그녀는 그가 며칠 내내 바빴다는 것만 알고 있었으므로, 그가 자신의 아빠와 밀담을 나누었다는 건 상상조차 할 수 없었다.

저 앞에 목적지가 보이기 시작했다. 산길 끝에 어슴푸레 산장의 모습이 드러났다.

"저기야."

"저기가 어딘데?"

"또 다른 기억거래자의 집."

영선은 생각지도 못한 그의 말에 눈이 휘둥그레졌다.

그녀는 이곳으로 오기 전 차에 올라타던 때를 떠올렸다. 결국 그녀의 고집을 못 이겨 그가 차 문을 열었고, 말없이 시동을 건 뒤 운전을 시작했다. 이미 다녀온 곳인 듯 그가 내비게이션의 지난 주소 목록에서 그 주소를 눌렀을 때도, 그녀는 그곳이 어디인지 전혀 예상할 수 없었다.

그의 차가 언덕을 타고 오른 뒤 산장 앞마당에 섰다.

"원래 이렇게 기억거래자가 많아?"

그녀는 또 다른 기억거래자의 모습을 상상하는 중이었다. 상상 속 기억거래자는 지한과 비슷한 젊은 남자였다가, 또 불쑥 아름다운 젊은 여자로 바뀌기도 했다.

그는 이 상황에서도 자신을 웃게 하는 그녀가 신기했다.

"아닐걸?"

그의 대답에 영선은 고개를 갸웃거렸다. 아니라기엔 벌써 두 명의 기억거래자를 알아버린 그녀였다.

"넌 여기 있어."

"왜?"

그는 눈이 휘둥그레진 그녀에게 차 키를 쥐여줬다.

"그럴 일은 없겠지만, 아주 만약에, 혹시 내가 30분이 지나도 안 나오면, 일단 차 문 꼭 잠그고 시동 걸어놓고 경찰에 신고해. 혹시나 해서 해두는 말이야."

안심해도 된다는 투였으나, 영선은 자신의 직감이 맞았다는 것을 확신하고 있었다. 이곳에 오기 전, 그에게 위험한 일이냐고 물었을 때도 그는 꽤 당황한 눈치였다.

그는 서둘러 문을 열었다.

"다녀올게."

"잠깐만."

영선은 초조한 마음에 그를 붙들었다. 아무리 생각해도 이상했다. 저 안에 있는 사람이 또 다른 기억거래자인데 왜 위험하다는 걸까. 굳이 같이 갈 수 없는 이유는 뭘까. 혹여나 위험하다면 그가 가르쳐준 대로 선글라스를 끼면 될 것이었다. 무엇보다 그녀의 곁에는 기억거래자 이지한이 있었다.

영선이 대뜸 먼저 차 문을 열고 밖으로 나갔다. 순식간에 벌어진 일에 지한은 식겁하며 따라 나갔고, 산장을 향해 뚜벅뚜벅 걷는 그녀의 앞을 가로막았다.

"너 지금 뭐 하는 거야!"

"내가 그 사람한테 기억을 읽히면 안 되는 거야?"

역시 뭔가가 있다는 걸 직감한 영선이 그에게 물었다. 솔직히, 그냥 던져본 질문이었다. 생각난 말을 해봤을 뿐인데, 그는 온몸이 꽁꽁 언 것처럼 굳어버렸다.

"우리, 돌아가자."

지한이 영선의 손을 붙잡았다. 일이 자꾸만 꼬여가고 있었다. 시간은 없지만, 차라리 계획을 미루는 게 나을 것 같았다.

영선은 찬수를 찾던 날을 떠올리고 있었다. 엉뚱한 이름으로 발견된 아빠와 그의 보호자로 등록된 이름에 노발대발 화를 내던 엄마의 모습이 기억스크린에 스쳐 갔다.

'자꾸 남편을 찾아오던 사람이었어. 정확히 기억해. 이름이 이원후라고 했어.'

영선이 기억을 곱씹다 천천히 입을 열었다.

"저 안에 있는 사람이 혹시 이원후야?"

아빠가 살아있다는 것을 안 순간부터 모든 게 이상했다. 그는 어떻게 아빠를 찾았을까. 또 누군가의 기억을 통해 찾아낸 걸까. 분명 첫날만 해도 병실에서 함께 밤을 새우더니 왜 갑자기 사라졌으며, 여태껏 의식이 돌아와도 눈을 뜬 적이 없다던 아빠가 어떻게 눈을 떴을까.

아빠가 눈을 뜨자 간호사들은 기적이라며 놀라워했다. 통화로 지한에게 이 모든 소식을 전했을 때도, 그는 잘됐다고 했을 뿐, 놀라거나 언제 오겠다는 말은 하지 않았다. 그가 그새 무심해진 건가 싶어 섭섭했지만, 아빠를 찾아준 건 고마운 일이었다. 그가 그 이상을 책임질 이유는 없었다. 그럼에도 의식을 찾은 그녀의 아빠는 유난히 지한에게 애정을 보였다.

그는 아빠가 눈을 뜬 것을 본 적이 없다고 했다. 그러나 아빠의 반응은 달랐다. 지한이 좋은 사람이라며, 어릴 때처럼 친하게 지내라고 했다. 분명 그와 아빠가 어떤 소통을 했다는 뜻이었다.

지한은 정신이 없는 탓에 그녀의 그런 기억까지는 읽지 못한 상태였다. 그러나 영선의 입에서 이원후라는 이름을 듣자, 곧 자신이 뭔가를 놓쳤다는 걸 깨달았다.

'제발 아니라고 해.'

그는 스스로에게 부탁했다. 그러나 자신을 바로 보는 그녀의 눈빛을 보니 차마 거짓말이 나오지 않았다.

영선은 지금 그가 하려는 일이 자신의 아빠와 관련된 일이 아니라고 생각할 수 없었다. 하지만 그건 너무 이상한 일이었다.

"그 사람이 기억거래자인 거지? 그렇지?"

그녀는 얼굴도 모르는 이원후를 상상하며 지한과 그의 관계를 추측했다. 그녀의 상상 속에서 지한은 이원후의 조력자였다가, 적이었다가, 동료로 바뀌었다. 그만큼 그녀의 머릿속은 혼란스러웠다.

"그런 거 아니야. 그 사람이랑 나는 열다섯 살에 한 번 만났고, 최근에 두어 번 더 만난 게 다야."

지한은 끝내 거짓말을 하지 못했다. 그러나 영선은 그의 말이 전부 의심스러웠다.

"자주 만나고 안 만나고는 중요하지 않은 거 같은데? 우리 고소하기로 했잖아. 법대로 처벌하면 그만인데, 네가 그 사람을 왜 만나냐고!"

그녀를 혼란스럽게 하는 건, 그가 범인의 집을 이미 알고 있다는 사실이었다. 왜 아직까지 신고조차 하지 않은 걸까. 어떻게 자신의 가족을 혼돈으로 몰아넣은 두 사람이 모두 기억거래자인 건지, 그녀는 이해할 수 없었다.

지한은 그런 영선의 기억스크린을 읽으며, 모든 것을 말해야 한다는 것을 깨달았다. 그렇지 않으면 그녀가 또다시 상처를 받을 테니까.

"그 사람은."

찬수에겐 미안했지만, 그녀를 더 이상 혼란스럽게 할 수 없었다.

"날 기억거래자로 만든 사람이야. 그리고⋯⋯."

영선이 크게 놀라며 두 손으로 입을 가렸고, 그는 미안한 얼굴로 남은 말을 이었다.

"내 기억을 훔쳐 간 사람이기도 해."

지한에게 이원후에 대해 들은 영선은 경악했다. 스승이라면서 거짓으로 제자의 기억을 빼앗은 것은 물론, 자신의 아빠까지 납치해 가족과 생이별을 하게 만든 사람이었다. 그는 이 모든 것을 어떻게 알 수 있었을까. 아직 자신조차 찬수에게서 듣지 못한 이야기였다.

"너 우리 아빠 기억, 읽은 거지?"

영선의 질문에 그는 고개를 끄덕였다.

"그 진실을 알기 위해서, 마지막으로 그 사람을 만나야 했어."

사실 그는 찬수의 말에 검증이 필요하다고 생각하고 있었다. 찬수가 기억을 잃은 채 산 시간은 꽤 길었다. 더더구나 그의 말에 따르면 기억이 돌아온 건 최근이었고, 그렇다는 건 기억체계가 아직 온전하지 않다는 뜻일 수도 있었다.

"난 찬수 아저씨를 믿어. 하지만 기억스크린은 왜곡되고 변형되기도 해."

찬수가 부탁한 모든 일을 제대로 실행하기 위해선 사실 확인이 필요했다. 그래서 마지막으로 스승 이원후를 찾아간 것이었다. 그 사람이 원하는 대로 기억스크린을 돌려주기 위해서도, 자신의 기억을 돌려받기 위해서도 아니었다.

"그러니까 같이 가. 나도 그 얼굴 좀 봐야겠어."

"행여 네가 같이 들어가더라도 얼굴은 보면 안 되는데……."

그러거나 말거나, 영선은 이미 나름의 각오를 한 상태였다. 그가 아빠를 납치한 사람이라는 사실은 잠깐이나마 잊기로 했다. 사실을 확인한 뒤 화를 내도 늦지 않을 것이었다. 그녀는 차에 탈 때와 마찬가지로 물러서지 않았다.

"그런 사람한테 널 어떻게 혼자 보내? 내 아빠의 일이기도 해. 나도 할 거야."

그녀의 말은 부탁이 아닌 선전포고였다. 그는 그런 그녀에게 마음이 흔들렸지만, 그녀가 자신으로 인해 위험해지게 둘 수는 없었다. 그러나 그녀의 눈빛은 너무나 단호했고, 그녀를 두고 갈 방법은 없을 듯했다.

결국 그는 영선에게 손을 내밀었다.

"저 산장에서 다시 나올 때까지 절대 놓지 마. 너도 알겠지만, 그 사람 앞에선 눈을 보이면 안 돼."

그렇게 말하고 그는 차로 돌아가 선글라스를 하나 더 꺼내 영선에게 씌웠다.

"마찬가지로 네 기억을 뺏을 수 있는 사람이야. 만약 마주쳤다고 해도 10초 이상 보지 마. 서둘러 고개를 돌려. 절대 가까이에 있으면 안 돼. 그냥 내 뒤에 있어."

그가 이어 뒷좌석을 열어 무언가를 꺼냈다. 영선은 이제 그게 무엇인지 알 것도 같았다.

지한은 한 손으로 기억스크린을 들고, 다른 한 손으로 영선의 손을 잡은 채 산장으로 향했다. 주인과 가까워져서일까. 스승의 기억스크린이 선명해지고 있었다. 그는 기억스크린을 옆구리에 낀 채 산장 문고리에 손을 올렸다. 문고리를 돌리려다 말고, 영선을 돌아봤다. 눈짓으로 괜찮겠냐고 물었다. 그러자 그녀가 고개를 끄덕였다. 그는 천천히 문을 열어 안으로 들어섰다.

산장 안은 바깥 못지않게 어두웠다. 그나마 빛을 내던 장작 더미마저도 거의 다 탄 상태였다. 그러나 어디에도 스승은 보이지 않았다. 지한은 예민하게 주변을 살폈다.

'대체 어디 있는 거지?'

"왔구나. 약속을 지켰어."

어둑한 주방 쪽에서 스승의 목소리가 들렸다. 그는 쟁반을 든 채 느릿느릿 걸어오고 있었다.

"이 정도면 서로의 눈이 잘 안 보이겠지?"

쟁반 위엔 세 개의 컵이 있었다. 벽난로 앞 소파 뒤쪽엔 의자와 테이블이 놓여 있었다. 그는 그 테이블 위에 쟁반을 내려놓은 뒤, 컵 하나를 들고 소파로 가서 앉았다.

"두 사람은 거기 앉으면 돼. 그럼 서로의 눈이 보이지 않을 테니까."

영선은 그의 행동을 유심히 보다가 고개를 갸웃했다. 어떻게 봐도 평범해 보이는 노인이었다. 분명 기억은 눈으로 읽는다고 했는데, 테이블에 놓인 컵이 두 개라는 점이 영 이상했다.

"근데 우리가 같이 오는지는 어떻게 알았지?"

영선이 고개를 돌리지 않고 몸만 기울여 지한에게 소곤거렸다.

"아까 네가 밖에서 난리 친 소리를 들은 거 같은데?"

영선은 아차 싶어 고개를 휙 돌려 그를 봤고, 그는 미소를 지었다. 그는 이토록 긴장되는 순간에도 그녀로 인해 웃음이 나는 게 신기했다.

"내 기억스크린은 내 앞에 있는 테이블에 놔주면 좋겠는데."

곧 들려온 스승의 목소리에 영선은 다시 움츠러들었다. 그러나 지한은 조금도 긴장한 것 같지 않았다. 그는 부러 스승의 기억스크린을 등 뒤에 숨기며 말했다.

"내 거부터."

스승은 입꼬리를 올려 웃었고, 2층으로 가는 계단을 가리켰다.

"2층 테이블에. 양이 좀 많아. 네가 본 게 전부가 아니었거든."

침착하려 애쓰던 지한은 조금 동요했다. 어쩐지 양이 좀 부족하다고 생각은 했지만, 전부가 아닐 거라곤 짐작조차 하지 못했으니까.

"영선아, 먼저 올라가."

그는 영선을 먼저 올려보낸 뒤, 행여나 스승이 따라오진 않을까 견제하며 천천히 2층으로 올라갔다.

2층은 1층보다는 환한 상태였다. 벽 등과 테이블에 놓인 초, 그리고 기억스크린의 빛이 2층을 밝히고 있었다. 그러나 기억스크린이 보일 리 없는 영선은 여전히 다소 어둡다는 생각뿐이었다. 영선은 테이블 위를 물끄러미 보다가 곁에 있는 소파로 가 앉았다. 그리고 보이지 않는 기억스크린 대신 조금 전 본 노인을 떠올렸다.

'저 사람이 이원후라니.'

남은 힘이라곤 하나도 없어 보이는 노인이었다. 영선은 좀 허무했다. 저런 노인의 손에 아빠와 지한이 휘둘렸다니.

한발 늦게 올라온 지한은 테이블 위를 보자마자 충격을 받았다. 전에 자신이 본 것과는 비교가 되지 않을 정도로 많은 양의 기억스크린이 놓여 있었다. 열다섯 살의 소년에게서 이토록 무자비하게 기억스크린을 꺼냈다니. 곧장 기억스크린에 손을 뻗어봤지만, 역시나 만질 순 없었다. 그는 기억스크린을 보며 생각에 잠겼다.

영선의 기억스크린을 빼낸 순간을 제외하고는 평범했다. 유년 시절의 기억이었고, 타인의 기억이 읽히는 현상이 초능력이라는 걸 자각하지 못하던 때였다. 열다섯 살에 스승을 만나기 전까지만 해도 그는 제멋대로 기억이 읽히는 탓에 불편했을 뿐, 그것이 자신만 가진 능력이라고는 생각하지 못했다.

영선은 그런 그와 테이블을 번갈아 보고 있었다. 영선의 눈엔 무엇도 보이지 않는 빈 테이블이었다. 그는 어떤 세상을 살아온 걸까. 실재하진 않으나 존재하는 것을 볼 수 있는 삶……. 타인에겐 거짓, 실제로는 진실인 삶이 아니었을까.

그가 천천히 영선을 향해 고개를 들었다.

"내려갈까?"

테이블을 보며 놀란 표정에 비하면 짧은 시간이었다.

"다 봤어?"

영선의 질문에 그가 고개를 끄덕였다.

사실, 그에게 자신의 기억스크린은 이제 중요하지 않았다. 양이 조금 더 많았지만 알던 것과 크게 다른 내용도 없었다. 그가 원하는 대답은 스승의 기억스크린 속에 있을 것이었다. 스승의 기억스크린을 먼저 돌려주지 않은 것도 시간을 끌기 위한 작전이었다. 그사이 스승이 더 많은 기억을 떠올리도록, 그래서 자신이 짧은 시간 안에 많은 양의 기억스크린을 읽어낼 수 있게, 밑 작업을 하는 중이었다.

두 사람은 이윽고 1층으로 내려왔다. 지한은 스승에게 가까이 다가가 테이블에 기억스크린을 내려놓았다. 자신의 기억스크린을 본 그의 눈이 환희로 빛나기 시작했다.

"박수로도 기억을 뺏을 수 있어요?"

스승은 고개를 끄덕였다.

"그냥 그 순간 각성시킬 소리가 필요할 뿐이야."

그는 제 기억스크린에서 눈을 떼지 못했고, 남은 기억과의 관계를 찾아가기 시작했다. 지한은 그에게서 조금 떨어져 그간 궁금했던 것들을 계속해서 물었다.

"내 기억을 가져간 이유가 서찬수 씨랑 관련이 있어요?"

스승은 작게 한숨을 쉬었다.

"그런 것 같구나."

지한은 아무리 봐도 찾을 수 없었지만, 기억의 주인인 그는 읽는 것만으로도 당시의 상황들을 유기적으로 추측할 수 있었다.

"내가 찬수의 기억을 뺏으려고 했었어."

그의 말에 영선이 화들짝 놀라며 스승을 봤다.

"왜요?"

"네 아빠도 기억을 읽는 사람이었거든."

영선은 멍하니 지한을 돌아봤다.

"저 할아버지가 뭐라는 거야? 사실이야?"

스승은 영선을 보며 생각했다. 기억거래자의 딸이었지만 아버지의 능력은 물려받지 못한 아이. 기억거래자의 아이들은 가끔 그 재능을 갖고 태어나곤 했다. 하지만 영선은 아니었고, 그래서 스승에게는 재밌지만 쓸모없는 존재였다.

"저 녀석은 벌써 찬수의 기억을 다 읽었을걸?"

영선의 시선은 여전히 지한을 향해 있었고, 지한은 그제야 천천히 고개를 끄덕였다.

스승은 대치한 두 사람을 물끄러미 바라보며 오래전 그날을 떠올렸다.

그 밤, 스승은 도망치는 찬수의 뒤를 쫓았다. 찬수는 위치도 알 수 없는 산속을 걷고 또 걸었다. 다리에 감각이 없을 정도로 힘이 빠져 보였으나, 걸음을 멈추지 않았다. 스승 역시 힘이 빠진 상태였다. 체력으로 끝없이 찬수의 뒤를 쫓는 건 무리였다.

그는 결국 멈춰 섰고, 어디론가 문자를 보냈다.

찬수는 저 앞으로 보이는 도로를 향해 걷고 있었다.

그는 방금까지와는 다르게 느긋해진 걸음으로 찬수를 따라갔다. 멀리서 찬수가 소리쳤다.

"나한테 왜 이러는 거예요? 기억거래자가 되지 않겠다는 건 내 선택이잖아!"

"나를 만난 기억은 지워야 한다고 했잖아."

찬수는 그의 말을 믿지 않았다.

"아니! 당신은 내 기억을 전부 지울 생각인 거잖아. 그리고 날 기억거래자로 만들겠지."

그는 찬수를 찾아올 때마다 매번 같은 질문을 했다. 이번 역시 마찬가지였다.

"마지막 기회야. 이제 결정할 때다."

찬수는 고개를 저었다.

"전 아내와 딸과 평범하게 살 겁니다."

마지막까지도 찬수는 같은 대답을 했다.

"기억거래자로 살면서도 얼마든지 가정을 꾸릴 수 있어."

그러나 찬수는 스승의 말을 비웃었다.

"내 딸에게 자랑스러운 아빠가 될 순 없겠죠. 아내에게도 마찬가지고요."

기억거래자가 되기를 처음 제안한 날, 스승은 그에게 당부

했다. 절대, 기억거래자의 존재에 대해 누구에게도 말해선 안
된다고. 그러나 찬수는 딸에게 이미 기억거래자에 대해 들려
주고 말았다. 스승의 입장에서 그는 규칙을 어긴 사람이었다.

"그럼 딸에게도 기억거래자에 대해선 말하지 말았어야지."

찬수는 더는 대답하지 않고 다시 걸음을 재촉했다. 쫓고 쫓
기는 추격전이 다시 이어졌고, 그 끝에 찬수가 도로에 다다랐
다. 그때, 저 너머로 자동차 불빛이 보였다. 그는 그 불빛이 자
신을 살려줄 것이라 믿었지만, 스승은 그 불빛이 자신이 조금
전에 부른 트럭임을 알고 있었다.

그대로 트럭이 찬수를 들이받았다. 그는 피투성이가 되어 쓰
러졌고, 스승은 천천히 그를 향해 다가갔다. 만신창이가 된 얼
굴을 가만히 보던 스승이 손가락으로 그의 눈꺼풀을 들어 올
렸다. 눈동자는 보였지만 기억은 읽히지 않았다.

"에잇!"

스승은 의식이 없는 그의 뺨을 사정없이 때렸다.

"정신 차려!"

핏물이 사방으로 튀었고, 스승은 짜증스럽게 피를 찬수의 옷
에 닦으며 일어섰다.

당장 기억을 빼앗진 못했지만 1차 목적은 달성한 그였다. 찬
수를 도망치지 못하게 하는 것. 이윽고 그는 찬수에게서 사고
당일의 기억을 빼앗았다. 서찬수는 그렇게 세상에서 사라졌다.

찬수를 완벽하게 숨긴 뒤, 얼마 지나지 않아 그는 영선을 찾아갔다. 하지만 어쩐 일인지 그 애는 아빠에 대한 기억을 이미 잃은 상태였다.

그리고 그곳에서 지한을 발견했다. 기억거래자가 되기도 전부터 이런 능력을 발휘하는 인간은 흔하지 않았다. 겨우 아홉 살의 나이에 기억스크린을 꺼내는 힘을 가진 아이였다. 그는 지한이 조금 더 자라기를 기다렸다가 기억거래자로 만들었다. 남아 있는 영선의 기억을 지워야 했기에 지한의 기억을 모두 지웠다. 그렇게 지한은 기억을 잃고 열다섯에 기억거래자가 되었다.

기억을 읽는다고 해서 모두 기억거래자가 돼야 하는 건 아니었다. 그는 그저 좀 외로웠다. 자신을 아끼던 스승이 세상을 떠나자, 자신에게도 제자가 필요하다고 생각했다. 그러나 찬수는 그의 제안을 거절했다. 모든 것이 물거품이 됐고, 다른 제자를 찾아야 했다. 다음 타깃은 찬수와 영선의 기억을 갖고 있던 소년이었다.

그가 제자로 만든 지한은 보통내기가 아니었다. 거기다 의지하기엔 너무나 어렸다. 외로움은 좀처럼 채워지지 않았고, 그는 종종 생각했다.

'찬수가 내 제자가 됐어야 하는데.'

타인의 기억 속에서 외롭지 않은 순간을 읽는 건 그에게 고통이었다. 자신과 스승의 관계처럼 제자와 따뜻한 마음을 주고받는 것도 가능하지 않았다. 그렇게 그는 지한을 제자로 만든 뒤 기억거래자의 삶을 그만두었다.

그러다 10년이 흐른 뒤 제자가 자신을 찾아왔을 때, 그는 자신을 기억하는 누군가가 있다는 사실에 이상하리만큼 가슴이 벅찼다. 지한에게 기억을 읽힌 것도, 일부 정도는 줘도 괜찮다는 생각 때문이었다. 어차피 자신을 기억하는 건 저 통제 불능의 기억거래자뿐이니까, 그래도 저 애가 자신의 제자이니까.

찬수와의 기억은 숨겨둔 상태였고, 먼저 제자의 기억을 훔친 건 자신의 잘못이었으므로 기억의 일부를 읽게 해준 것이었다. 그 기억을 훔쳐 갈 거라곤 생각조차 하지 못했지만 말이다.

스승이 회상에 잠긴 사이, 영선이 그를 향해 돌진했다. 지한이 말릴 틈도 없이 벌어진 일이었다.

"영선아!"

그녀는 스승의 멱살을 잡았다. 지한이 달려가 그녀를 떼어내려 했지만, 그 순간 손아귀의 힘이 굉장했다.

"당신 뭐야. 당신이 뭔데 우리 가족의 삶을, 우리 아빠를 그렇게 만든 건데! 이지한, 너도 다 들었잖아! 이 새끼가 자백하는 거! 자기가 우리 아빠를 반신불수로 만든 게 맞다잖아!"

지한은 다시 한번 힘을 주어 영선을 스승에게서 떼어냈다.

"이 사람은 기억거래자야. 일단 놔."

그녀는 여전히 씩씩거리며 원후를 노려봤다. 그는 힘없이 주저앉은 채, 온몸을 들썩이며 껄껄 웃었다.

"아버지의 재능은 물려받지 못했어도 손힘 하나는 타고났구만!"

영선이 다시 그에게 달려들려 하자 지한은 영선의 어깨를 붙잡아 자신에게 돌려세웠다.

"저 사람 말에 휘둘리지 마. 눈도 마주치지 말고. 벌을 줄 방법은 이미 충분히 있다는 거 알잖아."

영선은 울컥 터지려는 눈물을 꾹 삼켰다.

"정말이야? 우리 아빠가 기억을 읽는 사람이었어?"

지한은 찬수의 부탁을 떠올렸다. 아내와 딸에게 평범한 남편으로, 아버지로 기억되고 싶다고 했다. 그러나 영선은 진실을 원하고 있었다. 생각해보면 찬수의 꿈은 애초부터 이룰 수 없었다. 그는 죽은 줄만 알았는데 살아 돌아온 아버지였다. 그 자체로도 이미 평범하지 않은, 놀라운 일이 아닌가.

"다 얘기해줄게. 근데 지금은 일단 차에 가 있어. 나는 해야 할 일이 좀 있어."

그는 그녀를 문 쪽으로 데려갔다.

"차에 시동 걸고 있어. 금방 나갈게."

"너 대체 뭐 하려는 거야?"

그의 눈빛이 예사롭지 않았다. 그녀는 불안한 얼굴로 물었다. 지한의 등 너머로 힘없이 늘어져 있는 스승이 보였다.

지한은 선글라스를 벗으며 영선을 마주 봤다.

"진실을 확인했으니 하려던 일을 해야겠지?"

그는 순식간에 문을 열어 영선을 문밖으로 밀었다.

"야!"

그녀가 놀라 소리쳤지만, 문은 곧 닫혀버렸다. 닫힌 문 앞에서 영선은 아주 잠깐 멍하니 있었다.

'도대체 뭘 하려는 거야!'

그녀는 다시 문고리를 잡고 흔들며 소리쳤다.

"이지한, 이지한!"

그러나 문은 이미 잠긴 상태였다.

영선을 내보낸 후, 지한은 문에 등을 기댔다. 영선을 내보냈다는 사실에 조금은 안도가 됐다. 아무리 노인이라고 해도 방심할 순 없었다. 스승은 여전히 소파에 늘어져 있었고, 등 뒤에선 그녀가 두드리는 힘에 의해 문이 진동했다.

'조금만 기다려줘.'

지한은 선글라스를 주머니에 넣은 뒤 스승에게 다가갔다. 그는 스승의 앞에 무릎을 굽히며 앉았다.

"기억을 돌려줘."

스승이 기운 없는 목소리로 말했다.

"물론, 당신은 다 기억해야지."

그가 잊은 고통스러운 기억까지 모두 돌려줄 생각이었다. 영선에게 기억을 돌려주기 전, 연습을 위해서도 필요한 작업이었다.

"나 봐요."

평소라면 이만큼도 가까이 있을 수 없는 사이지만, 지금은 꽤 가까이에서 그의 눈동자를 볼 수 있었다. 그런데 이상했다. 스승은 시선을 맞추려 들지 않았다.

"날 봐야 돌려주죠."

스승은 눈동자를 여기저기로 굴리기만 할 뿐이었다.

'이 영감탱이가 왜 이래?'

지한은 천천히 손을 들어 그의 얼굴 앞에 흔들어보았다. 역시 이상했다. 그는 미동도 없었다.

'이렇게 가까이 있는데?'

그때였다. 스승이 빠르게 몸을 일으키더니 머리로 지한을 들이받으려 했다. 나름대로 준비한 작전인 것 같긴 한데, 안타깝게도 그보다 훨씬 젊은 지한은 그를 가볍게 피했다. 그는 그대로 벽에 부딪혔다.

"윽!"

지한은 어이가 없어 헛웃음을 지었다.

"지금, 뭐 하는 거예요?"

"나이가 드니 힘이 조절이 안 되는군. 내가 먼저 기억을 읽어 버릴 생각이었는데, 실패했어."

그는 시선을 아래로 내리깐 채, 태연한 척 중얼거렸다.

그러나 지한은 믿지 않았다. 아무리 생각해도 그는 힘을 조절하지 못한 게 아니었다. 지한은 다시 그의 코앞까지 다가갔고 숨을 참고서 천천히 손을 흔들어보았다.

"기억을 돌려주는 건 사양하지. 난 읽었으니 충분해."

그는 지한이 앞에 있다는 사실을 전혀 인지하지 못한 채 말을 이어갔다.

"헐. 뭐야?"

지한이 당황해 말했다. 그제야 기척을 느낀 스승이 화들짝 놀라 지한을 밀쳐내기 위해 손을 뻗었다. 그러나 지한은 이미 자리에서 일어난 상태였다.

"당신, 앞이 안 보이네?"

그는 계속해서 손을 뻗어 지한을 잡으려 하고 있었다.

"다 뭐야, 쇼한 거야?"

지한은 어이가 없어서 중얼거렸다. 지난번 산장에서 마주했을 때도 그의 시력에는 아무 문제가 없어 보였다. 스승은 벽을 더듬거리며 자리에서 일어났고, 그는 한발 물러나 그 모습을 지켜보았다. 정확히 무엇이 쇼인지 판단하기 어려웠다.

지한을 찾는 데 실패한 스승은 주변을 더듬거리며 소파로 돌아갔다.

"네가 준 내 기억스크린. 그게 내 눈으로 본 마지막 기억스 크린이야."

겨우 자리에 앉은 그가 손목을 주무르며 말했다.

기억스크린을 돌려준 지 채 30분도 지나지 않은 때였다. 그 사이, 시력을 완전히 잃었다는 뜻이었다.

"그게 말이 돼요?"

물론 지한이 달동네 집으로 찾아갔을 때도, 그의 시력에는 아무 문제가 없었다.

"서찬수의 기억을 돌려준 게 이유인 것 같다."

찬수가 스스로 기억을 회복한 게 아니었다. 지한으로 인해 기억을 잃었던 스승이 뭣 모르고 자신이 갖고 있던 기억을 찬 수에게 돌려준 것이었다.

기억을 잃은 뒤, 스승은 보관 중이던 기억스크린을 모두 꺼 내 보았다. 그중 형체는 알아보기 힘들지만, 실루엣으로 '그 남 자'와 같아 보이는 남자의 기억을 발견했다. 병원에서 연락을 받고 찾아가 찬수를 보자마자 그는 찬수가 그 기억의 주인이 라는 것을 확신할 수 있었다. 이유는 모르겠지만 자신이 그렇 게 만든 남자였다. 그는 곧 찬수의 눈꺼풀을 들어 자신이 보관 하고 있던 기억스크린을 재배치시켜주었다. 찬수를 향한 죄책감을 조금이나마 덜기 위해서였다.

그때부터 시력이 급격히 떨어지기 시작했다. 지한과 두 번째로 만난 산장에서도 그의 시력은 현저히 떨어진 상태였다. 시력이 떨어지면서 기억거래 또한 점차 하기 어려워졌다. 시간이 없었고, 자신의 기억을 훔쳐 간 제자를 불러들여야만 했다.

"너도 알겠지만, 기억을 돌려주는 일은 금기시돼 있어. 이유는 뒤늦게야 알게 됐다. 나처럼 기억이 일부 없다는 게 불쌍해서, 모든 기억의 퍼즐을 맞추고 생을 마감할 수 있게 도울 생각이었다. 그 후로 시력이 급격히 떨어졌어. 얼마 전부터는 기억거래를 할 수 없을 정도가 됐지."

지한은 찬수에게 들은 이야기를 기억하고 있었다. 기억거래자의 기억이 박살 날 수도 있다는 말. 하지만 시력이 저하된다는 사실을 알게 된 건 처음이었다.

"기억거래자로 사는 삶이 끝나는 게 아닌가 싶다. 나는 타인의 기억을 강제로 훔쳤고 죄책감으로 인해 그 기억을 돌려줬어. 기억거래자는 실수로 했든, 고의로 했든 꺼낸 기억을 돌려줘선 안 돼. 죄책감마저 감당하며 살아야 했는데, 네가 내 기억을 훔쳐 가는 바람에 모든 게 엉망이 됐어. 기억거래자로서 책임을 다하지 못한 거지."

'볼 수 없게 된다……'

문득 문밖의 영선을 떠올렸다. 지한은 영선에게 모든 기억을 돌려줄 생각이었다. 자신의 기억이 엉망이 되더라도, 영선이 기억할 테니까. 그렇게 모든 빚을 갚고 그녀의 곁에 머물고 싶었다. 하지만 시력을 잃는 건 또 다른 문제였다. 그런 상태로 그녀의 곁에 머물겠다는 건 분명 욕심이었다. 그녀에게 그런 짐을 지울 순 없었다.

그러나 계획을 변경할 수는 더더욱 없었다.

'어차피 잃을 시력이라면.'

지한은 테이블 위 스승의 기억스크린을 봤다. 그곳에 담긴 것은 자신이 훔친 스승의 적나라한 삶 그 자체였다.

"시력을 곧바로 잃은 건 아니라는 거죠?"

"바로는 아니었지. 하지만 긴 시간도 아니었어."

스승은 고개를 끄덕이며 답했다. 이제 남은 기억마저 자주 헷갈리는 상태였지만 처음부터 그런 것은 아니었다. 그는 잠시 뜸을 들이다, 조심스레 덧붙였다.

"이러다 기억을 다 잃겠지. 기억은 맞물려 있지 않으면 계속해서 사라지니까."

넋두리하는 그를 가만히 보다가, 지한은 생각했다. 기억을 돌려주는 일이 과연 거래에 책임을 지지 않는 일일까. 단지 죄책감을 안고 사는 것이 기억거래자로서 책임을 다하는 일일까. 잘못된 거래를 바로잡고 기억거래자의 삶을 포기하는 것. 이것이 진짜 책임은 아닐까.

지한은 시선을 옮겨 이제 무엇도 읽지 못하는 스승의 눈을 보며 또 생각했다. 당신은 다 기억해야 한다고, 당신 스스로 저지른 모든 잔혹한 짓을. 눈으로 볼 수 없다고 해서 기억하지 못하면 안 되는 거니까.

"이원후 씨."

그는 처음으로 스승의 이름을 불렀다.

"이제 거래를 끝내죠."

영선은 산장 앞을 한참 서성였다. 처음엔 문에 귀를 대고 있었지만, 특별히 들리는 소리는 없었다. 결국, 영선은 차로 돌아갔다. 그의 말대로 시동을 걸었고 다리를 덜덜 떨며 산장 쪽을 보고 있었다.

"제발……."

충격적인 이야기였다. 저 안의 노인이 지한의 스승이었고, 실은 자신의 아빠가 기억거래자가 될 뻔했다는 이야기. 그 제안을 거절했다는 이유로 목숨을 잃을 뻔했고, 겨우 살아남아 이제야 돌아온 그의 인생이 너무나 불쌍했다. 아직 아빠와의 기억이 체감되지 않는 그녀가 느낄 수 있는 슬픔은 그 정도였다. 한 사람이 또 다른 사람에게 느낄 수 있는 보통의 연민뿐이었다. 그런데도 그녀는 눈물을 흘렸고, 서둘러 지한과 함께 아빠가 있는 곳으로 돌아가고 싶었다.

그녀는 자신도 모르게 두 손을 모은 채 기도했다.

"이 악몽 같은 운명의 굴레에서, 우리가 벗어날 수 있게 해 주세요. 제발."

그녀의 '우리'에는 가족뿐 아니라 지한도 포함돼 있었다. 그녀에겐 모든 일이 꿈 같았다. 사라진 자신의 기억과 돌아온 아빠, 그들 사이에 있는 지한의 존재까지.

"종교가 있었어?"

기도를 마치기 무섭게 익숙한 목소리가 들렸다. 영선은 정신이 번쩍 들어 모은 손을 그대로 둔 채 소리가 난 쪽으로 고개를 돌렸다. 지한은 이미 운전석에 탄 상태였다.

"그런 기억은 못 읽은 것 같은데?"

지한은 숨이 조금 가빠 보였으나 후련한 듯한 표정이었다. 대답할 새도 없이 곧바로 액셀을 밟아 차를 출발시켰다.

영선은 보고도 믿기지 않아서 그의 볼을 손가락 끝으로 눌러 보았다. 손끝에 촉감이 선명했다.

"왜? 기도를 너무 깊이 해서 얼떨떨해?"

"다 끝난 거야?"

"금방 나온다고 했잖아. 내 말, 안 믿었구나?"

그가 섭섭하다는 듯 되묻는 동안, 영선은 산장을 돌아봤다. 범인을 저렇게 두고 가도 되는 걸까 불안했다. 그는 기억을 읽지 않고도 그녀의 마음을 느꼈다.

"걱정 마. 반드시 잡힐 거니까."

"진짜 다 끝난 거지?"

아직 남은 한 가지 일을 떠올렸지만, 그는 고개를 끄덕였다.

"거의?"

그녀는 그제야 미소를 지었다. 곧 조금쯤 마음이 편해졌는지 웃다 말고 하품을 했다. 스스로도 예상하지 못한 신체 반응이었다. 지한이 웃음을 터뜨렸고, 영선은 눈가에 맺힌 눈물을 닦았다.

"긴장이 풀려서 그래."

그에게 물어야 할 것이 많았다. 그렇지만 깊은 새벽이었다. 영선은 고단함을 느끼며 한 번 더 하품을 했다.

"일단 좀 자. 도착하면 깨울게."

영선은 그의 말을 들으며 금세 스르르 잠들었고, 그는 잠이 든 영선을 보며 또 미소를 지었다.

"와, 3초면 잠드는 여자였네."

이런 여자가 왜 그렇게 수면유도제를 모았을까? 생각하면 웃음이 나지 않을 수가 없었다. 그러나 그는 곧 미소를 감추고 표정을 굳혔다. 트렁크에 실려 있는 그녀의 기억스크린이 떠올랐다.

'거기가 좋겠지?'

그는 순간 시야가 뿌예지는 것을 느꼈다. 당황한 나머지 핸

들을 이리저리 비틀었다. 다행히도, 차츰 눈앞이 다시 선명해
졌다. 그는 안도하며 마음을 다잡았다.

마지막 인터뷰

Q. 나, 누구예요?

A. 짐작하고 있잖아.

Q. 내가…… 기억거래자라고? 그러니까 지난 10년간 날 지켜
보고 있었다고요?

A. (물끄러미 보며) 응.

Q. 근데 왜 이제 와 찾아온 건데.

A. 네가 준비된 거 같아서. 궁금해하기 시작했잖아. 너의 기억
이 사라진 이유에 대해서.

Q. (기가 차다는 듯) 하…….

그때, 인터뷰이가 자신의 얼굴을 기자의 얼굴에 가까이 밀착
시켰다.

A. 내 눈을 봐봐. 형태는 보여?

Q. (당황하면서도 인상을 쓰며) 흐리게는.

A. 지금 어떤 게 떠올라?

Q. 바다.

A. 어떤 바다?

Q. (어이가 없다는 듯) 어떤 바다인지까지 어떻게 알아요. 그냥 내가 떠올린 거예요.

A. 혹시 밤바다예요?

Q. (놀라서 고개를 끄덕인다)

A. (역시 놀라서 말문이 막힌다)

Q. 설마, 바다를 떠올리고 있었어요?

A. 네. 우리가 마지막으로 함께 갔던 바다요.

Q. 말도 안 돼.

A. 기억이 느껴지는 거 아닐까요?

Q. (혼란스럽다는 표정으로) 대체 갑자기 나타나서 왜 이래요? 지금껏 날 찾아온 적도 없었잖아!

A. 늘 보고 있었어.

Q. 뭐라고요?

A. 네가 원하던 삶이었으니까. 존중했어.

Q. 그럼 끝까지 존중하던가. 갑자기 왜 이러는 건데?

A. 별다른 뜻은 없어. 그냥 기회가 온 건가 싶어서 왔어.

Q. 무슨 기회?

A. 우리가 다시 함께 살아갈 기회.

9

깊은 밤을 지나면

    그와의 마지막 인터뷰를 마친 뒤, 영선은 거실 한가운데에 있는 소파에 누워 생각에 잠겼다. 그녀의 집은 젊은 상담사가 혼자 살기엔 지나치다 싶게 큰, 저택에 가까운 전원주택이었다. 그녀는 한껏 가라앉은 기분으로, 10년 전, 그가 바다에서 쓰러진 그날을 떠올렸다.

*

    그 밤, 차는 두 시간을 달려 어느 바다 해변에 도착했다. 영선에게 겉옷을 덮어준 뒤 밖으로 나온 지한은 편의점에서 커피 두 잔을 샀다. 편의점 문을 열고 나오는 순간, 그가 휘청였다. 재빨리 벽을 짚었는데, 여전히 비틀거리는 몸을 가누지 못했다. 카운터에 있던 편의점 사장이 뛰어나와 그를 부축했다.

"괜찮으세요?"

처음으로 기억을 돌려준 탓일까. 이전에는 한 번도 겪어본 적 없는 증상이었다. 그는 불쾌한 기분으로 숨을 골랐다. 차라리 극심한 고통이 낫겠다 싶은, 무기력한 느낌의 어지럼증이었다.

'설마, 벌써 증상이 시작되는 건가?'

그가 겨우 차로 돌아왔을 때, 영선은 차 안에 없었다. 주변을 둘러보는데 거짓말처럼 시야가 흐릿했다. 불과 두 시간 사이에 눈에 띄게 증상이 심해졌다.

'말도 안 돼. 이렇게 빨리?'

그는 인상을 찌푸리고서 우왕좌왕 주변을 두리번거렸다. 다행히 저 앞으로 바다를 보고 있는 영선이 어슴푸레하게 보였다.

찬수가 떠나기 전, 영선이 가족과 함께 왔던 바다였다. 이제는 기억에 없는 그 바다 앞에, 그녀가 서 있었다. 공간은 느낌으로도 기억되는 법이었다. 특히 변하지 않은 공간이 주는 느낌은 때때로 기억보다 더 충만했다.

불현듯 영선이 뒤를 돌았고, 지한과 눈을 맞췄다. 그를 보는 영선의 눈에 아직 잠이 덜 깬 듯한 피곤함과 반가움이 어렸다.

그가 미소를 지었다.

'그래도, 아직은 보이잖아.'

두 시간 전 산장에서, 그는 스승에게 모든 기억을 돌려주었다. 몸부림치며 저항하는 탓에 섬세하게 작업하긴 어려웠지만, 목적에 맞게 돌려주기 위해선 할 수 있는 최선을 다해야 했다. 기억에 혼란이 없도록, 그래서 자신이 한 모든 잘못을 정확히 기억하도록.

시력과 기억을 모두 잃게 되리라는 것을 알면서도 스승에게 먼저 기억을 돌려준 건, 망설이지 않기 위해서였다. 그녀의 곁에 머물고 싶다는 욕심이 기억을 돌려주겠다는 결심을 이기기 전에 저질러야만 했다. 그는 자신을 향해 걸어오는 영선을 보며 또 한 번 극심한 어지럼증을 느꼈다.

"커피 사 왔어?"

영선이 가까이 다가와 물었다. 그는 고개를 끄덕이며 커피를 건넸다. 그리고 차 뒤편으로 가 트렁크에서 그녀의 기억스크린을 꺼냈다. 그녀는 그 모습을 보다가 문득, '정말 기억을 돌려주려는 걸까?' 하고 생각했다.

그들은 바다가 잘 보이는 방파제를 향해 걷기 시작했다. 바닷가를 거닐면서 그는 그간 하지 않은 모든 이야기를 들려주었다. 찬수의 기억을 통해 알게 된 사실과 스승의 이야기가 일치했으며, 이제 돌아가서 작업을 시작하면 될 것 같다고. 그러면서 그는 찬수가 자신에게 알려준 클라우드의 아이디와 비밀번호를 영선과 공유했다. 만약을 대비한 일이었지만, 영선은 그

속뜻까진 알지 못했다.

영선은 그에게 들은 이야기를 정리하느라, 어느새 옆에 그가 없다는 사실도 알지 못한 채 계속해서 방파제 안쪽을 향해 걸었다.

그는 방파제 입구에서 서 있었다. 갑자기 어지럼증이 다시 느껴지기도 했고, 잠시 그 바닷가를 걷는 그녀를 눈에 담고 싶었다. 시력이 완전히 사라지기 전에, 그녀를 더 기억하고 싶었다.

영선은 누구보다 가장 힘들었을 아빠와 엄마의 고통을 생각했다. 그리고 방파제 끝에 다다라서야 옆에 지한이 없다는 사실을 깨달았다. 놀라서 돌아보니 그가 조금 떨어진 곳에서 자신을 보고 있었다.

'왜 그러지?'

그가 손에 든 무언가를 보고 있었는데, 영선은 이제 자신의 눈에 보이지 않는 그것이 무엇인지 확신할 수 있었다.

지한은 심호흡을 했다. 이제 기억을 주인에게 돌려줘야 할 시간이었다. 어느새 더 흐려진 시야로 그녀를 향해 천천히 걷기 시작했다. 유독 바람이 센 날이어서인지 불쑥 휘청이기도 했다. 두 사람은 점차 가까워졌고, 그는 그녀의 눈이 선명하게 보일 때까지 가까이, 더 가까이 다가갔다. 그러다 그만 자신도 모르게, 숨결이 느껴질 정도로 다가가고 말았다.

그가 지나치게 가까이 오자, 영선은 살짝 당황했지만 곧 웃음을 터뜨렸다.

"너무 가까운 거 아니야?"

심장이 멋대로 뛰고 있었다. 그의 얼굴이 코앞까지 왔을 땐 눈을 감아야 하나 싶어 고민하기도 했다.

고민 끝에 그녀가 눈을 감으려는 순간, 그가 말했다.

"지금부턴 내 눈을 피하면 안 돼."

"눈을 피하지 말라고?"

"이게 좀, 섬세한 작업이거든."

그는 어리둥절해하는 영선의 눈을 똑똑히 마주 봤다. 그리고 천천히 그녀의 기억스크린을 읽기 시작했다.

"돌려주는 거야?"

영선은 이내 그가 무엇을 하는지 알아차렸고, 그는 고개를 끄덕이면서도 그녀의 눈에서 시선을 떼지 않았다.

지한은 영선의 기억스크린을 하나하나 넘겨보고 있었다. 그 순간 영선도 그가 자신의 기억을 읽고 있다는 걸 알 수 있었다. 갑자기 생각지도 않았던 어린 시절의 기억이 떠올랐다. 아빠를 생각하며 우는 엄마를 보던 기억부터 엄마에게 아빠의 기억을 듣던 기억, 지한과 함께 놀던 날의 기억까지……. 그즈음 분류해둔 기억을 한꺼번에 꺼낸 것처럼, 기억이 모두 떠오르고 있었다.

영선의 질문에 말로는 대답할 수 없었다. 사실, 기억을 돌려줄 때 기억의 주인은 말을 하지 않는 편이 좋았다. 말 한마디로 인해 찾고 있던 기억이 한순간에 깊은 곳으로 숨어버릴 수도 있었고, 주인이 의식적으로 다른 기억을 떠올리면 자칫 완전히 실패할 수도 있었다.

눈앞의 기억거래자를 신뢰하는 영선은, 항해하듯 떠오르는 기억에 자신의 의식을 맡겼다. 그사이, 번뜩 아빠가 목말을 태워주던 기억이 떠올랐다.

'어?'

영선의 눈에 눈물이 고이기 시작했다. 그리고 아빠와 함께 놀이공원에 갔던 기억도, 아빠의 손을 잡고 지금 이 바다를 걸었던 기억까지도 모두 떠올랐다. 가슴 속에서 어떤 감정들이 물밀 듯이 밀려왔고, 그녀는 눈물을 흘렸다.

지한의 손에 있던 영선의 기억스크린은 어느새 사라지고 없었다. 모든 작업을 마친 지한이 안도의 숨을 내쉬었다. 예상치도 못한 완벽한 작업이었다.

완벽하게 기억이 재배열되자 순식간에 감정까지 되살아났다. 영선은 아빠가 사라지던 즈음의 기억까지 모두 떠올렸고, 그때는 흘릴 수 없었던 눈물을 쏟아내기 시작했다.

"미안해."

그녀의 눈물에, 그가 눈물을 꾹 참으며 떨리는 목소리로 말했다.

"진짜 돌려준 거야? 내 기억? 나 진짜 기억이 나. 이게 말이 돼?"

그의 말을 듣자마자 영선은 그를 와락 끌어안았다. 그녀는 여전히 눈물을 멈추지 못했다.

"미안해."

그는 자신을 꼭 안고 있는 그녀를 차마 안지 못한 채 다시 한번 말했다. 그저 모든 게 미안했다. 기억을 돌려주었기 때문에, 찬수의 죽음은 그녀에게 더 큰 고통이 될 것이었다. 그리고 그 고통을 나눠 가져야 할 자신은 모든 기억을 잃을 것이어서, 다 미안했다.

'이제야, 다 끝났네.'

또 한 번 심한 어지러움을 느꼈다. 그가 휘청거리자 영선이 힘을 더 세게 주어 끌어안았다.

"너 왜 그래?"

영선이 놀라서 그의 얼굴을 확인하려 했지만, 그는 잡을 틈도 없이 그대로 쓰러지고 말았다.

"이지한!"

쓰러지는 그의 귓가에 영선의 외침이 들렸다.

'미안해.'

영선과 다시 만난 날부터, 그녀를 울렸던 순간, 그리고 그녀가 자신을 향해 웃었던 모든 순간이 파노라마처럼 스쳐 지나갔다.

'마지막으로 떠오르는 건가.'

그 기억들을 끝으로 기억스크린이 뒤죽박죽 섞이기 시작했고, 그는 결국 정신을 잃고 말았다.

그는 병원으로 이송됐고 원인을 알 수 없는 의식 저하로 인해 일주일 가까이 의식을 되찾지 못했다. 그사이 은숙이 왔고, 영선은 그가 걱정스러웠지만 찬수의 임종이 가까워졌다는 연락을 받고 일단 호스피스 병원으로 돌아갔다. 적어도 지한은 목숨이 위험한 상황은 아니었기 때문에 찬수의 임종을 지킨 뒤 돌아오면 모든 게 원래의 상황으로 돌아갈 거라고 믿었다.

찬수는 곧 세상을 떠났다. 한동안 슬픔에 잠겨 정신이 없었던 그녀는 지한이 공유한 찬수의 클라우드 속 영상을 보고 또다시 오열했다. 얼마 후, 경찰이 그녀의 가족을 찾아왔다. 이원 후에 관한 고소 건이 이미 접수된 상태라고 했다. 접수한 사람은 찬수가 동의한 대리인 이지한. 슬픔에 잠겨 한동안 지한을 잊고 있었던 영선은 드디어 깨어난 건가 싶어 그가 입원한 병원으로 달려갔다.

그러나 그곳에 그는 없었다. 은숙에게 연락해보니 퇴원 후 집으로 데려왔다고 했다. 영선이 바로 찾아가겠다고 하자 은숙은 그녀를 말렸다.

"영선아, 미안한데 지금은 오지 않는 게 좋을 것 같아. 일단, 우리 따로 좀 만나자."

은숙은 또다시 시작된 고통에, 깊은 슬픔에 잠겨 있었다.

오랜만에 영선을 만난 은숙은 이내 눈물을 터뜨렸다.

"지한이가 아무것도 기억을 못 해."

그녀는 아들이 열다섯 살 되던 해의 악몽을 다시 겪는 중이었다. 문제는 그게 전부가 아니었다.

"그리고……."

말을 잇지 못하고 또 한동안 눈물을 흘렸다. 그리고 비로소 눈물을 그친 그녀가 말했다.

"앞을 못 봐."

＊

긴 기다림 끝에 영선은 기자가 된 지한에게 먼저 연락했다. 인터뷰를 마친 뒤, 영선은 끝으로 그에게 명함을 내밀었다.

"언제든, 더 알고 싶은 게 생기면 연락해요."

명함을 받는 순간에도 그는 무언가 망설이듯 주춤거릴 뿐이었다.

돌아가는 지한의 뒷모습을 보며 영선은 다짐하듯 되뇌었다.

'괜찮아. 연락 올 거야. 전에도 그랬어. 나에 대한 기억이 없
는데도, 날 찾아왔어.'

홀로 남은 영선은 소리 내어 울고 말았다. 그토록 기다린 재
회였지만, 예상했던 일이었지만, 정말 아무것도 기억하지 못하
는 그를 마주하는 건 너무나 고통스러운 일이었다. 차라리 멀
리서 지켜볼 때는 마주하지 않아서 실감하지 못했던 것들을 그
하루 만에 모두 체감한 것이었다.

인터뷰를 한 다음 날, 영선은 심한 몸살을 앓았다. 그리고 그
가 연락해 온 건 그다음 날이었다.

서영선 씨, 이지한 기자입니다.

더 묻고 싶은 게 있는데 뵐 수 있을까요?

생각보다 더 빠른 연락에 영선은 하루를 꼬박 앓았던 게 억
울할 만큼 재빠르게 털고 일어났다. 황당하면서도 너무나 기
뻤다.

영선은 눈물과 함께 웃음까지 터뜨리며 중얼거렸다.

"그것 봐. 넌 날 찾아오게 돼 있다니까."

약속 한 시간 전부터 영선은 휴대폰을 든 채 정원을 서성이
고 있었다.

"영선아, 좀 앉아 있어."

지영과 함께 음식을 준비하던 은숙이 그녀를 진정시켰지만

소용없는 일이었다.

약속한 시간보다 10분 일찍 지한이 도착했고, 영선은 그제야 안도하며 대문으로 마중을 나갔다.

"어서 오세요."

"너무 빨리 왔나요?"

그가 복잡해 보이는 얼굴로 물었다. 영선은 고개를 저었다.

"그럴 리가. 너무 오래 걸렸어요."

그에겐 며칠이었지만, 그녀에겐 10년의 시간이었다.

그들은 정원에 세팅된 테이블에 앉았다. 두 사람의 엄마들이 만들고 차려준 음식들이었다. 그는 얼핏 봐도 규모가 꽤 큰 정원을 두리번거렸다. 집이라고 들었는데, 아무리 생각해도 평범한 젊은 여자가 혼자 살기엔 너무 크다 싶은 집이었다.

'결혼을 했나?'

뭔가를 궁금해하는 그의 표정에 영선은 웃음이 났다. 인터뷰할 때부터 영 적응이 되지 않는 점이었다. 그가 뭔가를 궁금해한다는 사실이 아직도 어색했다.

"왜 그러세요?"

그녀가 웃자 그가 물었다.

영선은 10년 전의 그를 떠올렸다. 그는 대답보단 질문을 편해하던 사람이었다. 게다가 이렇게 사소한 것은 굳이 일일이

물을 필요가 없던 사람이었다. 그래서 행간이 없는 그의 질문은 늘 영선을 어리둥절하게 했고, 그가 기억을 읽는다는 사실을 안 뒤에야 그녀는 그와의 대화를 조금은 이해할 수 있었다.

'겨우 이해했는데.'

조금쯤 이해했다고 생각한 즈음, 그는 거짓말처럼 기억을 잃었고 시각도 잃었다. 영선은 그 원인이 자신이라고 추측하고 있었다.

임종 전, 찬수가 마지막으로 한 말이 있었다. 그는 마지막으로 지한을 찾았다. 영선은 울면서 지한의 소식을 전했다. 그가 갑자기 의식을 잃었다고. 찬수는 딸의 기억을 천천히 읽었다.

"의식은 돌아올 거야. 하지만 기억은 찾지 못하겠지."

찬수는 영선의 눈을 물끄러미 봤다. 그리고는 다 안다는 듯 고개를 끄덕이며 보태어 말했다.

"그 애를 좀 지켜봐줘. 날 위해서 많은 걸 했고, 모든 걸 걸었어. 그런 사람은 잊고 사는 것보단 품고 사는 게 너에게 더 풍요로울 것 같아서 그래. 그냥 네가 할 수 있을 때까지만, 그 애를 기억해줘."

찬수의 말대로 기억하며 기다린 끝에, 그녀는 지한을 다시 마주했다. 자신의 앞에 그토록 기다린 지한이 앉아 있었다. 영선은 오랜만에 떠오른 아빠의 생각에 울컥 눈물이 날 것 같았다. 그 모든 슬픔과 감동, 기쁨을 돌려준 그가 자신의 앞에 있었다. 그녀에겐 기적 같은 순간이었다.

"정원, 어때요?"

영선은 그가 눈치채지 못하게 넘치던 눈물을 닦으며 물었다.

그는 시각 외의 감각으로 그 정원을 느끼는 중이었다. 보이진 않아도 분명 정갈하게 잘 조경된 정원 같았다. 걸어오는 내내 밟히던 잔디의 길이도 적당했고, 숲에 와 있는 것처럼 어쩐지 공기도 좋은 것 같았다.

"좋은데요?"

그 대답을 듣자 비로소 마음이 좀 놓였다. 지난 10년, 영선은 그의 집을 가꾸며 살아왔다. 이 집은 그가 영선의 아파트로 이사 오기 전에 홀로 살던 집이었다. 혹시라도, 언제라도 돌아왔을 때 그가 기억하길 바라며 정원의 구조는 물론 집 안의 인테리어 하나 손대지 않았다.

"어떻게 지냈어요?"

이번엔 그가 물었다. 오래 고민한 끝에 찾은 첫 질문이었다. 기자로 살아온 시간 동안, 그에게 첫 질문은 늘 중요했다.

"그러니까, 지난 10년을 말하는 거죠?"

그녀는 곰곰이 생각한 끝에 말했다. 지한이 고개를 끄덕였다. 그녀는 마치 그 시간의 숨을 한 번에 고르듯, 크게 숨을 내쉬었다.

"아주 바빴죠."

처음엔 찬수를 잃고 지한의 상태까지 호전되지 않자 극한의 고통을 겪었다. 그러나 점차 지한이 살아있다는 사실에 감사함을 느꼈다. 살아있으니까, 기회는 있을 것이라고 믿었다.

찬수가 세상을 떠나고 한 달 뒤, 이원후가 구속됐다. 그가 잡히는 데에는 지한이 제출한 증거 자료가 큰 역할을 했다. 그 사실을 뒤늦게 안 영선과 지영은 또 한 번 눈물을 쏟아야 했다. 그는 감옥에서 채 1년을 살지 못하고 세상을 떠났는데, 그가 시력을 잃은 상태였다는 건 교도관들도 사후에야 알게 됐다고 했다.

그로 인해 영선은 어쩌면 원후의 상태와 지한의 상태에 공통점이 있는 것은 아닐까 추측할 수 있었다. 그 후로도 영선은 지한이 시력을 잃은 이유를 찾기 위해 팔방으로 뛰어다녔으나, 그녀가 찾을 수 있는 자료는 많지 않았다.

영선이 지한을 다시 본 건 그로부터 1년이 지나서였다. 은숙에게서 오랜만에 연락이 왔다.

오늘 지한이랑 공원 산책할 거야.

그가 비로소 일상을 시작했을 즈음이었다.

지한이 은숙의 손을 잡고서 공원을 걷고 있었다. 기억을 모두 잃었지만, 시력도 잃은 탓인지 오히려 은숙을 엄마로 잘 받아들인 듯했다. 멀리서 그를 보던 영선은 눈물을 터뜨렸다.

그는 1년 가까이 병원 치료와 요양을 계속했으나 시력과 기억 모두 되찾지 못했다. 가끔 꿈에 나타나는 여자가 있었지만, 시력이 저하된 탓에 그 사람을 찾겠다고는 생각조차 하지 못했다. 무기력증이 그를 덮쳤고, 병원을 갈 때를 제외하곤 집을 나서지 않았다. 그날은 그러던 그가 돌연 엄마에게 이렇게 물은 날이었다.

"엄마, 우리 산책할까?"

은숙은 터져 나오는 눈물을 참으며 아들의 손을 꼭 잡았고, 이내 영선을 떠올렸다.

그 1년 사이, 영선이 지한을 볼 기회는 많았다. 원한다면 언제든 볼 수 있었다. 그러나 영선은 그때도 그의 영역을 침범하지 않고 기다렸다. 앞이 보이지 않아 주변을 잔뜩 경계하며 살고 있는 그를 무시하고 싶지 않았다.

비로소 전보다 수척해 보이는 그를 가까이에서 봤을 때, 영선은 눈물을 터뜨리고 말았다. 그의 눈동자는 옅은 회색에 가까워 보였는데, 아무래도 시력을 잃은 탓인 것 같았다.

"엄마, 뭐 마시고 싶지 않아?"

한참을 걷던 그가 은숙에게 말했다. 은숙은 그를 데리고 카페로 가려 했으나, 그는 벤치에서 기다리겠다고 했다.

"그냥, 좀 이렇게 있고 싶어서."

그는 가만히 눈을 감았고, 귓가에 들려오는 모든 소리를 들었다. 바람 소리, 새와 아이들이 재잘거리는 소리, 아이를 다그치는 여자의 목소리도 들렸다. 누군가 걸어가는 소리와 자전거가 지나가는 소리를 들으며 그는 주변 상황을 추측할 수 있었다.

그러다 유난히 천천히 걸어오는, 누군가의 발소리에 귀를 기울였다. 점차 가까워지던 소리가 한순간 멈춰 사라졌다. 그는 눈을 떴다. 누군가 옆자리에 앉는 느낌이 들었다. 그는 그쪽으로 고개를 돌렸다. 형체도 보일까 말까 할 정도로 눈앞이 뿌옜지만, 누군가가 곁에 있다는 것을 알 수 있었다.

'지나가던 사람이겠지.'

그곳은 공원이었다. 벤치에 다른 사람이 앉는다고 해서 이상할 건 없었다. 그는 놀라지 않았고, 자신이 놀라지 않았다는 것을 느끼며 깨달았다. 이제 나도 일상을 살아갈 수 있겠구나.

기억도 시력도 잃었지만 그는 일상에서 일어나는 모든 일을 어렴풋이 이해했다. 기억이 감각으로 남은 것처럼, 어떤 감각을 통해 외부의 자극을 느끼고 있었다.

같은 벤치에 앉은 영선은 모른 척 앞을 보고 있었다. 오랜만에 그의 존재를 가까이서 느끼고 있었다. 그날은 늘 멀리서만 지켜보던 그녀에게도 어떤 용기가 솟아났는데, 눈을 감은 그의 얼굴에서 어떤 평화가 느껴진 탓이었다. 그에게 좋은 길이라면, 영선은 언제까지고 조금 멀리서 바라볼 생각이었다.

은숙은 늘 영선에게 말했다. 잊고 살아야 한다고, 너까지 힘들 필요 없다고. 그러나 그날 이후 영선은 확신을 갖고 은숙에게 말할 수 있었다. 시간이 얼마가 걸리든, 우린 잘해낼 거라고.

그러나 그녀가 그만을 위해 살아온 것은 아니었다. 그녀는 대학원에 진학했고 상담사로 살기 위한 준비를 비로소 시작했다. 또 1년 뒤 지한이 대학에 진학하면서부터 그녀의 일정은 더더욱 바빠졌다. 그가 한창 대학을 다닐 때, 그녀는 그가 다니는 대학의 상담 센터에서 실습을 했고, 그가 동기들과 점심 먹는 모습을 5분이라도 보기 위해 수시로 멀리서 지켜봤다. 그녀는 그가 졸업하는 날도, 멀리서 그를 보고 있었다.

그는 기억거래자로 살 때보다 편안해 보였고, 훨씬 잘 웃었으며, 어려운 일을 끝까지 해내는 인내심으로 대학을 졸업했다. 물론 그가 취업을 하고, 그녀도 취업하면서부터는 그를 보는 일이 전처럼 쉽지는 않았다. 그럼에도 그녀는 한 달에 한 번 이상 그를 보러 가는 것을 잊지 않았다.

대뜸 '내가 누구다!' 하고 나서고 싶은 적이 없던 건 아니었다. 어떤 날은 자신을 바라보던 그가 너무 그리워서, 불쑥 눈물을 흘리기도 했다. 그러나 평범한 나날을 살아가는 그를 응원하고 싶었다. 자신이 나타나면 그 모든 일상이 뒤틀릴 것을 알았기에, 애초에 없는 사람처럼 살아가야 했다.

그러다 어느 날, 그의 트위터에 그 글이 올라왔다.

누군가 내 기억을 훔쳐 갔다면.

그 글은 5분 만에 그의 피드에서 사라졌지만, 영선은 그에게 어떤 호기심이 피어나기 시작했다는 걸 알 수 있었다.

'이제 궁금해지고 있구나.'

그녀가 기다려온 때였다.

그 무렵 그녀는 프리랜서 상담사로 근무하고 있었고, 비교적 자유롭게 그를 찾아갈 수 있었다. 그녀는 고민 끝에 그에게 쪽지를 보냈다.

기억을 훔칠 수 있다고 생각하세요?

그의 답은 하루 만에 왔다.

그런 존재가 있다면, 가능할지도요?

보통의 사람이라면 쉽게 흥미를 느낄 것 같지 않은 주제에, 그는 덥석 관심을 보였다. 영선은 답장을 보냈다.

그런 사람을 기억거래자라고 해요.

그 답을 시작으로 그들의 인터뷰가 시작된 것이었다.

*

영선의 이야기를 모두 들은 그는 한동안 말없이 생각을 정리했다.

"어떻게 그렇게 할 수 있었어요? 10년이라는 시간을, 어떻게 나만."

겨우 정리를 마친 그가 물었다.

"계속 이지한 씨만 생각하며 힘들게 산 거 아니고요. 나도 내 공부했고, 지금도 일하고 있고, 쉬엄쉬엄했어요."

그는 그녀의 담담한 대답이 더 신기했다.

"누군가를 기다린다는 건 그렇게 에너지를 분배해서 할 수 있는 게 아니잖아요."

물론 영선이라고 해서 자신의 긴 기다림을 머리로 이해할 수 있는 건 아니었다.

"나도 신기해요. 근데 잊히지 않는데 어떡해요. 당신이 마치 자석처럼 내 신경을 자꾸만 끌어당기는데, 나는 그냥 이지한 씨의 삶을 존중했어요. 평범하게도 살아봤으면 해서. 맞다. 날 원망했었죠? 왜 이제 와서 이러느냐고."

그는 무안한 듯 머리를 긁적였다.

"그날은 너무 놀라서……."

예민하게 구는 그를 보며 영선도 한 가지 각오를 해둔 상태였다.

"변한 건 아무것도 없어요. 과거를 알았다고 해서 이제 와 이지한 씨가 다시 기억거래자로 살 수 있는 것도 아니고. 이대로 살고 싶으면 살아요. 누구도 당신의 삶을 방해하지 않을 거예요. 오늘 여기에 다시 온 걸 보면 적어도 날 믿는 거잖아요. 이유는 모르겠지만, 그냥 믿어지는 거죠?"

지난 10년, 그는 기억을 읽을 때보다 더 타인을 잘 믿게 됐다. 누군가를 대할 때면 예민한 감각으로 나름의 확실한 느낌을 받았다. 다만 그것을 눈으로 볼 수 없기에 굳이 감정을 드러내지 않고 수더분한 척 살았던 그였다. 예민하게 굴어봤자 얻을 이득이 없어서 더 그랬다.

그런 그가 영선을 만나 처음으로 타인에게 감정을 드러냈다. 엄마 은숙이 아닌 그 누구에게도 보인 적이 없던 모습이었다. 영선은 어쩐지 느낌만으로 설명되지 않는 사람이었다. 그럼에도 그는 그녀가 안전한 사람이라는 것을 어떤 감각으로 느끼고 있었다.

"아무래도 대부분을 느낌으로 판단하긴 해요. 서영선 씨는 안전한 사람인 것 같아요. 그런데 좀 특이하다고 생각하고 있어요."

그는 자신의 예민한 모습에도 당황하지 않던 그녀가 이상하다고 생각했다.

"그런데 그건 알아요? 잘 볼 수 없는 사람이 자신의 느낌에 확신한다는 것도 꽤 특이하다는 거."

영선이 다시 캐물었다. 그의 흔들림 없는 회색 눈동자가 유독 투명하고 깊어 보였다.

"그게 내가 기억을 읽는 사람이었던 것과 관련이 있나요?"

그녀는 고개를 끄덕였다. 그가 알아채지 못하리라는 걸 알면서도, 마치 그가 보고 있는 것처럼 그랬다.

"당신은 여전히 읽을 수 있을 거예요. 눈이 회복되지 않아서 어려운 것뿐이지."

"인터뷰 때 그랬죠. 느껴보라고. 내가 지금도 기억을 읽고 있다고 생각해요?"

"아니요. 선명히 읽진 못하겠죠. 근데 느낄 순 있다고 생각해요. 이지한 씨가 기억을 잃은 뒤, 나도 진짜 많이 찾아보고 연구했거든요. 당신의 능력은 초능력이니까, 완벽히 보이진 않아도 무언갈 느낄 수 있지 않을까 해서. 느낌으로 안도하는 데에도 이유가 있지 않을까요?"

그는 또 한 번 변화의 갈림길에 섰다. 몇 년 전 겨우 세상 밖으로 나온 즈음, 많은 사람의 도움을 받아 수능을 봤다. 그렇게 대학에 진학하고 기자로서의 삶을 꾸려가고 있었다. 그런 그에게, 그녀의 등장은 당황스러웠다. 솔직히 말하자면 허전했던 어떤 부분이 비로소 채워지는 것도 같았다.

그래서 결국 그녀를 찾아왔고, 솔직하게 전부 털어놨다.

"서영선 씨가 내 과거를 알고 있고, 그게 내 진짜 모습이라면, 이제 와 어떻게 해야 할지 모르겠어요. 그때 나는 눈도 잘 보이고 건강했을 텐데, 지금은 아니잖아요."

"언제나 누군가의 도움이 필요하고요."

영선이 고개를 끄덕이며 말했다.

"네."

지한은 순순히 인정했고, 영선은 불쑥 웃음을 터뜨렸다.

"재밌네요. 내가 알던 이지한은 누군가에게 굳이 마음을 털어놓지도, 누군가의 마음을 묻지도 않던 사람이었거든요. 그 사람은 기억을 통해 모든 걸 보니까, 굳이 물을 필요도, 설명할 필요도 없었어요."

그는 또다시 당황했다.

"지금의 나랑 비슷하네요?"

그의 물음에 그녀는 강하게 고개를 끄덕였다. 이번 몸짓은 그에게도 보이게 하고 싶었다.

"맞아요. 실은 다르지 않아요. 지난 10년의 당신이야말로 정말 예민한 사람이 아니었을까요? 보이지도, 읽히지도 않는 것들을 느끼면서 살아야 했으니까."

그 순간에도 그는 영선에게서 흐리지만 어떤 느낌을 받고 있었다. 어쩐지 그녀에게서 바닷소리가 들리는 것도 같았다.

"어떤 마음인 거예요? 나를 보는 마음. 첫사랑 말고요. 그건 이미 지나간 거잖아요."

그는 영선이 인터뷰에서 자신을 '첫사랑'이라 표현한 것을 기억하고 있었다.

"맞아요. 그건 초등학교 때였으니까. 그럼, 이건 어때요? 첫

사랑의 연장선."

곰곰이 고민하던 그녀가 답했다. 그녀는 말하고서 좀 머쓱해했다.

'너무 집착하는 것처럼 보이려나?'

그러나 멍하니 생각에 잠긴 그를 보자 걱정은 잦아들었고 곧 웃음이 터졌다.

그는 그녀가 지금도 자신을 좋아한다는 건지, 아니면 첫사랑의 여운이 가시지 않았다고 말하는 것뿐인지 알 수 없어 궁금했다. 어느 쪽이든 그녀의 자유라는 걸 알면서도 어쩐지 초조했다. 이왕이면 전자이면 좋겠다 싶었는데, 또 한편으론 후자여서 그녀가 좀 더 편안해지는 것도 나쁘지 않겠다고 생각했다.

영선은 그런 그를 물끄러미 볼 뿐이었다. 그와 다시 마주 보게 된 것만으로도, 그녀는 감사하고 있었다.

그 후로도 둘은 자주 만났다. 지한이 궁금한 게 생길 때도, 영선이 그를 보고 싶어 할 때도, 주저 없이 만나고 또 만났다. 영선은 그가 궁금해하는 지난 이야기를 들려주었고, 지한은 자신의 팔에 몸을 기댄 채 이런저런 이야기를 하는 그녀를 가만히 느끼는 일이 늘어갔다.

그렇게 석 달이 지났을 즈음, 영선은 지한에게 자신의 집의 비밀을 알려주었다.

"실은, 그 집은 네 집이야."

그녀가 이 집에 대해 알게 된 건 그가 기억을 잃은 지 2년쯤 지났을 때였다. 그의 변호사에게서 연락을 받았다.

"당부가 있으셨거든요. 자신이 1년 넘게 연락이 되지 않으면 서영선 님을 찾아가라고요. 원하시면 재산을 양수하실 수 있습니다. 대신 이지한 님의 건강이 회복될 때까지 재산을 관리해 주셔야 합니다. 관리는 10년이 의무고요. 이후에 그만하고 싶다고 말씀하시면 순서에 따라 어머님께 의무가 양도됩니다."

"이지한 씨는 살아있어요. 그 사람의 재산을 관리할 권한만 가질게요. 다 회복되면 당연히 그 사람이 다시 가져가야 해요."

처음엔 은숙에게 이 사실을 알릴까 싶었으나, 그의 정체를 모르는 그녀에겐 큰 혼란이 될 수도 있었다. 지한은 살아있었고, 자신의 정체를 아는 사람이 필요했을 것이었다. 다만, 그가 은숙에게 주기 위해 만들어둔 통장은 바로 전달했다. 거액이 든 통장을 본 은숙은 기겁했지만, 영선은 어색한 미소를 지으며 넘겼다. 돈의 출처에 대해선 모른 척할 수밖에 없었다.

그는 기억을 잃기 전 자신이 처리해놓은 일들을 알게 되자 깨달았다.

'내가 사랑했던 여자구나.'

자신이 그녀를 얼마나 신뢰했었는지를, 과거의 행적을 통해서도 확신할 수 있었다.

"그 집, 이제 돌려줄게."

영선이 그에게 말했다. 언젠가 꼭 그를 마주 보며 하고 싶은 말이었다. 그 말을 할 수 있어서, 그녀는 진심으로 행복했다.

"내가 할 일은 다 한 거다?"

영선은 그렇게 그에게 모든 것을 되돌려줄 생각이었다.

"네 집을 빼앗을 순 없어. 네 집이야. 내가 너에게 준 거니까."

"아니야. 난 너랑 아줌마한테 사실대로 다 말하지 못하는 게 늘 미안했어. 근데 그 집을 비워둘 수도 없어서 그동안 들어와 살았고, 덕분에 편하게 지냈어. 엄연히 말하면 내가 신세 진 거야."

그는 그녀의 결심에 동의하지 않았다. 당장에라도 명의를 바꿔주겠다고 했고, 자신에게는 이 집이 아무 의미도 없다고 했다. 그의 말에는 '네가 없으면'이라는 전제가 있었다.

지한이 계속해서 고집을 부리자, 답답해하던 영선이 제안했다.

"그럼 같이 살아."

그는 멍하니 그녀를 봤고, 그의 시선이 이상하다는 것을 느낀 영선이 재빨리 덧붙였다.

"물론! 엄마들도 같이. 나도 엄마랑 같이 살잖아!"

지한은 선뜻 결정하지 못했다. 결국 선택은 엄마들에게 맡

기기로 했다.

고심 끝에 지영과 은숙도 좋다는 데에 뜻을 모았다. 지한이 쓰던 방은 늘 비어 있던 상태였기 때문에 방을 정하는 일에도 문제는 없었다.

"이제 같이 사는 거다?"

영선은 신이 난 얼굴로 물었고, 그는 잠시 망설였지만 곧 그녀의 손을 꼭 잡았다.

"그래, 같이 가자."

그렇게 두 가족의 합가 프로젝트가 시작됐다.

몇 달 후, 지한은 은숙과 함께 자신의 집으로 돌아왔다. 그러나 크게 변한 것은 없었다. 영선과 지영의 방도 그대로였다. 지한과 은숙의 방이 새로 꾸며졌을 뿐이었다.

지한은 혼자 살았다기엔 정말이지 커 보이는 자신의 집을 둘러보면서 생각했다.

'외로웠겠네, 과거의 이지한.'

지난 10년, 그는 불편했다. 보이지 않는 것도, 기억이 없는 것도 불편했다. 하지만 외롭다는 생각은 해본 적이 없었다. 때때로 마음이 허전했지만 못 견딜 정도는 아니었다. 분명 그랬는데, 영선을 다시 만난 뒤 알았다. 어쩌면 불쑥불쑥 자신의 주변을 맴돌았을 그녀가 있어서 외롭지 않았는지도 모른다는 것을.

네 사람은 함께 종일 짐을 옮겼다. 얼추 짐이 정리되자 영선은 그에게 보여줄 곳이 있다며 손을 잡고 이끌었다.

"눈 감아봐."

"나 놀리는 거야?"

그는 어이가 없었다. 그러나 그녀의 요구에도 이유가 있었다.

"진심이야. 이 방문을 열기 전엔 눈을 감아야 한다구."

가뜩이나 보이지 않는 사람에게 눈까지 감으라니 너무하다 싶었지만, 일단은 그녀의 요구를 들어주기로 했다. 그가 눈을 감자, 영선이 두 손을 맞잡은 채 그를 데리고 방 안으로 들어갔다.

영선은 자신의 눈에는 아무것도 보이지 않는 책장을 둘러보며 미소를 지었다.

"이제 눈 떠도 돼."

그는 천천히 눈을 떴고, 순간 화들짝 놀랐다. 분명 아무것도 보이지 않아야 하는데, 이상할 정도로 많은 장면이 한꺼번에 허공을 떠다니는 것 같았다. 그는 어쩐지 손에 잡힐 것 같은 장면들을 향해 손을 뻗었다.

"이게 뭐야?"

그가 어안이 벙벙한 표정으로 한발 물러나며 물었다.

"손에 잡혀?"

영선은 대답하지 않고 언젠가 그가 마임을 하듯이 기억스크린을 잡던 모습을 떠올리며 도리어 물었다.

"응."

그는 그것이 닿았던 자신의 손끝을 비비며 답했다. 기억을 잃은 뒤 처음으로 기억스크린을 잡아본 그였다.

"그게 어디 있어?"

그녀는 궁금했다. 기억스크린을 만진다는 건 어떤 기분일까.

"여기저기에 잔뜩 있는 거 같은데?"

쉴 새 없이 주변을 두리번거리는 그를 보며, 영선은 그의 손등 위에 자신의 손을 포갰다.

"다시 잡아봐."

그것이 기억스크린이라는 것도 모른 채, 그는 그녀의 말대로 일단 얼핏 보이는 기억스크린 하나를 잡았다. 그의 손가락이 구부러지자, 영선은 놀라서 그를 봤다.

"잡은 거야?"

"이게 뭔데?"

"기억스크린."

영선이 눈을 빛내며 말했다. 10년 전에 그가 알려준 그것을, 이제는 그녀가 알려주고 있었다.

그는 손으로 잡은 기억스크린을 눈 가까이 가져왔다.

"이게 내 기억이야?"

여전히 혼란스러운 표정이었다. 영선은 그가 어떤 기억스크린을 들고 있는지 알 수 없었으므로, 더 심각해지기 전에 사실을 말해주기로 했다.

"절대 아니야."

단호한 영선의 대답을 듣고, 지한은 문득 깨달았다.

"설마 내가 거래했다는 기억?"

영선도 같은 것을 보고 있다고 믿는 눈치였으므로, 그녀는 서둘러 사실대로 설명해주었다.

"아마 그럴 거야. 그런데 사실 내 눈엔 안 보여."

영선은 지한이 살던 710호의 서재에 있던 책꽂이를 그대로 이 방에 들여다 놓았다. 기억스크린이 꽂힌 책꽂이를 옮기는 건 보통 일이 아니었다. 이삿짐을 옮겨주던 직원들에게 무조건 눕혀서 가야 한다고, 먼지 하나 빠져나오면 안 된다고 목을 놓아 소리쳐야 했다.

누가 봐도 이해하기 어려운 상황이었다. 아무것도 없는 책장을 나르는데, 영 이상한 요구를 반복해야 했다. 어디에 부딪히면 안 된다는 것도 아니고 책장 칸에서 먼지 하나 떨어지면 안 된다니, 다시 생각해도 어처구니없는 상황이었다. 그녀는 그렇게 책장을 지금의 집에 옮겨놓고도 늘 불안했다. 정말, 이 책장에 뭔가가 있긴 할까. 수년이 지나서야 그녀는 그날의 야단법석이 효과가 있었다는 걸 알 수 있었다.

그 또한 비로소 알 수 있었다. 그간 타인에게서 받았던 느낌과 어떤 상상이 이곳의 기억스크린을 보는 것과 비슷했다는 것을.

"기억을 느끼는 게 맞는 거 같아. 네가 말하는 모든 게 상상처럼 떠올랐을 때만 해도 확신하지 못했는데, 여기 있는 기억스크린을 보고 나니 다 알 것 같아. 나는 늘 이상했거든. 왜 상상마저 이렇게 뿌연 걸까. 결국, 다 읽고 있었나 봐. 시력이 나쁘니까 정확하겐 못 읽어도, 느낌으로 계속 읽었던 건가 봐."

영선의 예상대로 기억을 읽는 그의 능력은 사라지지 않았고, 이후로도 그는 초능력을 활용해 시력으로 다 알 수 없는 것들을 더 많이 느꼈다. 덕분에, 여전히 잘 보이진 않아도 무언가에 확신을 하며 덜 불편하게 살아갈 수 있었다.

그들은 거의 매일 저녁을 함께 먹었고, 때때로 함께할 수 없는 시간에도 서로를 생각하며 살아갔다. 늦은 밤에 퇴근할 때도 조용히 서로의 방문을 열어보았고, 어떤 날은 잠든 상대의 얼굴을 한참 동안 보기도 했다.

그해 여름, 그들은 함께 휴가를 떠났다. 지한은 기억하지 못하지만 영선은 기억하는 바다에서, 그들은 많은 이야기를 나누었다. 엄마들이 먼저 잠을 청한 뒤에도 두 사람은 손을 잡은 채 나란히 방파제를 걸었다.

짙은 어둠 속, 지한에겐 멀리서 비추는 등대의 빛이 전부인

밤이었다. 그럼에도 그녀와 손을 잡고 있어서 걸어가는 길이 두렵지 않았다.

영선은 10년 전 그날을 바로 어제 일처럼 기억했다.

"아직도 기억나. 네가 여기서 쓰러졌어. 얼마나 놀랐는지. 그게 날 기억하는 너와 마지막으로 보내는 시간일 줄은 상상도 못 했는데."

그녀의 목소리에 슬픔이 묻어나서, 그는 잡은 손에 힘주었다.

"미안해. 기억을 못 해서."

"근데 진짜 신기한 게 뭔지 알아? 그때도, 지금도, 기억 하나 없이 날 찾아온 건 결국 너야. 넌 언제나 그랬어."

파도가 잔잔한 밤이었다. 영선은 그의 손을 꼭 잡은 채 말했다.

물론 지한은 아직 모든 말을 이해할 순 없었다. 그러나 그는 영선을 기억하던 그때의 눈빛으로, 그녀를 바라보고 있었다.

그녀는 그와 함께했던 지난 10년을 떠올렸다. 그는 기억거래자였고, 기억거래자임을 잊었고, 지금 다시 그 무엇도 아닌 모습으로 그녀에게 왔다. 그렇게, 그들의 시간은 다시 시작되고 있었다.

"왜 이렇게 행복하지?"

그녀의 말에 그가 투명한 회색 눈동자로 그녀를 바라보았다.

영선은 순간 깨달았다. 그의 눈빛은 10년 전과 다르지 않다는 것을. 그녀는 지한이 처음으로 자신을 찾아온 날을 떠올렸다. 영선이 자신을 기억하지 못한다는 것을 알면서도, 비로소 찾았다는 듯 안도하던 그 눈빛. 그는 흐린 시야 너머로 그녀의 눈이 반짝하고 빛나는 것을 보고 있었다.

영선은 마주한 그의 눈빛을 보며 생각했다.

'찾았다, 이지한.'

에
필
로
그

영선은 가끔 주변을 돌아보는 버릇이 생겼다. 이유 모를 꺼
림칙한 기분이 들 때마다, 혹시 다른 기억거래자가 나를 보고
있는 것은 아닐까, 불안했다.

그녀의 예상은 반은 맞았고, 반은 틀렸다. 그녀를 감시하는
시선이 있었지만, 기억거래자는 아니었다. 영선의 주변을 맴도
는 이는 기억거래본부의 수장인 K였다.

K는 수년 전 세계 최초로 기억이식술을 개발했다. 그러나 밀
려오는 의뢰에 행복해하던 것은 잠시뿐이었다. 의뢰인들이 원
하는 기억을 찾아내는 일은 좀처럼 쉽지 않았다. 한국의 마지
막 기억거래자였던 이지한의 증발로 인해.

솔직히 말해, 그녀는 좀 어이가 없었다. 적어도 후계자는 키
워놓고 관두는 것이 이 바닥의 상도의였다. 그녀는 과학자였

고, 능력 있는 연구자였지만, 기억을 읽는 초능력은 갖지 못한 사람이었다.

그녀는 지한을 복귀시킬 방법을 강구했다. 의학 기관과 협업해 지한의 눈을 고치기 위한 또 다른 연구를 시작했고, 이제 연구는 막바지에 이르렀다.

'시력을 되찾아준다는 조건으로, 이지한을 다시 데려와야 해.'

그는 그녀를 본 적이 없지만, 그녀는 그가 열다섯 살일 때부터 그를 알게 모르게 지켜봐왔다. 언제나 감시하고 있었기에, 어렵지 않게 찾을 수 있을 것이었다.

K는 영선의 주위를 맴돌며 지한의 뒤를 밟았다.

"시력을 되찾을 방법을 찾았어."

이윽고 K는 다짜고짜 지한을 찾아왔다. 그들은 한적한 카페에 마주 보고 앉아 있었다.

"아직 임상 중이긴 한데, 성공하면 네가 가장 먼저 받을 수 있게 해줄게."

지한은 곧바로 대답하지 않았다. 무미건조한 표정으로 멀뚱히 있을 뿐이었다. 앞에 앉은 사람이 누구인지 먼저 알아야 했지만, 어느 정도 짐작은 하고 있었다. 영선에게 '기억거래본부'라는 곳이 있다는 것을 들었고, 언젠간 그와 관련된 누군가가 찾아오리라고 예상하고 있었다.

"그냥 해주겠단 건 아냐. 부탁이 있어. 다시 기억거래자로 일을 해줘."

K는 그가 다시 활동할 수 있을 거라 여겼다. 그러나 그는 이미 자신이 수거했던 무수한 기억스크린을 통해, 기억거래에 대한 회의감을 충분히 느낀 뒤였다. 자신이 실수로 영선의 기억을 빼앗았다는 것을 알고는 이틀 정도 영선을 피해 다니기도 했다. 그러다 결국 영선에게 웬 뒷북이냐며 등짝을 얻어맞았지만.

"싫어요."

지한이 침묵을 끊고 단칼에 거절했다. 차라리 돈을 받고 치료해달라고 하고 싶었다. 그는 아직 기억을 읽을 수 있었고, 사실상 시력이 회복된다면 기억거래자로 복귀할 수도 있었다. 하지만 이제 다시는 그때로 돌아갈 수 없었다.

"이전과는 다른 방식의 작업이 될 거야. 타인의 기억스크린을 빼앗을 필요가 없어."

순간 지한의 눈이 떨렸다. 그가 반응하자, K는 신이 나서 덧붙였다.

"내가 필요로 하는 기억을 찾기만 해줘. 기억을 이식하는 데 성공했거든. 이제부턴 초능력이 아닌 과학으로 기억을 거래할 거야."

지한은 흔들렸다. 특정 기억을 찾아주기만 하면 시력을 되찾게 도와주겠다는 말이었다. 단 한 번만이라도 영선을 온전히 볼 수 있다면, 그것만으로도 응할 만한 가치가 있는 거래가 아닐까. 그는 깊이 고민했다.

"서영선, 보고 싶지 않아?"

K는 흔들리는 그의 눈빛을 살피며 조심스레 말했다.

그때, 그의 휴대폰에 전화벨이 울리기 시작했다. 휴대폰을 꺼내자 액정에 '영선'이라는 글자가 보였다. 그는 바로 전화를 받았다.

"어, 나 근처야. 금방 갈게."

K는 미소를 지으며 생각했다.

'역시, 저 녀석의 아킬레스건은 서영선이군.'

지한은 자리에서 일어났다.

"생각을 좀 정리해야 할 것 같아요. 가족들이랑 상의도 해 봐야 하고."

'상의를 한다고?'

기억거래자의 삶은 언제나 비밀이었다. 주변에 알리지 않는 게 통상적이었는데, 아무렇지 않게 상의를 하겠다는 그의 말은 좀 충격적이었다.

그는 K를 향해 가벼운 목인사를 한 뒤 돌아서 카페를 나갔다. 그녀는 그가 시야에서 사라질 때까지 눈을 뗄 수 없었다. 분명 겉모습은 자신이 오랜 시간 봐온 이와 같은데, 사람이 송

두리째 바뀐 것 같은 기분이었다.

그녀는 교도소에서 마지막으로 본 이원후를 떠올렸다. 악한 만큼 초라한 마지막이었다. 돌아갈 곳도 없고, 기억하는 사람 이라곤 일로 만난 자신을 빼곤 누구도 없었던 사람……. 그가 사망한 뒤 교도소에서 연락을 받았다. 유일하게 면회를 온 사람이 K여서 연락을 했다며. 그러나 그녀는 그 어떤 대꾸도 없이 전화를 끊었다. 불쌍한 건 불쌍한 거고, 죽은 뒤에라도 다시 보고 싶은 사람은 아니었다.

그러나 지한은 돌아갈 곳이 있었다. 분명 이용해야 하는 기억거래자인데, 자신을 기다리는 사람들을 향해 가는 그의 뒷모습에 어쩐지 코끝이 찡했다. 그러나 마찬가지로, 코끝이 찡한 건 찡한 거고, 그는 언제고 자신이 다시 활용해야 하는 기억거래자였다. 그녀는 눈을 다시 예리하게 빛냈다.

지한이 집 근처에 도착했을 때, 영선이 대문 앞에 서 있었다. 그녀는 매서운 눈으로 그를 째려보고 있었다. 그는 어쩐지 그녀의 눈빛이 보이는 것 같아 걷는 속도가 자꾸만 느려졌다.

"대체 어디 갔다 오는 거야! 올 시간이 30분도 더 지났는데 안 와서 얼마나 놀란 줄 알아?"

답답했던 영선이 그에게 소리쳤다. 지금껏 연락 없이 늦은 적이 없던 그였다.

"혹시, 넘어졌거나, 사고가 났거나, 그런 거 아니지?"

영선은 그에게 다가가 여기저기를 살피며 물었다.

"진짜 아니야. 집 앞에서 택시 타고 내렸어."

그는 자신의 몸 구석구석을 살피는 그녀 때문에 웃음이 났다.

"근데?"

영선은 그게 더 의아해서 물었다.

'사실대로 말해야 하나?'

그는 아차 싶었다. 그냥 사실대로 말할까 고민했지만, 그 전에 자신의 입장부터 정확히 하고 싶었다.

"아, 인터뷰했던 분이 갑자기 알아보셔서, 차 한잔하고 왔어."

기억거래자로서의 기억 없이 산 지 10년, 그는 이십 대 때보다 노련해졌다. 타인의 기억을 읽지 못하니 약간의 거짓말도 할 수 있게 됐다. 일일이 상대의 반응을 알 수 없는 탓에, 어떤 점에선 더 자유로워진 셈이었다.

그러나 영선은 의심을 시선을 거두지 않았다. 그는 영선의 날카로운 눈초리를 느끼며 마른침을 겨우 삼켰고, 만약 그녀가 믿지 않으면 어떤 말을 해야 하나 고민하기 시작했다.

"들어가자."

그녀가 그에게 손을 내밀었다. 다행히 자신의 말을 믿어준 듯해, 그는 안도했다. 더 묻지 않아 줘서 고마웠다.

그는 영선의 손을 잡으며 또다시 생각했다.

'널 한 번만 제대로 볼 수 있다면.'

함께하는 것만으로도 충분했던 그들의 나날에 파동이 일고 있었다. 하지만 두 사람의 일상은 이제 어떤 파동이 찾아와도 무너지지 않을 만큼 견고해진 뒤였다.

지한은 명료한 기준 하나를 세웠다. 혼자 모든 것을 판단하지 않겠다는 것. 그녀를 위했던 선택이 그녀를 아프게도 했다는 것을 이해한 덕에 그는 결심할 수 있었다.

그들은 손을 꼭 잡은 채 집으로 들어가면서 이야기를 나눴다. 그렇게, 그들은 비로소 평범하지만 때때로 반짝이는 일상을 함께 살아가고 있었다.